Alain-Fournier

Der große Meaulnes

Alain-Fournier

Der große Meaulnes

Roman

Mit einem Nachwort
von Maria-Sibylla Hesse

Verlag Freies Geistesleben

Die französische Originalausgabe mit dem Titel *Le Grand Meaulnes* erschien 1913. Die Übersetzung von Arthur Seiffhart, ursprünglich unter dem Titel *Der große Kamerad* erschienen, wurde von Maria-Sibylla Hesse neu bearbeitet.

Neuausgabe 2014
2., überarbeitete Auflage

ⓔ auch als eBook erhältlich

Verlag Freies Geistesleben
Landhausstraße 82, 70190 Stuttgart
www.geistesleben.com

ISBN 978-3-7725-2814-9

Umschlaggestaltung: Bianca Bonfert
unter Verwendung von Fotos von: Michelle Anderson,
Amy Weiss, Kamil Vojnar / Trevillion Images
Satz: Thomas Neuerer
Druck: GGP Media GmbH, Pößneck
Printed in Germany

Meiner Schwester Isabelle

Inhalt

Erster Teil

Erstes Kapitel

Der Pensionsschüler

An einem Novembersonntag des Jahres 189... kam er zu uns. Ich sage noch heute «zu uns», obwohl uns das Haus nicht mehr gehört; denn vor fast fünfzehn Jahren haben wir die Gegend verlassen und werden sicher nie dorthin zurückkehren.
Wir wohnten in den Gebäuden des Oberkursus von Sainte-Agathe. Mein Vater, den ich wie die anderen Schüler «Monsieur Seurel» nannte, leitete hier gleichzeitig den Oberkursus, der auf das Grundschullehrerexamen vorbereitete, und den Mittelkursus. Meine Mutter unterrichtete die Kleinen.
Ein langes, rotes, von wildem Wein umranktes Haus mit fünf verglasten Türen am Rande des Marktfleckens; ein weiträumiger Hof mit Überdachung für die Pausen, einem Waschhaus und einem großen Tor vorne zum Dorf hin; auf der Nordseite ein kleines Gittertor auf die Landstraße hinaus, die zur drei Kilometer entfernten Bahnstation führte; im Süden Felder, Gärten und Wiesen, die sich bis zu den ersten Häusern des Dorfes erstreckten ... So kann man diese Stätte skizzieren, wo sich die bewegtesten und liebsten Tage meines Lebens abspielten – das Haus, von dem unsere Abenteuer ausgingen und in das sie wieder zurückkehrten, wie Wellen sich an einem einsamen Felsen brechen.
Der Zufall der «Versetzungen», die Entscheidung eines Schulrates oder Präfekten hatte uns hierher gebracht. Wie weit liegt die Zeit zurück, als einst am Ende der Ferien ein Bauernwagen,

dem unser Hausrat folgte, meine Mutter und mich dort vor der kleinen, verrosteten Gitterpforte absetzte. Buben, die Pfirsiche im Garten stahlen, machten sich auf leisen Sohlen durch die Löcher in der Hecke davon ... Meine Mutter, die wir «Millie» nannten, eine ganz besonders ordnungsliebende Hausfrau, hatte, nach einem Blick in die Räume voller Staub und Stroh, wie bei jedem «Ortswechsel» sogleich mit Kummer festgestellt, dass unsere Möbel niemals in ein so schlecht gebautes Haus hineinpassen würden; sie war wieder herausgekommen, um mir ihr Leid zu klagen. Währenddessen wischte sie mir mit ihrem Taschentuch vorsichtig den Reisestaub vom Kindergesicht. Dann war sie wieder hineingegangen, um zu sehen, wie viele Türen man würde zustellen müssen, um die Räume bewohnbar zu machen ... Ich wartete auf dem mit Kies bedeckten Hof, einen großen Strohhut mit Bändern auf dem Kopf, und erkundete ein bisschen das Gelände um Brunnen und Schuppen.

So wenigstens stelle ich mir heute unsere Ankunft vor; denn sobald ich mir die weit zurückliegende Erinnerung an diesen ersten Abend des Wartens in unserem Hofe von Sainte-Agathe wieder ins Gedächtnis rufe, erinnere ich mich auch gleich an andere Augenblicke des Wartens. Schon sehe ich mich, beide Hände auf das Torgitter gestützt, ängstlich nach jemandem ausschauen, der die Hauptstraße herabkommen soll. Und versuche ich, mir die erste Nacht vorzustellen, die ich in meiner Dachstube verbrachte, so denke ich auch gleich an andere Nächte: Ich bin nicht mehr allein in diesem Zimmer, ein großer, unruhiger und vertrauter Schatten gleitet an der Wand auf und ab. Diese ganze friedliche Landschaft – die Schule, der Acker des alten Martin mit den drei Nussbäumen, der Garten, der täglich ab vier Uhr von unseren Besucherinnen erobert wurde – alles dies wird mir für immer im Gedächtnis bleiben, bewegt und verwandelt durch die Gegenwart dessen, der unsere ganze Jugendzeit in Aufruhr brachte und uns selbst durch seine Flucht keine Ruhe gab.

Wir lebten immerhin schon seit zehn Jahren in dieser Gegend, als Meaulnes ankam.

Ich zählte damals fünfzehn Jahre. Es war ein kalter Novembersonntag, der erste Vorbote des Winters in diesem Herbst. Den ganzen Tag hatte Millie auf einen Wagen von der Bahnstation gewartet, der ihr einen Hut für die schlechte Jahreszeit mitbringen sollte. Am Morgen hatte sie die Messe versäumt; und bis zur Predigt hatte ich, mit den anderen Kindern im Chor sitzend, ängstlich Richtung Glockenturm gespäht, um sie mit ihrem neuen Hut eintreten zu sehen …

Am Nachmittag musste ich allein zur Vesper gehen.

«Übrigens», sagte sie, um mich zu trösten, während sie mit der Hand meinen Knabenanzug abstäubte, «selbst wenn der Hut gekommen wäre, hätte ich sicher meinen Sonntag damit hinbringen müssen, ihn vollständig umzuarbeiten.»

So vergingen unsere Wintersonntage oft. Schon früh am Morgen ging mein Vater weit weg an irgendeinen nebelbedeckten Teich, um vom Boot aus Hechte zu fangen; und meine Mutter, die bis in die Nacht hinein in ihrem dunklen Zimmer blieb, besserte ihre bescheidenen Kleider aus. Sie schloss sich ein, aus Furcht, eine Dame ihrer Bekanntschaft, ebenso arm und stolz wie sie, könnte sie dabei überraschen. Und ich las nach Beendigung der Vesper im kalten Esszimmer in einem Buch, bis sie die Tür öffnete, um mir zu zeigen, wie ihr das Kleid stand.

An jenem Sonntag hielt mich ein Ereignis vor der Kirche auch nach der Vesper noch draußen; eine Taufe unter dem Kirchenportal hatte die Gassenkinder angelockt. Auf dem Marktplatz standen einige Männer des Dorfes in Feuerwehruniform in Reih und Glied, frierend und auf der Stelle tretend, um sich zu erwärmen, und hörten zu, wie Boujardon, ihr Kommandant, sich in theoretischen Erklärungen verlor.

Die Taufglocke verstummte plötzlich wie ein Festgeläut, das sich in Tag und Ort getäuscht hatte. Boujardon und seine Leute führten, ihre Waffe geschultert, die Spritze im Laufschritt davon, und ich sah sie um die erste Straßenbiegung verschwinden, gefolgt von vier Buben; ihre dicken Sohlen zertraten die dürren Reiser auf der von Raureif überzogenen Landstraße, auf die ich ihnen nicht zu folgen wagte.

Das Dorf lag nun ausgestorben da, bis auf das Café Daniel, aus dem die Unterhaltung der Gäste anschwellend und wieder leiser werdend an mein Ohr drang. Ich schlich an der niedrigen Mauer des großen Hofes entlang, die unser Haus vom Dorf trennte, und kam, etwas ängstlich wegen meiner Verspätung, am kleinen Gittertor an.

Es war halb offen, und ich sah sofort, dass etwas Ungewöhnliches vorging. Und zwar stand an der Tür zum Esszimmer – der nächsten der fünf verglasten Türen, die auf den Hof führten – leicht vornübergebeugt eine grauhaarige Frau und versuchte, durch die Vorhänge zu blicken. Sie war klein und trug einen altmodischen Kapotthut aus schwarzem Samt. Ihr mageres, feines Gesicht war von Aufregung entstellt, und irgendeine Vorahnung hielt mich bei ihrem Anblick auf der ersten Stufe vor der Gitterpforte zurück.

«Wo mag er nur hingegangen sein? Mein Gott!», sagte sie halblaut. «Eben war er doch noch bei mir; einmal ist er schon um das Haus herumgegangen, vielleicht ist er ausgerissen ...»

Und zwischen jedem Satz klopfte sie dreimal kaum hörbar an die Scheibe.
Niemand kam, um der unbekannten Besucherin zu öffnen. Millie hatte wohl endlich ihren Hut vom Bahnhof bekommen und nähte, ohne etwas zu hören, im Hintergrund des roten Zimmers vor einem mit alten Bändern und zerzausten Federn übersäten Bett an ihrer Kopfbedeckung, trennte wieder auf und heftete von Neuem ... In der Tat, als ich das Esszimmer betreten hatte, unmittelbar von der Besucherin gefolgt, erschien meine Mutter, die mit beiden Händen Messingdraht, Bänder und Federn auf ihrem Kopf festhielt, die noch nicht ganz ihre Lage gefunden hatten ... Sie lächelte mir mit ihren blauen, vom Arbeiten in der Dämmerung ermüdeten Augen zu und rief:
«Schau, ich habe auf dich gewartet, um dir zu zeigen ...»
Aber als sie die Frau im großen Sessel am Ende des Zimmers bemerkte, stockte sie, aus der Fassung gebracht. Schnell nahm sie ihren Hut ab und hielt ihn während der ganzen folgenden Szene in ihrem rechten Arm umgekehrt gegen ihre Brust wie ein Nest.
Die Frau mit dem Kapotthut, die zwischen ihren Knien einen Schirm und eine Ledertasche hielt, begann Erklärungen abzugeben, wobei sie leicht den Kopf hin und her bewegte und wie eine Dame auf Besuch mit der Zunge schnalzte. Sie hatte ihre Sicherheit wiedergefunden und setzte sogar, sobald sie von ihrem Sohn sprach, eine überlegene und geheimnisvolle Miene auf, die uns gespannt machte.
Beide waren mit dem Wagen von La Ferté-d'Angillon, das vierzehn Kilometer von Sainte-Agathe entfernt lag, gekommen. Sie war Witwe und sehr reich, wie sie uns zu verstehen gab; der jüngere ihrer beiden Söhne, Antoine, war eines Abends nach der Rückkehr aus der Schule gestorben, weil er mit seinem

Bruder in einem verseuchten Teich gebadet hatte. Sie hatte beschlossen, den älteren, Augustin, zu uns für den Oberkursus in Pension zu geben.

Sie sang auch gleich ein Loblied auf diesen Pensionsschüler, den sie uns brachte. Ich erkannte die grauhaarige Frau nicht wieder, die ich eine Minute zuvor an der Tür gesehen hatte, gebeugt und mit der flehenden und angstvollen Miene einer Henne, die das wildeste Küken aus ihrer Brut verloren hat.

Sie erzählte mit Bewunderung die seltsamsten Dinge über ihren Sohn: Er machte ihr gern eine Freude, und oft ging er barfuß kilometerweit den Fluss entlang, um ihr Eier von Wasserhühnern oder Wildenten zu bringen, die er im Stechginster suchte. Er legte auch Reusen aus. Vor Kurzem hatte er nachts sogar im Wald einen Fasan entdeckt, der sich in der Schlinge gefangen hatte.

Ich, der ich das Haus nicht zu betreten wagte, wenn ich ein kleines Loch im Kittel hatte, betrachtete Millie mit Erstaunen.

Aber meine Mutter hörte nicht mehr zu. Sie machte sogar der Dame ein Zeichen zu schweigen, legte vorsichtig ihr «Nest» auf den Tisch und erhob sich leise, als ob sie jemanden überraschen wollte …

Auch wir hörten jetzt über uns in einer Kammer, in der angekohlte Feuerwerkskörper vom letzten Vierzehnten Juli lagen, jemanden mit unbekanntem, festem Schritt auf und ab gehen; die Decke erzitterte, als er die großen, dunklen Bodenkammern des ersten Stockes durchquerte und sich schließlich in den leeren Nebenzimmern verlor, in denen Lindenblüten trockneten und Äpfel reiften.

«Ich hatte schon vorhin dieses Geräusch in den unteren Zimmern gehört», sagte Millie halblaut, «und ich glaubte, du, François, seist zurückgekommen …»

Niemand antwortete. Wir standen alle drei mit klopfenden Herzen, als die Speichertür, die zur Küchentreppe führte, sich öffnete und jemand die Stufen herunterkam, die Küche durchquerte und im dunklen Eingang des Esszimmers erschien.
«Bist du es, Augustin?», sagte die Dame.
Es war ein großer Junge von etwa siebzehn Jahren. Ich sah von ihm zunächst in der tiefen Dämmerung nur seinen nach hinten geschobenen Bauernfilzhut und sein schwarzes Hemd, das von einem Gürtel gehalten wurde, wie ihn Schüler tragen. Ich konnte außerdem erkennen, dass er lächelte ...
Er bemerkte mich, und ehe jemand eine Erklärung von ihm verlangen konnte, sagte er:
«Kommst du mit?»
Ich zögerte eine Sekunde, dann nahm ich, da Millie mich nicht zurückhielt, meine Mütze und folgte ihm. Wir gingen durch die Küchentür auf den überdachten Schulhof. Im Dämmerlicht betrachtete ich, während wir weitergingen, sein eckiges Gesicht mit der geraden Nase und der leicht flaumbedeckten Oberlippe.
«Sieh mal!», sagte er, «das habe ich auf deinem Boden gefunden. Hast du dich denn dort niemals umgesehen?»
In der Hand hielt er ein kleines Rad aus angeschwärztem Holz, um das eine ganze Reihe von ausgebrannten Feuerwerkskörpern hing; es war wohl Sonne oder Mond vom Feuerwerk des Vierzehnten Juli.
«Hier sind zwei dabei, die nicht losgegangen sind; die könnten wir jetzt anzünden», sagte er ruhig und mit einer Miene, als hoffe er, später noch bessere Dinge zu finden.
Er warf seinen Hut zu Boden, und ich sah, dass seine Haare ganz kurz geschnitten waren wie bei einem Bauern. Er zeigte mir die beiden Raketen mit ihren Zündschnüren, die die

Flamme angefressen und geschwärzt hatte, bevor sie erlosch. Nun steckte er die Nabe des Rades in den Sand und zog aus seiner Tasche eine Schachtel Streichhölzer – zu meinem großen Erstaunen, denn uns war ausdrücklich untersagt, Streichhölzer zu besitzen. Vorsichtig beugte er sich nieder und steckte die Zündschnur an. Dann nahm er mich bei der Hand und zog mich schnell zurück.

Einen Augenblick später sah meine Mutter, die mit Meaulnes' Mutter aus der Tür trat, nachdem sie über den Pensionspreis verhandelt und ihn festgesetzt hatten, aus der Pausenhalle mit einem Geräusch wie dem Pfeifen eines Blasebalgs zwei rote und weiße Sternbündel aufschießen, und sie konnte während des Zeitraumes einer Sekunde in diesem magischen Licht mich sehen, wie ich den großen neu angekommenen Jungen an der Hand hielt und mich nicht rührte …

Auch dieses Mal wagte sie nichts zu sagen.

Und am Abend beim Essen gab es am Familientisch einen stillen Gast, der mit gesenktem Kopf aß, ohne sich um unsere auf ihn gerichteten Blicke zu kümmern.

Zweites Kapitel

Nach vier Uhr

Bis dahin hatte ich fast nie mit den Gassenjungen des Dorfes auf der Straße herumgetobt. Ein Hüftleiden, an dem ich bis zu jenem Jahr 189... litt, hatte mich furchtsam und unglücklich gemacht. Ich sehe mich noch, wie ich in den Gassen um das Haus meinen flinken Schulkameraden auf einem Bein kläglich hinterherhinkte.

Deshalb ließ man mich auch selten hinaus. Und ich erinnere mich, dass Millie, die sehr stolz auf ihren Sohn war, mich mehrmals mit vielen Ohrfeigen ins Haus trieb, wenn sie mich so auf einem Bein hinkend bei den Gassenjungen getroffen hatte.

Die Ankunft von Augustin Meaulnes, die mit meiner Heilung zusammenfiel, war der Beginn eines neuen Lebens.

Bevor er kam, begann für mich um vier Uhr, wenn der Unterricht zu Ende war, ein langer, einsamer Abend. Mein Vater brachte die Glut aus dem Ofen des Schulzimmers in den Kamin unseres Esszimmers hinüber; und allmählich verließen die letzten, verspäteten Knaben die kalt gewordene Schule, in der nur noch Rauchwolken wallten. Noch einige Spiele und Rennereien im Hof, dann kam die Nacht. Die beiden Schüler, die die Klasse gekehrt hatten, holten aus dem Schuppen ihre Kapuzen und Umhänge und eilten schnell mit ihrem Korb am Arm davon; das große Tor ließen sie offen ...

Dann schloss ich mich bis zum letzten Schimmer des Tageslichts in der Gemeindeverwaltung ein, in der Aktenstube, wo überall tote Fliegen herumlagen und Aushänge im Luftzug raschelten, und las auf einem alten Schaukelstuhl dicht am Fenster, das nach dem Garten ging.

Doch sobald es dunkel wurde, die Hunde des benachbarten Bauernhofes zu heulen begannen und das Fensterchen unserer kleinen Küche erleuchtet war, kehrte ich heim. Meine Mutter hatte begonnen, das Abendessen zu kochen. Ich stieg drei Stufen der Bodentreppe empor, setzte mich stumm, lehnte den Kopf an die kalten Eisenstangen des Geländers und sah zu, wie sie das Feuer in der engen, von der flackernden Flamme einer Kerze erhellten Küche anzündete.

Aber nun war jemand gekommen, der mich all diesen Freuden eines stillen Kindes entriss. Jemand hatte das Licht, das für mich das milde Antlitz meiner über das Abendessen gebeugten Mutter beleuchtete, ausgeblasen. Jemand hatte die Lampe ausgelöscht, um die wir zur Nacht, wenn mein Vater die Holzläden an den Glastüren befestigt hatte, als glückliche Familie versammelt waren. Und das war Augustin Meaulnes, den die anderen Schüler bald den «großen Meaulnes» nannten.

Seit er bei uns Pensionsschüler geworden war, das heißt seit den ersten Dezembertagen, war die Schule nachmittags nach vier Uhr nicht mehr leer. Trotz der durch die offen stehende Tür hereindringenden Kälte und des Geschreis der kehrenden Schüler mit ihren Wassereimern blieben immer nach dem Unterricht etwa zwanzig große Schüler aus dem Umland wie aus dem Dorf in der Klasse zurück, die sich um Meaulnes drängten. Und lange Auseinandersetzungen, endlose Wortgefechte fanden statt, zu denen mich mit Unruhe gemischte Freude hinzog.

Meaulnes schwieg, aber nur ihm galt irgendeine lange

Geschichte über Felddiebstahl, die einer der großen Schwätzer, der sich in die Mitte drängte und jeden seiner Kameraden, einen nach dem andern, zu Zeugen aufrief, zum Besten gab. Meaulnes saß auf einem Pult, ließ die Beine baumeln und dachte nach. Im geeigneten Augenblick lachte er auch, aber leise, als wolle er sein Lachen für irgendeine bessere Geschichte aufsparen, die nur er allein kannte. Dann, wenn die Nacht herniedersank und durch die Fenster kein Licht mehr auf die ungeordnete Gruppe junger Leute fiel, erhob sich Meaulnes plötzlich, drängte sich durch den engen Kreis und rief:
«Los, gehen wir!»
Dann folgten ihm alle, und man hörte ihr Geschrei oben im Dorf bis in die dunkle Nacht hinein ...

Jetzt war ich manchmal dabei. Mit Meaulnes ging ich am Ortsrand an die Stalltüren, wenn die Kühe gemolken wurden ... Wir traten in die Werkstätten ein, und der Weber sagte aus der Dunkelheit heraus, zwischen zwei Stößen seines Webstuhles:
«Ah, da sind die Studenten!»
Zur Zeit des Abendessens befanden wir uns gewöhnlich ganz nah unserem Haus bei Desnoues, dem Stellmacher, der auch Hufschmied war. Seine Werkstatt war eine ehemalige Herberge mit großen, zweiflügeligen Toren, die stets offen standen. Von der Straße aus hörte man den Blasebalg der Schmiede pfeifen und bemerkte an diesem dunklen und lärmenden Ort beim Schein der glühenden Kohlen oft Landleute, die ihren Wagen angehalten hatten, um einen Augenblick zu plaudern, manchmal auch einen Schüler, der, an die Tür gelehnt, wie wir schweigend zusah.
Und dort begann etwa acht Tage vor Weihnachten alles.

Drittes Kapitel

«Oft war ich im Laden eines Korbmachers»

Bis zum Spätnachmittag hatte es in einem fort geregnet; der Tag war tödlich langweilig. Während der Pausen ging niemand hinaus, und man hörte meinen Vater, Monsieur Seurel, fast jede Minute in die Klasse rufen:

«Trampelt doch nicht so mit euren Holzpantinen, ihr Bengels!»

Nach der letzten Pause des Tages oder, wie wir es nannten, nach der letzten «Viertelstunde», blieb Monsieur Seurel, der seit einem Augenblick nachdenklich hin und her ging, stehen, schlug kräftig mit seinem Lineal auf den Tisch, um das Gemurmel in allen Ecken zu bannen, das gegen Ende der Unterrichtsstunde eintritt, wenn man sich langweilt, und fragte, als alles aufmerksam schwieg:

«Wer will morgen mit François zur Bahnstation fahren, um Monsieur und Madame Charpentier abzuholen?»

Dies waren meine Großeltern: Großvater Charpentier, der Mann in dem großen, grauen Wollburnus, der alte pensionierte Förster mit einer Mütze aus Hasenfell, die er sein Käppi nannte ... Die kleinen Buben kannten ihn sehr wohl. Jeden Morgen zog er, um sich das Gesicht zu waschen, einen Eimer Wasser aus dem Brunnen, in dem er, wie es die alten Soldaten zu tun pflegten, herumplätscherte, während er sich leicht den Bart rieb. Ein Kreis von Kindern, die Hände auf dem Rücken, beobachtete ihn mit Respekt und Neugierde ... Und sie kannten auch Großmutter Charpentier, die kleine Bäuerin mit ihrem gestrickten Umhang, weil Millie sie immer mindestens einmal in die Klasse der Kleinen mitnahm. Alle Jahre holten wir sie einige Tage vor Weihnachten an der Bahnstation vom Zug um vier Uhr zwei ab. Um uns zu besuchen, hatten sie das ganze Département durchquert, beladen mit Säcken voller Kastanien und mit Lebensmitteln für Weihnachten, die in Handtücher eingewickelt waren. Sobald sie alle beide eingemummelt, lächelnd und ein wenig schüchtern die Schwelle des Hauses überschritten hatten, schlossen wir hinter ihnen alle Türen, und eine ganze Woche voller Freude begann.

Um den Wagen, der sie holen sollte, zu lenken, bedurfte es eines zuverlässigen Menschen, der uns nicht in einen Graben beförderte und der auch ziemlich gutmütig war, denn Großvater Charpentier fluchte leicht, und die Großmutter war ein bisschen geschwätzig. Auf Monsieur Seurels Frage rief ein Dutzend Stimmen zu gleicher Zeit:

«Der große Meaulnes! Der große Meaulnes!»

Aber Monsieur Seurel tat so, als ob er es nicht gehört hätte. Darauf schrien sie:

«Fromentin!» und «Jasmin Delouche!»

Der jüngste der Familie Roy, der im Galopp auf einer Sau über die Felder jagen konnte, schrie mit durchdringender Stimme: «Ich, ich!»

Dutremblay und Moucheboeuf begnügten sich damit, zaghaft die Hand zu heben.

Mir wäre Meaulnes am liebsten gewesen. Diese kleine Reise im Eselwagen wäre dadurch ein wichtigeres Ereignis geworden. Er selbst wünschte es sich auch, zeigte aber nach außen hin nur

ein verachtungsvolles Schweigen. Alle größeren Schüler saßen wie er verkehrt auf dem Tisch, die Füße auf der Bank, so wie wir es in Augenblicken vollkommener Entspannung und Fröhlichkeit taten. Coffin hatte seinen Kittel um den Gürtel gewickelt und hielt die Eisensäule umarmt, die den Tragbalken des Zimmers stützte; zum Zeichen seiner freudigen Erregung wollte er daran hochklettern. Aber Monsieur Seurel dämpfte die Klasse, indem er entschied:
«Also Mouchebœuf wird fahren!»
Und jeder ging still wieder auf seinen Platz.

Um vier Uhr stand ich mit Meaulnes allein auf dem großen, eisig kalten Hof, wo der Regen stellenweise den Boden fortgeschwemmt hatte. Wir betrachteten beide schweigend das feucht glänzende Dorf, das nun ein böiger Wind trockenblies. Da kam der kleine Coffin in Kapuze, ein Stück Brot in der Hand, aus seinem Haus, strich die Mauern entlang und trat pfeifend vor die Türe des Stellmachers. Meaulnes öffnete das Tor, rief ihn an, und einen Augenblick darauf hatten wir alle drei es uns hinten in der rot erleuchteten und warmen Werkstatt, die nur ab und zu von eisigen Windstößen durchfegt wurde, gemütlich gemacht. Coffin und ich saßen nahe der Esse, die schlammbedeckten Füße in den weißen Hobelspänen; Meaulnes, die Hände in den Taschen, lehnte still an der Eingangstür. Von Zeit zu Zeit ging auf der Straße eine Frau aus dem Dorf vorbei, die, den Kopf vor dem Winde gesenkt, vom Metzger kam; dann blickten wir auf, um zu sehen, wer es war.
Niemand sagte etwas. Der Schmied und sein Geselle, der eine den Blasebalg ziehend, der andere das Eisen hämmernd, warfen große unregelmäßige Schatten auf die Mauer ... Ich erinnere mich an diesen Abend als an einen der zentralen Abende

meiner Jugendzeit. Eine Mischung von Vergnügen und Angst erfüllte mich: Ich fürchtete, dass mein Kamerad mir diese armselige Freude, im Wagen zur Bahnstation zu fahren, rauben würde; und trotzdem erwartete ich von ihm, ohne dass ich es mir einzugestehen wagte, irgendein außerordentliches Unternehmen, das alles umstürzen sollte.

Von Zeit zu Zeit wurde die friedliche und regelmäßige Arbeit in der Werkstatt für einen Augenblick unterbrochen. Der Schmied ließ mit kleinen hellen und heftigen Schlägen seinen Hammer auf den Amboss fallen. Er betrachtete das Stück Eisen, das er bearbeitet hatte, wobei er es seiner Lederschürze näherte, und sagte, den Kopf aufrichtend, zu uns, um ein wenig zu verschnaufen:

«Nun, wie geht's denn, Jungs?»

Der Geselle behielt die Hand an der Kette des Blasebalgs, stützte seine linke Faust auf die Hüfte und lachte uns an.

Dann fuhren sie mit der schweren und lärmenden Arbeit fort.

Während einer dieser Pausen sahen wir durch die offen stehende Tür Millie, wie sie, in einen Schal gehüllt, bei dem heftigen Wind mit kleinen Paketen beladen vorüberging.

Der Schmied fragte:

«Wird Monsieur Charpentier bald kommen?»

«Morgen!», antwortete ich, «mit meiner Großmutter! Ich werde sie vom Vier-Uhr-zwei-Zug mit dem Wagen abholen.»

«Wohl in Fromentins Wagen?»

Ich antwortete schnell:

«Nein, in dem des alten Martin!»

«Oh, dann werdet ihr nicht so bald zurück sein!»

Und alle beide, er und sein Geselle, brachen in Gelächter aus.

Der Geselle bemerkte langsam, um auch etwas zu sagen:

«Mit Fromentins Stute hätte man sie gleich in Vierzon abholen können. Dort hat der Zug eine Stunde Aufenthalt, und es ist fünfzehn Kilometer von hier. Ihr wäret zurück gewesen, bevor Martins Esel überhaupt angespannt ist.»

«Ja», sagte der andere, «das ist eine Stute, die wenigstens laufen kann!»

«Und ich glaube, dass Fromentin sie gern leihen würde.»

Hier hörte die Unterhaltung auf. Von Neuem war die Werkstatt voller Funken und Lärm, und jeder hing nur noch den eigenen Gedanken nach.

Aber als es Zeit wurde heimzugehen und ich mich erhob, um dem großen Meaulnes ein Zeichen zu geben, beachtete er mich zunächst gar nicht. An die Tür gelehnt und mit gesenktem Kopf schien er vollständig durch unser letztes Gespräch in Anspruch genommen zu sein. Als ich ihn so sah, wie er in tiefes Nachdenken versunken war, wie er durch Meilen von Nebeln diese friedlichen Leute bei der Arbeit betrachtete, erinnerte ich mich plötzlich jenes Bildes aus Robinson Crusoe, wo man den jungen Engländer sieht, wie er vor seiner großen Reise «den Laden eines Korbmachers besucht».

Und seitdem habe ich noch oft daran zurückgedacht.

Viertes Kapitel

Die Flucht

Wie eine Barke auf dem Meer liegt am andern Tage um ein Uhr die Klasse des Oberkursus inmitten der gefrorenen Landschaft klar und hell da. Zwar riecht es weder nach Salzlake noch nach altem Öl wie auf einem Fischerboot, aber nach auf dem Ofen gebratenen Heringen und den versengten Wollkleidern der Schüler, die sich, von draußen kommend, zu dicht am Ofen gewärmt haben.

Die Aufsatzhefte sind verteilt worden, denn das Ende des Jahres naht heran. Und während Monsieur Seurel die Rechenaufgaben an die Tafel schreibt, tritt nur teilweise Stille ein, untermischt mit Geflüster, halblauten Ausrufen, und von Sätzen unterbrochen, von denen man nur die ersten Worte sagt, um seinen Nachbarn zu erschrecken:

«Monsieur Seurel! Der Soundso hat mich ...»

Während Monsieur Seurel seine Aufgaben anschreibt, denkt er an andere Dinge. Von Zeit zu Zeit dreht er sich um und betrachtet die Schüler mit einer zugleich strengen und abwesenden Miene; und sofort hört das verhaltene Stimmengewirr für eine Sekunde auf, um gleich wieder neu einzusetzen, zunächst ganz leise wie das Schnurren einer Katze.

Ich sitze inmitten dieser Unruhe schweigend am Ende eines der Tische der Jüngsten, nahe den großen Fenstern, und brauche mich nur ein wenig aufzurichten, um den Garten, weiter unten den Bach und dahinter die Felder zu sehen.

Von Zeit zu Zeit stelle ich mich auf die Zehenspitzen und schaue ängstlich zum Hof La Belle-Étoile hinüber. Gleich zu Beginn des Unterrichtes hatte ich bemerkt, dass Meaulnes nach der Mittagspause nicht zurückgekehrt war. Sein Tischnachbar hat es sicher auch bemerkt, aber er hat noch nichts gesagt, weil er mit seinem Aufsatz beschäftigt war. Aber sobald er den Kopf hebt, muss die Nachricht durch die ganze Klasse laufen, und irgendeiner wird sicher, wie es so üblich ist, nicht zögern, mit lauter Stimme die ersten Worte des Satzes zu rufen:
«Monsieur Seurel! Der Meaulnes ...»
Ich weiß, dass Meaulnes weggegangen ist, oder besser gesagt, ich habe ihn im Verdacht, abgehauen zu sein. Gleich nach Beendigung des Mittagessens ist er wahrscheinlich über die kleine Mauer geklettert, hat bei La Vieille-Planche den Bach überquert und ist querfeldein bis nach La Belle-Étoile gelaufen. Dort wird er die Stute verlangt haben, um Monsieur und Madame Charpentier abzuholen. Er lässt sie sicher in diesem Augenblick anspannen.
La Belle-Étoile liegt dort drüben auf der andern Seite des Baches am Abhang des Hügels; es ist ein großes Gut, das im Sommer hinter den Ulmen und Eichen auf dem Hof und grünen Hecken versteckt an einem kleinen Wege liegt, der in der einen Richtung auf die Landstraße zum Bahnhof, in der andern zu einer kleineren Ortschaft führt. Umgeben von hohen Mauern mit Stützpfeilern, deren Fuß mit Mist bedeckt ist, verschwindet das große herrschaftliche Gebäude spätestens im Juni hinter Laub, und von der Schule aus hört man bei Anbruch der Nacht nur das Poltern der Karren und die Rufe der Kuhhirten. Aber heute sehe ich durch das Fenster unter den entblätterten Bäumen die hohe gräuliche Mauer des Hofes, das Eingangstor und dann durch freie Stellen in der Hecke

ein Stück des vom Raureif weißen Weges, der mit dem Bach gleichlaufend nach der Landstraße zum Bahnhof führt.
Noch bewegt sich nichts in der klaren Winterlandschaft, noch ist nichts verändert.
Jetzt hat Monsieur Seurel seine zweite Aufgabe fertig angeschrieben. Er gibt gewöhnlich deren drei. Wenn er vielleicht heute zufällig nur zwei gäbe ... dann würde er sofort auf sein Katheder zurückkehren und Meaulnes' Abwesenheit bemerken. Er würde zwei Jungen durch das Dorf schicken, um ihn zu suchen, und ihnen würde es sicher gelingen, ihn zu entdecken, bevor die Stute angespannt ist ...
Monsieur Seurel lässt nach Abschrift der zweiten Aufgabe einen Augenblick seinen ermüdeten Arm sinken; dann fängt er zu meiner großen Erleichterung einen neuen Absatz an und beginnt wieder zu schreiben, wobei er bemerkt:
«Dies hier ist nur ein Kinderspiel!»
... Zwei kleine schwarze Striche, die die Mauer von La Belle-Étoile überragen und die zwei emporgerichteten Deichselstangen eines Wagens sein müssen, sind verschwunden. Ich bin jetzt sicher, dass man dort die Vorbereitungen zu Meaulnes' Abfahrt trifft. Da ist auch die Stute, deren Kopf und Brust zwischen den beiden Pfeilern des Eingangs sichtbar werden und die dann stehen bleibt, während zweifellos hinten am Wagen ein zweiter Sitz für die Reisenden, die Meaulnes angeblich herbringen will, befestigt wird. Endlich kommt das ganze Gespann langsam aus dem Hof, verschwindet einen Augenblick hinter der Hecke und erscheint mit derselben Langsamkeit wieder auf dem Stückchen weißen Weges, das in einer Lücke der Hecke zu sehen ist. Und da erkenne ich in diesem schwarzen Umriss, der die Zügel führt, einen Ellenbogen nachlässig auf die Seite des Wagens gestützt, wie

es die Bauern zu tun pflegen, meinen Kameraden Augustin Meaulnes.

Noch einen Augenblick, dann verschwindet alles hinter der Hecke. Zwei Männer, die am Tor von La Belle-Étoile stehen geblieben sind, um den Wagen abfahren zu sehen, unterhalten sich jetzt mit wachsender Lebhaftigkeit. Einer von ihnen entschließt sich endlich, beide Hände als Schalltrichter vor den Mund zu halten, um Meaulnes zu rufen, und läuft ihm dann einige Schritte auf dem Wege nach ... Aber da ändert Meaulnes, der mit seinem Wagen langsam auf die Landstraße in Richtung zur Bahnstation gelangt ist und den man von dem kleinen Weg aus wohl nicht mehr sehen kann, plötzlich seine Haltung. Einen Fuß nach vorn gestellt, aufgerichtet wie ein römischer Wagenlenker und mit beiden Händen die Zügel schüttelnd, treibt er sein Pferd zu schnellstem Laufe an und verschwindet in einem Augenblick auf der anderen Seite des Abhanges. Der Mann, der gerufen hat, läuft ihm jetzt wieder auf dem Wege nach; der andere hat sich in Galopp gesetzt und scheint quer über die Felder zu uns herüber zu laufen.

Wenige Minuten später, gerade in dem Augenblick, als Monsieur Seurel sich von der Tafel abwendet und die Hände reibt, um die Kreide zu entfernen, in dem Augenblick, als drei Stimmen zugleich vom Ende der Klasse aus rufen:

«Monsieur Seurel! Der große Meaulnes ist fort!»,

tritt der Mann in blauem Kittel in die Tür, die er schnell und weit öffnet. Seinen Hut ziehend, fragt er auf der Schwelle:

«Entschuldigen Sie, Monsieur Seurel, haben Sie einen Schüler beauftragt, den Wagen zu erbitten, um nach Vierzon zu fahren und Ihre Eltern zu holen? Uns ist plötzlich der Verdacht gekommen ...»

«Aber keineswegs!», antwortet Monsieur Seurel.

Und sofort entsteht in der Klasse ein schrecklicher Wirrwarr. Die drei Ersten, die nahe am Ausgang sitzen und gewöhnlich die Aufgabe haben, mit Steinwürfen Ziegen oder Schweine fortzujagen, die im Hof das Hellerkraut abfressen, sind zur Tür gestürzt. Nach dem harten Trampeln ihrer eisenbeschlagenen Holzschuhe auf den Fliesen hört man draußen noch auf dem Sand gedämpft ihre eiligen Schritte, die um die Kurve beim kleinen Gittertor zur Landstraße rutschen. Der ganze Rest der Klasse drängt sich an den Gartenfenstern. Einige sind auf die Tische geklettert, um besser zu sehen.
Aber es ist zu spät. Der große Meaulnes ist entwischt.
«Du wirst trotzdem mit Mouchebœuf zum Bahnhof fahren», sagt Monsieur Seurel zu mir. «Meaulnes kennt den Weg nach Vierzon nicht. Er wird sich an den Straßenkreuzungen verfahren und wird nicht zum Drei-Uhr-Zug eintreffen.»
Aus der Tür ihres Klassenzimmers steckt Millie den Kopf heraus, um zu fragen:
«Was ist denn los?»
Auf der Dorfstraße beginnen die Leute zusammenzulaufen. Der Bauer steht noch immer da und bewegt seinen Hut in der Hand wie ein Sturkopf, der Gerechtigkeit fordert.

Fünftes Kapitel

Der Wagen kommt zurück

Als ich die Großeltern von der Station abgeholt hatte und sie nach dem Essen vor dem Kamin alles in den kleinsten Einzelheiten zu erzählen begannen, was sie seit den letzten Ferien erlebt hatten, wurde ich gewahr, dass ich ihnen gar nicht zuhörte.

Die kleine Gittertür des Hofes befand sich unweit der Tür zum Esszimmer; beim Öffnen knarrte sie. Gewöhnlich wartete ich, wenn wir abends, wie alle Menschen auf dem Lande, beisammen saßen, heimlich auf dieses Knarren. Es folgte dann immer ein Geräusch von klappernden Holzschuhen, die auf der Schwelle gereinigt wurden, manchmal ein Geflüster wie von Leuten, die vorher noch etwas verabreden, ehe sie eintreten. Und dann klopfte es. Es war ein Nachbar oder die Lehrerinnen – auf jeden Fall jemand, der kam, um uns den langen Abend zu verkürzen.

An jenem Abend nun hatte ich nichts von draußen zu erhoffen, weil alle, die ich liebte, in unserem Haus vereinigt waren; und trotzdem lauschte ich unaufhörlich auf alle Geräusche der Nacht und erwartete, dass sich unsere Tür öffne.

Der alte Großvater saß da mit dem struppigen Aussehen eines großen Hirten aus der Gascogne; seine Füße hatte er schwer vor sich hingestellt, den Stock zwischen den Beinen, und beugte sich zur Seite, um seine Pfeife am Schuh auszuklopfen. Mit seinen feucht glänzenden, gütigen Augen bestätigte er alles, was die Großmutter erzählte, von der Reise, von ihren Hühnern, von den Nachbarn und von den Bauern, die noch nicht die Pacht bezahlt hatten. Aber ich war nicht bei ihnen.

Ich stellte mir vor, wie der kleine Bauernkarren heranrollte und plötzlich vor der Tür hielte. Meaulnes würde vom Wagen springen und eintreten, als ob nichts geschehen sei! ... Oder vielleicht würde er erst die Stute nach La Belle-Étoile zurückbringen, und ich müsste dann bald seinen Schritt auf der Landstraße und das Knarren des Gittertores hören ...

Aber nichts geschah. Der Großvater starrte vor sich hin, und seine Augenlider blieben oft lange geschlossen, als ob der Schlaf herannahe. Die Großmutter wiederholte etwas verschüchtert ihren letzten Satz, den niemand beachtet hatte.

«Ihr seid wegen des Jungen besorgt?», fragte sie endlich.

Auf dem Bahnhof hatte ich sie nämlich vergebens ausgefragt; sie hatte aber bei der Ankunft in Vierzon niemanden gesehen, der dem großen Meaulnes glich. Mein Kamerad hatte sich wahrscheinlich unterwegs verspätet. Sein Versuch war misslungen. Auf der Rückfahrt hatte meine Enttäuschung in mir rumort, während die Großmutter sich mit Mouchebœuf unterhielt. Auf der vom Raureif weißen Landstraße flatterten kleine Vögel um die Hufe des dahintrottenden Esels. Von Zeit zu Zeit hörte man in der großen Ruhe des frostigen Nachmittags aus der Ferne den Ruf einer Hirtin oder eines Buben aus einem Tannendickicht, der seinem Kameraden im nächsten Dickicht etwas zurief. Und jedes Mal ließ mich dieser Schrei, der von den öden Hügeln widerhallte, erschauern, als ob es die Stimme Meaulnes' gewesen wäre, der mich aufforderte, ihm in die Ferne zu folgen ...

Während ich mir alles dies wieder ins Gedächtnis rief, wurde es Zeit, schlafen zu gehen. Schon war der Großvater in das rote Zimmer gegangen, unseren Salon, der ganz feucht und eisig blieb, weil er seit dem vorigen Winter verschlossen war. Man hatte, damit er es sich dort bequem machen konnte, die Spitzendecken von den Lehnstühlen genommen, die Teppiche aufgerollt und Zerbrechliches beiseitegeräumt. Seinen Stock hatte er an einen Stuhl gelehnt, seine großen Schuhe unter einen Lehnstuhl gestellt und gerade sein Licht ausgelöscht. Wir waren im Begriff, uns mit einem «Gute Nacht!» zu trennen, als uns ein Wagengeräusch verstummen ließ.

Es hörte sich an, als ob zwei Fuhrwerke sich in langsamem Trab folgten. Dann verlangsamte sich der Schritt und kam schließlich unter dem Esszimmerfenster zum Stehen, das nach der Landstraße ging, aber zugenagelt war.

Mein Vater hatte die Lampe genommen und öffnete sofort die schon verschlossene Tür. Dann stieß er das Gittertor auf und hob am Rande der Stufen das Licht über den Kopf, um zu sehen, was da vor sich ging.

Da standen zwei Wagen; das Pferd des einen war hinter dem ersten Wagen angebunden. Ein Mann war herabgesprungen und zögerte …

«Ist hier die Gemeindeverwaltung?», fragte er im Näherkommen. «Können Sie mir sagen, wo Monsieur Fromentin, der Pächter von La Belle-Étoile, wohnt? Ich habe seinen Wagen und seine Stute führerlos an einem Weg bei der Landstraße nach Saint-Loup-des-Bois gefunden. Mit meiner Laterne habe ich Namen und Ort auf dem Schild lesen können, und da es auf meinem Wege lag, so habe ich das Gespann hierher gebracht, um einen Unfall zu verhüten, aber ich habe mich dadurch arg verspätet.»

Wir standen ganz verdutzt da. Mein Vater ging näher und beleuchtete den Bauernkarren mit seiner Lampe.
«Keine Spur von einem Kutscher», sagte der Mann, «nicht einmal eine Decke. Das Tier ist müde und lahmt ein bisschen.»
Ich hatte mich vorgedrängt und betrachtete mit den andern dieses verloren gegangene Gespann, das wie ein von der Flut angespültes Überbleibsel zu uns zurückkehrte – das erste und vielleicht letzte Überbleibsel des Meaulnes'schen Abenteuers.
«Wenn es bis zu Fromentin zu weit ist», sagte der Mann, «so will ich den Wagen hier lassen. Ich habe schon viel Zeit verloren und man wird bei mir zu Hause beunruhigt sein.»
Mein Vater stimmte zu. So könnten wir noch an diesem Abend das Gespann nach La Belle-Étoile zurückbringen, ohne zu sagen, was geschehen war. Später würde man entscheiden, was man den Leuten erzählen und an Meaulnes' Mutter schreiben sollte ... Der Mann schlug das Glas Wein aus, das wir ihm anboten, und trieb sein Pferd an.
Mein Großvater erkundigte sich hinten aus seinem Zimmer, wo er die Kerze wieder angezündet hatte, während wir wortlos ins Haus traten und mein Vater den Wagen zum Gut brachte:
«Nun, ist der Junge wieder zurückgekehrt?»
Die Frauen verständigten sich eine Sekunde lang mit Blicken:
«Gewiss, er war bei seiner Mutter, schlaf nur gut und beunruhige dich nicht!»
«Nun, desto besser, das dachte ich mir schon», sagte er.
Und befriedigt löschte er sein Licht aus und drehte sich auf die andere Seite, um einzuschlafen.
Die gleiche Erklärung gaben wir den Leuten im Dorf. Mit einem Brief an die Mutter des Entflohenen beschlossen wir

aber noch zu warten und behielten unsere Unruhe drei lange Tage für uns. Ich sehe noch meinen Vater, wie er gegen elf Uhr mit seinem nachtfeuchten Schnurrbart vom Gut zurückkam und sich mit Millie in sehr leisem, beunruhigtem und zornigem Ton besprach …

Sechstes Kapitel

Jemand klopft ans Fenster

Der vierte Tag war einer der kältesten in jenem Winter. Die ersten Ankömmlinge am frühen Morgen wärmten sich auf, indem sie um den Brunnen herumschlitterten. Sie warteten auf das Anzünden des Schulofens, auf den sie sich dann stürzten.

Wir standen zu mehreren hinter der Schultür, um zu beobachten, wie die Jungen vom Land ankamen. Sie waren noch ganz beeindruckt von der Landschaft mit Raureif, von gefrorenen Teichen und Hasen, die ins Unterholz flüchteten. Ihren Kitteln entströmte ein Geruch nach Heu und Stall, der die Luft in der Klasse erfüllte, als sie sich um den rotglühenden Ofen drängten. Und an jenem Morgen hatte einer von ihnen in einem Korb ein erfrorenes Eichhörnchen mitgebracht, das er unterwegs gefunden hatte. Ich erinnere mich, wie er versuchte, das lang gezogene, steife Tier mit den Krallen an einem Pfosten der Pausenhalle aufzuhängen.

Dann begann eine der langweiligen Unterrichtsstunden des Winters ...

Ein plötzlicher Schlag gegen das Fenster ließ uns den Kopf heben. An der Tür sahen wir den großen Meaulnes vor dem Eintreten den Raureif von seinem Kittel schütteln – mit erhobenem Haupt und wie geblendet.

Die beiden Schüler auf der am nächsten bei der Tür stehenden Bank stürzten hin, um zu öffnen: Am Eingang hörte man ein

unverständliches Getuschel, und endlich entschloss sich der Flüchtling, ins Schulhaus einzutreten.
Der frische Luftzug, der vom verlassenen Hof hereinkam, die Strohhalme an den Kleidern des großen Meaulnes und besonders der Gesichtsausdruck dieses ermüdeten, hungrigen, aber entzückten Wanderers – all das erweckte in uns ein seltsames Gefühl der Freude und Neugier.
Monsieur Seurel war die zwei Stufen vom Katheder heruntergestiegen, von wo aus er uns gerade diktierte, und Meaulnes ging mit einer aggressiven Miene auf ihn zu. Ich erinnere mich, wie schön ich in diesem Augenblick den großen Mitschüler fand, trotz seines erschöpften Aussehens und seiner, wohl infolge im Freien verbrachter Nächte, geröteten Augen.
Er ging bis zum Katheder vor und sagte mit sicherem Ton wie zur Auskunft:
«Ich bin zurückgekehrt, Monsieur Seurel!»
«Das sehe ich wohl», antwortete Monsieur Seurel, indem er ihn musterte, «setzen Sie sich auf Ihren Platz!»
Der Junge wandte sich zu uns mit etwas gebeugtem Rücken und spöttischem Lächeln, wie es ältere, ungezogene Schüler an sich haben, wenn sie bestraft werden; und mit einer Hand am Ende des Tisches, ließ er sich auf seine Bank gleiten.
«Nehmen Sie gleich ein Buch, das ich Ihnen nennen werde», sagte der Lehrer – alle Köpfe drehten sich dabei Meaulnes zu –, «während Ihre Kameraden ihr Diktat beenden.»
Der Unterricht ging weiter wie vorher. Von Zeit zu Zeit drehte sich der große Meaulnes zu meiner Seite, dann wieder sah er aus den Fenstern auf den weißen, wattigen, reglos daliegenden Garten und die öden Felder, auf denen sich manchmal ein Rabe niederließ. In der Klasse verbreitete der rotglühende Ofen eine drückende Hitze. Mein Kamerad stützte beim Lesen den Kopf

in beide Hände. Zweimal sah ich, wie seine Augenlider sich schlossen, und ich glaubte, er würde gleich einschlafen.
Er hob schließlich müde die Hand: «Ich möchte gern zu Bett gehen, Monsieur Seurel. Ich habe drei Nächte lang nicht geschlafen.»
«Gehen Sie!», sagte Monsieur Seurel, dem vor allem daran lag, einen Zwischenfall zu vermeiden.
Mit erhobenen Köpfen, alle Federhalter in der Luft, sahen wir ihn mit Bedauern hinausgehen mit seinem im Rücken zerknitterten Kittel und den lehmigen Schuhen.
Wie lang wurde uns dieser Morgen! Als es fast zwölf Uhr war, hörten wir, wie oben in der Mansardenstube der Ausreißer sich zum Herunterkommen bereitmachte. Beim Mittagessen fand ich ihn vor dem Feuer sitzend bei den ganz verdutzten Großeltern; als es zwölf Uhr schlug, huschten die großen und kleinen Schüler, die bis dahin auf dem schneebedeckten Hofe gespielt hatten, wie Schatten an der Tür des Esszimmers vorbei.
Die einzige Erinnerung, die ich an dieses Mittagessen habe, ist die an ein allgemeines Schweigen und große Verlegenheit. Alles war eisig: das Wachstuch ohne eine Tischdecke darüber, der kalte Wein in den Gläsern, die rötlichen Fliesen unter unseren Füßen ... Man hatte beschlossen, den Ausreißer nichts zu fragen, um ihn nicht zum Widerstand zu reizen. Und er nutzte den Burgfrieden, um kein Wort zu sagen.
Endlich, als der Nachtisch vorüber war, konnten wir beide auf den Hof hinausspringen; auf einen nachmittäglichen Schulhof, wo die Holzschuhe den Schnee weggetreten hatten und das Tauwasser vom Dach der Pausenhalle dunkel heruntertropfte, auf einen von Spielen und durchdringenden Schreien erfüllten Hof. Meaulnes und ich liefen die Gebäude entlang. Schon ließen zwei oder drei unserer Freunde aus dem Dorf

vom Spiel ab und rannten, die Hände in den Taschen, der Schal hinterherwehend, unter Freudenschreien auf uns zu, wobei der Schlamm unter ihren Holzschuhen wegspritzte. Aber mein Kamerad eilte in die Klasse der Großen, wohin ich ihm folgte, und schloss die Tür gerade zur rechten Zeit, um den Ansturm der Verfolger abzuhalten. Man hörte ein helles, heftiges Geräusch von klirrenden Scheiben und das Holzschuhgetrampel auf der Schwelle, ein Ansturm, der die eiserne Stange an den beiden Türflügeln zum Biegen brachte. Aber schon hatte Meaulnes, auf die Gefahr hin, sich an dem zerbrochenen Ring zu verletzen, den kleinen Schlüssel umgedreht, der das Schloss zusperrte.

Wir waren gewohnt, ein derartiges Verhalten für recht herausfordernd zu halten. Im Sommer liefen die Ausgesperrten im Galopp in den Garten, und es gelang ihnen oft, zu einem Fenster hineinzuklettern, bevor man alle schließen konnte. Aber es war Dezember, und alles war geschlossen. Einen Augenblick noch drückte man von außen gegen die Tür und rief uns Beleidigungen zu; dann zog sich einer nach dem anderen zurück, sie gingen mit gesenktem Kopfe fort und brachten ihre Schals wieder in Ordnung.

In der Klasse, wo es nach Kastanien und schlechtem Wein roch, waren nur noch zwei Knaben, die auskehrten und Tische rückten. Ich ging nah an den Ofen, um mich bis zum Wiederbeginn des Unterrichts bequem zu wärmen, während Augustin Meaulnes im Pult des Lehrers und in den Schulbänken herumsuchte. Bald stieß er auf einen kleinen Atlas, den er auf dem Katheder, die Ellenbogen auf dem Pult und den Kopf zwischen den Händen, sofort eifrig studierte.

Ich wollte gerade zu ihm hingehen; ich hätte ihm die Hand auf die Schulter gelegt, und wir hätten sicherlich auf der Karte den von ihm zurückgelegten Weg zusammen verfolgt, als plötzlich die Verbindungstür zur Klasse der Kleinen sich unter einem heftigen Druck ganz weit öffnete und Jasmin Delouche, gefolgt von einem Jungen aus dem Dorf und drei anderen vom Lande, mit Triumphgeschrei hereindrang. Eines der Fenster im Zimmer der Kleinen war wohl nicht fest geschlossen gewesen; sie mussten es aufgestoßen haben und dort hereingesprungen sein.

Jasmin Delouche, obwohl ziemlich klein, war einer der Ältesten im Oberkursus. Er war auf den großen Meaulnes sehr eifersüchtig, wenn er sich auch als dessen Freund ausgab. Vor der Ankunft unseres Pensionsschülers war er, Jasmin, der Anführer der Klasse gewesen. Er hatte ein bleiches, ziemlich ausdrucksloses Gesicht und mit Pomade getränktes Haar. Als einziger Sohn der Witwe Delouche, einer Gastwirtin, spielte er sich als Mann auf und wiederholte blasiert alles, was er von den Billardspielern und Wermuttrinkern aufschnappte.

Bei seinem Eintritt hob Meaulnes den Kopf und rief den Jungen, die sich zum Ofen drängten, mit gerunzelten Brauen zu:

«Ja kann man hier auch keine Minute ungestört sein!»

«Wenn es dir nicht passt, hättest du da bleiben sollen, wo du warst», antwortete Jasmin Delouche, der sich von seinen Kameraden unterstützt fühlte, ohne den Kopf zu heben.

Ich glaube, Augustin war in jenem Zustand der Ermüdung, wo der Zorn einen widerstandslos übermannt.

«Du», sagte er, indem er sich aufrichtete und sein Buch schloss, ein wenig bleich, «du wirst sofort hier hinausgehen!»

Der andere höhnte:

«Oh, weil du drei Tage lang ausgerissen warst, glaubst du, dass du jetzt hier den Herrn spielen kannst?»

Und die anderen in seinen Streit hineinziehend:
«Du wirst uns nicht hinausbringen, verstehst du!»
Aber schon hatte sich Meaulnes auf ihn gestürzt. Zuerst gab es eine Rangelei; die Kittel krachten, Nähte platzten. Nur Martin, einer der Jungen vom Lande, die mit Jasmin eingedrungen waren, mischte sich ein und sagte mit geblähten Nüstern, den Kopf wie ein Widder schüttelnd:
«Wirst du ihn in Ruhe lassen!»
Meaulnes warf ihn mit einem heftigen Stoß, sodass er taumelte und die Arme ausstreckte, in die Mitte der Klasse; dann ergriff er mit der einen Hand Delouche am Hals, öffnete mit der anderen die Tür und versuchte, ihn hinauszuwerfen. Jasmin hielt sich an den Tischen fest und schleifte mit den Füßen auf den Fliesen, wobei seine genagelten Schuhe knirschten, während Martin, der sein Gleichgewicht wiedergewonnen hatte, mit gesenktem Kopf und gemessenem Schritt zurückkam. Meaulnes ließ Delouche los, um sich mit diesem Dummkopf einzulassen, und hätte vielleicht den Kürzeren gezogen, als die Tür zu den Wohnungen sich halb öffnete und Monsieur Seurel erschien, den Kopf noch nach der Küche zurückgewandt, um, bevor er eintrat, eine Unterhaltung mit irgendjemandem zu beendigen ...
Sofort hielt die Schlacht ein. Einige, die es vermieden hatten, Partei zu ergreifen, scharten sich mit gesenkten Köpfen um den Ofen. Meaulnes setzte sich auf seinen Platz, seine Ärmel waren an den Schultern aus den Nähten geplatzt und hingen glatt herunter. Jasmin schrie mit hochrotem Kopf, während des kurzen Moments vor Unterrichtsbeginn, der durch einen Schlag mit dem Lineal angekündigt wurde:
«Er kann jetzt nichts mehr vertragen! Er gibt an und bildet sich wohl ein, wir wüssten nicht, wo er gewesen ist!»

«Dummkopf, ich weiß es ja selbst nicht!», antwortete Meaulnes in die schon eingetretene Stille.
Dann zuckte er die Achseln und begann, den Kopf auf die Hände gestützt, seine Lektionen zu lernen.

Siebtes Kapitel

Die Seidenweste

Unser Zimmer war, wie ich schon sagte, eine große Dachstube, halb Mansarde, halb Stube. Die anderen Räume hatten Fenster, und ich weiß nicht, warum dieses Zimmer sein Licht nur durch eine Dachluke bekam. Man konnte die Tür, die auf dem Fußboden schleifte, nicht vollständig schließen. Wenn wir abends hinaufstiegen, mit der Hand unsere Kerze schützend, die durch den in dem großen Haus herrschenden Luftzug zu verlöschen drohte, dann versuchten wir jedes Mal, diese Tür zu schließen und waren jedes Mal gezwungen, es als fruchtlos aufzugeben; und die ganze Nacht hindurch fühlten wir, wie die Stille der drei Dachräume bis in unser Zimmer drang und um uns war.

Dort fanden wir beide, Augustin und ich, uns am Abend jenes Wintertages wieder zusammen.

Während ich im Handumdrehen meine Kleider ausgezogen und sie in einem Haufen auf einen Stuhl am Kopfende meines Bettes geworfen hatte, begann mein Kamerad sich langsam und wortlos zu entkleiden. Von meinem eisernen Bett mit den Vorhängen aus weinrankengemustertem Stoff aus sah ich ihm zu. Bald setzte er sich auf sein niedriges Bett, das keinen Vorhang hatte, bald erhob er sich und ging hin und her, wobei er sich weiter auszog. Die Kerze, die er auf ein von Zigeunern aus Weiden geflochtenes Tischchen gestellt hatte, warf seinen hin und her irrenden riesigen Schatten an die Wand.

Im Gegensatz zu mir faltete er seine Kleidung und räumte sie mit zerstreuter und bitterer Miene, aber sorgfältig auf. Mir steht wieder vor Augen, wie er seinen schweren Gürtel auf einen Stuhl legte, dann seinen schwarzen, stark zerknitterten und schmutzigen Kittel zusammengelegt über die Lehne hängte, und eine Art dicker blauer Jacke, die er unter dem Kittel trug, auszog; dann bückte er sich, wobei er mir den Rücken zudrehte, um die Jacke auf dem Fußende seines Bettes auszubreiten ... Als er sich aber aufrichtete und mir zuwandte, bemerkte ich statt der kleinen Weste mit Kupferknöpfen, die wir alle unter der Jacke trugen, eine seltsame, seidene, tief ausgeschnittene Weste, die unten mit einer ganz engen Reihe kleiner Perlmuttknöpfe geschlossen war.

Es war ein reizendes, fantastisches Kleidungsstück, wie es wohl die jungen Leute, die mit unseren Großmüttern tanzten, auf den Bällen von 1830 trugen.

Ich sehe in diesem Augenblick den großen Schüler vom Lande vor mir, barhaupt – denn er hatte seine Mütze sorgfältig auf die anderen Kleider gelegt – mit seinem so jungen, kühnen und schon so harten Gesicht. Er hatte den Gang durch das Zimmer wieder aufgenommen, als er begann, dieses geheimnisvolle Stück eines Anzuges, der nicht der seinige war, aufzuknöpfen. Sonderbar, wie er in Hemdsärmeln mit seiner zu kurzen Hose und seinen schlammbedeckten Schuhen die Hand an diese Weste eines Marquis legte.

Sobald er sie berührt hatte, schreckte er plötzlich aus seiner Träumerei auf, wandte mir das Gesicht zu und betrachtete mich beunruhigt. Ich hätte fast gelacht. Er lächelte zugleich mit mir, und sein Gesicht hellte sich auf.

«Oh, sag mir doch, was ist das?», fragte ich, kühn geworden, mit leiser Stimme. «Wo hast du sie her?»

Aber sein Lächeln verschwand sofort. Er fuhr zweimal mit seiner schweren Hand über seine kurz geschnittenen Haare und zog plötzlich wie jemand, der seinem Wunsch nicht mehr widerstehen kann, über die feine Spitzenkrause seine Wolljacke, die er fest zuknöpfte, und seinen zerknitterten Kittel; dann betrachtete er mich einen Augenblick zögernd von der Seite ... Schließlich setzte er sich auf den Rand seines Bettes, zog seine Schuhe aus, die geräuschvoll auf den Boden fielen, und streckte sich, vollständig angekleidet wie ein Soldat im Alarmquartier, aufs Bett und blies die Kerze aus.

Mitten in der Nacht erwachte ich plötzlich. Meaulnes stand mitten im Zimmer, seine Mütze auf dem Kopf, und suchte am Kleiderständer etwas – eine Pelerine, die er sich umhängte ... Das Zimmer war sehr dunkel; selbst das Leuchten fehlte, das manchmal der Widerschein des Schnees hineinwirft. Ein schwarzer, eisiger Wind blies durch den ausgestorbenen Garten und über das Dach.

Ich richtete mich etwas auf und rief ihm halblaut zu:

«Meaulnes, du gehst wieder fort?»

Er antwortete nicht. Da sagte ich ganz außer mir:

«Gut, ich gehe mit dir, du musst mich mitnehmen!»

Und ich sprang aus dem Bett.

Er näherte sich mir, ergriff mich beim Arm und drückte mich wieder aufs Bett.

«Ich kann dich nicht mitnehmen, François. Wenn ich meinen Weg gut kennen würde, könntest du mich begleiten, aber ich muss ihn erst auf der Karte wiederfinden, und das gelingt mir nicht.»

«Dann kannst du aber auch nicht weggehen?»

«Das ist wahr, es hat keinen Zweck», sagte er entmutigt.

«Also leg dich wieder ins Bett, ich verspreche dir, nicht ohne dich fortzugehen.»
Und er lief wieder im Zimmer auf und ab. Ich wagte nicht, noch etwas zu ihm zu sagen. Er ging, blieb stehen, ging wieder schneller, wie jemand, der im Geiste Erinnerungen wachruft, sie gegenüberstellt, vergleicht, Berechnungen anstellt und plötzlich glaubt, fündig geworden zu sein, dann von Neuem den Faden verliert und wieder zu suchen beginnt ...

Dies war nicht die einzige Nacht, in der ich ihn, vom Geräusch seiner Schritte geweckt, etwa gegen ein Uhr morgens durch Zimmer und Speicher wandern hörte – wie jene Seeleute, die sich nicht abgewöhnen können, zur Zeit der Wache aufzustehen, und die auf ihren Gütern in der tiefsten Bretagne sich zur vorgeschriebenen Zeit erheben und ankleiden, um die Nacht an Land zu überwachen.
So wurde ich zwei- oder dreimal im Januar und in der ersten Hälfte des Februar aus meinem Schlaf geweckt. Der große Meaulnes stand da, vollständig angezogen, die Pelerine umgehängt, bereit fortzugehen. Und jedes Mal hielt er am Rande dieses geheimnisvollen Landes, in das er schon einmal geflüchtet war, inne und zögerte. Im Begriff, den Riegel von der Treppentür zurückzuschieben und durch die Küchentür, die er leicht ungehört hätte öffnen können, zu fliehen, wich er wieder zurück ... Dann durchmaß er stundenlang, mitten in der Nacht, fieberhaft nachdenkend die leeren Bodenkammern.

Endlich, eines Nachts um den fünfzehnten Februar, weckte er mich mit Absicht, indem er leise die Hand auf meine Schulter legte.
Der Tag war sehr bewegt gewesen. Meaulnes, der alle Spiele

seiner früheren Kameraden ganz vernachlässigte, war während der letzten Pause am Nachmittag auf einer Bank sitzen geblieben, ganz damit beschäftigt, einen geheimnisvollen kleinen Plan zu entwerfen, wobei er mit dem Finger unter langen Berechnungen auf einer Karte des Départements Cher entlangfuhr.

Zwischen Hof und Klassenzimmer war ein unaufhörliches Kommen und Gehen. Die Holzschuhe klapperten, man jagte sich von Tisch zu Tisch und sprang über Bänke und Katheder ... Jeder wusste, dass es nicht ratsam war, Meaulnes nahezuommen, wenn er so arbeitete. Als jedoch die Pause zu lang wurde, schlichen zwei oder drei Jungen aus dem Dorf aus Spaß zu ihm und sahen ihm über die Schulter. Einer von ihnen erkühnte sich sogar, die anderen auf Meaulnes zu schubsen ... Er schlug seinen Atlas zu, verbarg das Blättchen und ergriff den letzten der drei Jungen, während die beiden anderen entwischen konnten.

Es war der streitsüchtige Giraudat, der einen weinerlichen Ton anschlug und mit den Füßen zu treten versuchte, aber schließlich vom großen Meaulnes vor die Tür gesetzt wurde, dem er wütend ins Gesicht schrie:

«Großer Feigling! Mich wundert's nicht, dass alle gegen dich sind und mit dir Krieg führen wollen!» sowie eine Fülle weiterer Beleidigungen, auf die wir antworteten, ohne begriffen zu haben, was er eigentlich gemeint hatte. Ich schrie am lautesten, denn ich hatte die Partei des großen Meaulnes ergriffen. Zwischen uns bestand jetzt gleichsam ein Bündnis. Das Versprechen, das er mir gegeben hatte, mich mitzunehmen, ohne mir, wie sonst alle Leute, zu sagen, ich könne nicht laufen, hatte mich ihm für immer verbunden. Und ich dachte unentwegt an seine geheimnisvolle Reise. Ich war überzeugt, dass er ein

Mädchen getroffen hatte, das zweifellos unendlich viel schöner als alle aus unserer Gegend war, viel schöner als Jeanne, die man im Garten der Ordensschwestern durch das Schlüsselloch sehen konnte, und schöner als Madeleine, die rosige, blonde Tochter des Bäckers; schöner als Jenny, die Tochter der Gutsherrin, die wunderhübsch, aber wahnsinnig und immer eingesperrt war. Sicher dachte er, wie ein Romanheld, in der Nacht an ein Mädchen. Und ich hatte beschlossen, gleich beim nächsten Mal, wenn er mich wieder wecken würde, mutig mit ihm darüber zu sprechen ...

Am Abend dieser neuen Schlacht waren wir beide nach vier Uhr damit beschäftigt, Gartenwerkzeuge hineinzuschaffen, Hacken und Schaufeln, die dazu gedient hatten, Löcher zu graben, als wir plötzlich Schreie auf der Landstraße hörten. Es war eine Bande junger Leute und Buben, die zu vieren im Laufschritt in Reihen wie eine gutgeführte Kompanie mit Schwenkungen vorüberkamen, geführt von Delouche, Daniel, Giraudat und einem anderen, den wir nicht kannten. Sie hatten uns bemerkt und verhöhnten uns, so sehr sie konnten. Das ganze Dorf war also gegen uns, und dort draußen wurde irgendein kriegerisches Spiel vorbereitet, an dem wir nicht teilnehmen durften.

Meaulnes stellte, ohne ein Wort zu sagen, Hacke und Schaufel, die er auf der Schulter trug, in den Schuppen ... Um Mitternacht aber fühlte ich seine Hand auf meinem Arm und erwachte jäh.

«Steh auf», sagte er, «wir gehen!»

«Kennst du denn jetzt den ganzen Weg?»

«Ich kenne einen großen Teil, und es bleibt uns nichts übrig, als den Rest zu suchen», presste er zwischen den Zähnen hervor.

«Hör zu, Meaulnes», sagte ich, mich aufrichtend, «hör zu! Wir können nur eines tun, wir müssen alle beide bei Tageslicht den Teil des Weges suchen, der uns fehlt, und dabei deinen Plan benutzen.»

«Aber dieser Teil ist sehr weit von hier!»

«Schön, dann werden wir in diesem Sommer hinfahren, wenn die Tage länger sind.»

Ein langes Stillschweigen besagte, dass er einverstanden war.

«Wir wollen doch zusammen versuchen, das junge Mädchen, das du liebst, wiederzufinden, Meaulnes», sagte ich endlich, «so verrate mir, wer sie ist, erzähle mir von ihr!»

Er setzte sich auf das Fußende meines Bettes. Im Schatten sah ich seinen gebeugten Kopf, seine verschränkten Arme und die Knie. Dann atmete er tief ein wie einer, der seit langer Zeit ein schweres Herz mit sich herumträgt und der endlich sein Geheimnis jemandem anvertrauen will ...

Achtes Kapitel

Das Abenteuer

Mein Kamerad erzählte mir in jener Nacht nicht alles, was er unterwegs erlebt hatte. Als er sich endlich, in jenen Tagen der Not, von denen ich später sprechen werde, entschloss, mir alles anzuvertrauen, bewahrten wir es lange als das größte Geheimnis unserer Jugendzeit. Aber heute, da alles vorbei ist, jetzt, wo nichts als Staub «von so viel Schlechtem und so viel Gutem» geblieben ist, vermag ich sein seltsames Abenteuer zu erzählen.

Es war halb zwei Uhr nachmittags. Meaulnes ließ bei dem eisigen Wetter sein Pferd auf der Straße nach Vierzon gut ausgreifen, denn er wusste, dass er nicht viel Zeit hatte. Zunächst wollte er sich nur einen Spaß machen und uns alle überraschen, wenn er um vier Uhr in seinem Wagen Großvater und Großmutter Charpentier mitbrächte, denn in diesem Augenblick hatte er sicherlich noch keine anderen Absichten.

Allmählich, als ihn die Kälte durchdrang, wickelte er seine Beine in die zunächst zurückgewiesene Decke, die ihm die Leute von La Belle-Étoile schließlich aufgedrängt hatten.

Um zwei Uhr fuhr er durch das Dorf La Motte. Er war noch niemals zur Unterrichtszeit durch ein solches Nest gekommen, und es machte ihm Vergnügen, es so verlassen und verschlafen zu sehen; kaum dass sich ab und zu ein Vorhang hob und ein neugieriges Frauengesicht herausblickte.

Am Ausgang von La Motte, gleich hinter dem Schulhaus, schwankte er zwischen zwei Straßen und glaubte sich zu erinnern, dass man, um nach Vierzon zu kommen, links fahren müsse. Niemand war da, den er hätte fragen können. Auf der Landstraße, die nun schmaler geworden und schlecht gepflastert war, setzte er seine Stute wieder in Trab. Einige Zeit fuhr er einen Tannenwald entlang und traf endlich einen Frachtkutscher, den er, seine Hände als Schalltrichter benutzend, fragte, ob er wohl auf der Straße nach Vierzon wäre. Die Stute zog an den Zügeln und trabte weiter. Der Mann hatte offenbar nicht verstanden, was er gefragt wurde, er schrie irgendetwas und machte eine unbestimmte Geste, und so setzte Meaulnes seinen Weg auf gut Glück fort.

Wieder fuhr er durch das weite, froststarre Land, ohne irgendeine Erhebung oder Abwechslung; manchmal flog, durch den Wagen erschreckt, eine Elster auf und setzte sich weit weg auf eine wipfellose Ulme. Der Reisende hatte seine große Decke wie einen Umhang um die Schultern gelegt. Er streckte die Beine aus; den Ellenbogen auf eine Seite des Wagens gestützt, musste er wohl ziemlich lange gedöst haben …

Als Meaulnes infolge der Kälte, die nun durch die Decke drang, wieder erwachte, bemerkte er, dass die Landschaft sich verändert hatte. Er sah nicht mehr den weit entfernten Horizont, den großen, weißen Himmel, an dem der Blick sich verlor, sondern kleine, noch grüne Wiesen mit hohen Einfriedungen. Rechts und links floss in den Gräben das Wasser unter dem Eis dahin. Alles ließ die Nähe eines Flusses ahnen, und aus der Straße war ein enger, ausgefahrener Weg zwischen hohen Hecken geworden.

Die Stute hörte plötzlich auf zu traben. Meaulnes wollte sie durch einen Peitschenhieb wieder in lebhafteren Gang setzen,

aber sie ging weiter sehr langsam im Schritt, und als der große Schüler, die Hände auf den Vorderrand des Wagens gestützt, seitlich hinunterschaute, bemerkte er, dass sie auf der Hinterhand lahmte. Er sprang sofort sehr beunruhigt herunter.
«Wir werden nie zum Zug nach Vierzon kommen!», sagte er halblaut.
Und er wagte nicht, sich einzugestehen, was ihn am meisten beunruhigte, nämlich, dass er sich vielleicht im Wege getäuscht hatte und jetzt gar nicht mehr auf der Straße nach Vierzon war.
Er untersuchte lange den Huf des Pferdes, entdeckte aber keine Spur einer Verletzung. Die Stute hob furchtsam jedes Mal das Bein, wenn Meaulnes sie berühren wollte, und scharrte mit ihrem schweren, plumpen Huf am Boden. Er begriff endlich, dass sie nur einen Stein im Huf hatte. Erfahren im Umgang mit Tieren, wie er war, hockte er sich nieder und versuchte, den rechten Fuß mit seiner linken Hand zu fassen und zwischen seine Knie zu nehmen, aber der Wagen behinderte ihn. Zweimal entwand sich ihm die Stute und ging einige Meter weiter. Das Trittbrett stieß ihm an den Kopf, das Rad verletzte ihn am Knie, aber mit Hartnäckigkeit gelang es ihm schließlich doch, des furchtsamen Tieres Herr zu werden. Aber der Stein war so tief eingedrungen, dass Meaulnes sein Messer herausziehen musste, um Erfolg zu haben. Als er endlich fertig war und den Kopf hob, halb schwindlig und mit trüben Augen, bemerkte er mit Schrecken, dass die Nacht hereinbrach ...
Jeder andere als Meaulnes wäre sofort umgekehrt; das war die einzige Möglichkeit, sich nicht noch weiter zu verirren. Aber er überlegte, dass er jetzt schon sehr weit von La Motte entfernt sein musste; außerdem konnte die Stute, während er schlief, einen Querweg eingeschlagen haben. Jedenfalls musste

dieser Weg hier ihn doch mit der Zeit zu irgendeinem Dorfe führen ... Zu allen diesen Gründen kam noch, dass der große Bursche, als er wieder auf den Wagen stieg, während das ungeduldige Pferd schon an den Zügeln zog, in sich den verzweifelten Wunsch aufsteigen fühlte, irgendetwas zu erreichen und an irgendeinem Orte anzukommen, trotz aller Hindernisse!

Er schlug auf die Stute ein, die einen Seitensprung machte und dann lostrabte. Die Dunkelheit nahm zu. Auf dem ausgewaschenen Weg war jetzt gerade noch so viel Platz, dass der Wagen durchfahren konnte; manchmal verfing sich ein dürrer Zweig der Hecke im Rad und zerbrach mit einem trockenen Knacken. Als es ganz dunkel war, dachte Meaulnes plötzlich mit Herzbeklemmung an das Esszimmer von Sainte-Agathe, in dem wir um diese Stunde wohl alle vereinigt waren. Dann packte ihn der Zorn – und dann der Ehrgeiz, und eine tiefe Freude darüber, dass er so entflohen war, ohne es gewollt zu haben.

Neuntes Kapitel

Ein Halt

Plötzlich verlangsamte die Stute den Schritt, als ob ihr Fuß im Dunkel gegen etwas gestoßen sei. Meaulnes sah, wie sie den Kopf zweimal neigte und wieder hob. Dann blieb sie stehen und schien mit gesenkten Nüstern an etwas zu schnuppern. An den Füßen des Tieres hörte man etwas wie Wasserplätschern. Ein Bach durchschnitt den Weg; im Sommer gab es hier wahrscheinlich eine Furt, aber zu dieser Jahreszeit war die Strömung so stark, dass das Wasser nicht zugefroren war und es gefährlich gewesen wäre weiterzufahren.

Meaulnes zog vorsichtig an den Zügeln, um einige Schritte zurückzusetzen, und richtete sich dann vollkommen ratlos im Wagen auf. Da bemerkte er zwischen den Bäumen ein Licht; nur zwei oder drei Wiesen schienen es vom Weg zu trennen ...

Der Schüler stieg vom Wagen und führte die Stute zurück, wobei er ihr besänftigend zusprach, damit sie aufhören sollte, so wild mit dem Kopf zu stoßen:

«Nun, nun, sei ruhig, meine Alte! Wir fahren jetzt nicht mehr weit, wir werden gleich wissen, wo wir sind.»

Er stieß das halb offene Gatter einer kleinen Wiese, die am Wege lag, auf und fuhr mit seinem Gespann hinein. Seine Füße versanken in weichem Gras. Der Wagen schwankte lautlos hin und her. Seinen Kopf an den des Pferdes gepresst, spürte er dessen Wärme und schweren Atem ... Er führte das

Pferd bis zum Ende der Wiese und legte die Decke auf seinen Rücken; dann, als er die Zweige der Hecke auseinanderbog, bemerkte er von Neuem das Licht, das aus einem einsam gelegenen Haus kam.
Trotzdem musste er noch drei Wiesen überqueren und über einen versteckten kleinen Bach springen, in den er beinahe mit beiden Füßen zugleich geraten wäre. Schließlich, nach einem letzten Sprung von der Höhe einer Böschung, befand er sich im Hofe eines Bauernhauses. Ein Schwein grunzte im Koben. Beim Geräusch der Schritte auf dem hart gefrorenen Boden bellte wütend ein Hund.
Der Laden der Tür war offen; das Licht, das Meaulnes bemerkt hatte, kam von einem Holzfeuer im Kamin. Es gab kein anderes Licht als das des Feuers. Im Haus erhob sich eine Frau und näherte sich der Tür, offenbar ohne irgendwie erschreckt zu sein. Gerade in diesem Augenblick schlug die Wanduhr halb acht.
«Madame, entschuldigen Sie, bitte», sagte der große Junge, «ich fürchte, dass ich ihre Chrysanthemen zertreten habe.»
Stutzend, ein Schüsselchen in der Hand, sah sie ihn an.
«Es ist wahr», sagte sie, «im Hof ist es so dunkel, dass man sich nicht zurechtfindet.»
Stille breitete sich aus, während Meaulnes stand und die Wände der Stube betrachtete, die mit illustrierten Zeitschriften wie in einer Wirtschaft tapeziert waren, und den Tisch, auf dem ein Männerhut lag.
«Ist der Bauer nicht da?», fragte er und setzte sich.
«Er muss gleich zurückkommen», antwortete die Frau, die Vertrauen gefasst hatte. «Er holt gerade Holz.»
«Ich brauche ihn zwar nicht», sagte der junge Mann, indem er seinen Stuhl näher ans Feuer rückte, «aber wir sind da

draußen mehrere Jäger auf dem Anstand, und ich wollte Sie fragen, ob Sie uns nicht ein wenig Brot geben könnten.»
Der große Meaulnes wusste schon, dass man bei Bauern und besonders auf einem einzeln gelegenen Hof mit sehr großer Zurückhaltung, ja sogar Diplomatie reden muss und vor allem nicht zeigen darf, dass man nicht aus der Gegend ist.
«Brot», sagte sie, «werden wir wohl kaum geben können. Der Bäcker, der sonst jeden Dienstag vorbeikommt, ist heute nicht gekommen.»
Augustin, der einen Augenblick gehofft hatte, dass er in der Nähe eines Dorfes sei, war bestürzt.
«Der Bäcker von welchem Ort?», fragte er.
«Na, der Bäcker von Le Vieux-Nançay», antwortete die Frau erstaunt.
«Wie weit ist denn Le Vieux-Nançay von hier genau?», fragte Meaulnes sehr beunruhigt weiter.
«Auf der Straße kann ich's Ihnen nicht genau sagen, aber querfeldein sind es dreieinhalb Meilen.»
Und sie begann zu erzählen, dass dort ihre Tochter in Stellung sei und dass sie immer am ersten Sonntag des Monats zu Fuß herüberkäme, um sie zu besuchen, und dass ihre Herrschaft ...
Aber Meaulnes, der gänzlich außer Fassung geraten war, unterbrach sie und fragte:
«Ist Le Vieux-Nançay der nächste Ort von hier?»
«Nein, das ist Les Landes, fünf Kilometer von hier, aber dort gibt es weder einen Kaufmann noch einen Bäcker. Nur jedes Jahr zum St. Martinsfest kommen einige Händler dorthin.»
Meaulnes hatte nie von Les Landes gehört. Er war jetzt so verwirrt, dass es ihn beinahe belustigte. Aber die Frau, die ihr Schüsselchen im Ausguss abwusch, drehte sich, nun ihrerseits

neugierig geworden, um und sagte langsam, indem sie ihn musterte:
«Sie sind wohl nicht von hier?»

In diesem Moment trat ein alter Bauer durch die Tür und warf einen Arm voll Holz auf den Fliesenboden. Die Frau erklärte ihm sehr laut, als ob er taub wäre, worum der junge Mann bat.
«Nun, das ist leicht», sagte er knapp. «Aber kommen Sie doch näher, Sie werden ja so nicht warm.»
Einen Augenblick später saßen alle beide nahe am Kamin: Der Alte zerbrach sein Holz, um es ins Feuer zu werfen, und Meaulnes trank ein Schüsselchen voll Milch und aß Brot dazu, das man ihm angeboten hatte. Unser Reisender, entzückt, sich nach so großer Besorgnis in diesem bescheidenen Haus zu befinden, hielt sein seltsames Abenteuer für beendet und entwarf schon einen Plan, wie er später mit Kameraden kommen wollte, um diese wackeren Leute wiederzusehen. Er wusste nicht, dass dies hier nur ein Halt war und dass er gleich wieder seinen Weg fortsetzen sollte.
Er bat darum, ihn auf die Landstraße nach La Motte zu bringen, und erzählte, allmählich wieder zur Wahrheit zurückkehrend, dass er sich mit seinem Wagen von den anderen Jägern getrennt und sich jetzt vollständig verfahren habe.
Da bestanden Mann und Frau so lange darauf, dass er zum Schlafen bei ihnen bliebe und erst am Tage wieder fahren sollte, dass Meaulnes schließlich einwilligte und hinausging, um seine Stute zu holen und in den Stall zu bringen.
«Nehmen Sie sich vor den Löchern im Fußsteig in Acht!», sagte der Mann.
Meaulnes wagte nicht zu gestehen, dass er nicht über den

«Fußsteig» gekommen war. Er war nahe daran, den wackeren Mann zu bitten, ihn zu begleiten. Er zögerte eine Sekunde auf der Schwelle, und seine Unentschlossenheit war so groß, dass er beinahe taumelte. Dann ging er in den dunklen Hof hinaus.

Zehntes Kapitel

Der Schafstall

Um sich zurechtzufinden, kletterte er auf die Böschung, von der er herabgesprungen war.
Langsam und unter Schwierigkeiten wie beim Hinweg tastete er sich zwischen Gras und Wasser durch Weidengehege hindurch und suchte seinen Wagen am Ende der Wiese, auf der er ihn zurückgelassen hatte. Der Wagen stand nicht mehr da ...
Reglos, mit pochenden Schläfen bemühte er sich, allen Geräuschen der Nacht zu lauschen, und in jeder Sekunde meinte er ganz in der Nähe die Halsbandglöckchen des Pferdes zu hören. Nichts ... Er ging um die Wiese herum; das Gatter war halb geöffnet und halb umgeworfen, als ob ein Wagenrad darüber gefahren wäre. Die Stute war wohl an dieser Stelle ausgebrochen.
Als er den Weg wieder zurückging, stolperte er nach einigen Schritten über die Decke, die wahrscheinlich von der Stute heruntergeglitten war. Er schloss daraus, dass das Pferd in dieser Richtung davongelaufen war. Er rannte los.
Mit nichts anderem im Sinn als dem zähen und unbändigen Willen, seinen Wagen einzuholen, im Banne jenes panischen Wunsches, der schon fast dem Gefühl der Furcht ähnelte, lief er weiter ... Manchmal stolperte er in den Wagenspuren. An Wegbiegungen lief er in der vollkommenen Dunkelheit gegen die Umzäunungen, und schon zu ermüdet, um rechtzeitig anzuhalten, fiel er in die Dornen und riss sich dabei die Hände

auf, mit denen er sein Gesicht hatte schützen wollen. Manchmal blieb er stehen, horchte – und rannte dann weiter. Einmal glaubte er, einen Wagen zu hören; aber es war nur ein zweirädriger Karren, der weit entfernt auf einer Landstraße zur Linken vorbeirumpelte.

Dann kam ein Augenblick, wo sein Knie, das er am Wagentritt verletzt hatte, so wehtat, dass er mit fast steif gewordenem Bein stehen bleiben musste. Da überlegte er, dass er die Stute schon längst hätte einholen müssen, wenn sie nicht gerade in gestrecktem Galopp davongelaufen war. Er sagte sich auch, dass ein Wagen nicht so einfach verloren gehen könne und dass irgendjemand ihn wohl finden würde. Schließlich kehrte er um, erschöpft und zornig, und schleppte sich nur mit Mühe weiter.

Nach einer Weile glaubte er, die Gegend wiederzuerkennen, und bemerkte bald das Licht des Hauses, das er suchte. Ein verwachsener Pfad öffnete sich in der Hecke:

«Hier ist der Weg, von dem der Alte gesprochen hat», sagte sich Augustin.

Und er bog in diesen Durchgang ein, glücklich, nicht mehr über Hecken und Böschungen klettern zu müssen. Gleich darauf führte der Fußweg nach links ab, das Licht schien nach rechts zu wandern, und an einer Kreuzung angekommen, folgte Meaulnes in seiner Hast, seine armselige Unterkunft wiederzufinden, ohne zu überlegen einem Fußweg, der anscheinend direkt dahin führte. Aber kaum hatte er zehn Schritte in diese Richtung getan, als das Licht verschwand, entweder durch eine Hecke verborgen oder weil die Bauern, des Wartens müde, gerade den Fensterladen geschlossen hatten. Mutig sprang der Schüler querfeldein und lief geradewegs in die Richtung, aus der das Licht eben noch geleuchtet hatte.

Als er noch einen Zaun überklettert hatte, kam er wieder auf einen neuen Fußweg …

So verwischte sich nach und nach die Spur des großen Meaulnes, und das Band zwischen ihm und denen, die er verlassen hatte, zerriss.

Entmutigt und fast am Ende seiner Kraft, beschloss er in seiner Verzweiflung, dem Weg bis zum Ende zu folgen. Etwa hundert Schritte weiter kam er auf einer großen, grauen Wiese heraus, auf der man in Abständen Schattenumrisse sah, die wohl Wacholderbüsche waren, und in einer Geländefalte bemerkte er ein dunkles Gebäude. Meaulnes ging näher. Es war nur eine Art großen Viehgeheges oder ein verlassener Schafstall. Die Tür gab quietschend nach. Wenn der heftige Wind die Wolken verjagte, drang der Mondschein durch die Ritzen der Verschläge. Es roch nach Schimmel.

Ohne sich weiter umzusehen, streckte sich Meaulnes auf dem feuchten Stroh aus, den Ellenbogen auf dem Fußboden, den Kopf in die Hände gestützt. Er legte seinen Gürtel ab und verkroch sich, die Knie an den Leib gezogen, in seinen Kittel. Die Decke der Stute kam ihm jetzt in den Sinn, die er auf dem Weg liegen gelassen hatte, und er fühlte sich unglücklich, so ärgerlich auf sich selbst, dass er große Lust hatte, zu weinen …

Deshalb bemühte er sich, an etwas anderes zu denken. Bis auf die Knochen durchgefroren, erinnerte er sich an einen Traum – eher eine Vision, die er als kleines Kind gehabt hatte und über die er noch zu niemandem gesprochen hatte: Eines Morgens hatte er sich, statt in seinem Zimmer zu erwachen, wo seine Hosen und seine Jacken hingen, in einem lang gestreckten grünen Raum befunden mit Tapeten, die Laubwerk glichen. Hier herrschte ein so mildes Licht, dass man es fast zu schmecken glaubte. Am nächstgelegenen Fenster saß nähend ein Mädchen, den Rücken ihm zugewandt, und schien auf sein Erwachen zu warten. Er hatte nicht die Kraft besessen, sein Bett zu verlassen, um in diesem verzauberten Haus umherzugehen, und war wieder eingeschlafen – aber das nächste Mal, so schwor er sich, würde er aufstehen. Vielleicht morgen früh!

Elftes Kapitel

Das geheimnisvolle Gut

Gleich bei Morgengrauen lief er wieder weiter, aber sein geschwollenes Knie tat ihm weh; er musste fast jeden Augenblick anhalten und sich setzen, so stark war der Schmerz. Die Gegend, in der er sich befand, war übrigens die trostloseste der Sologne. Den ganzen Vormittag sah er lediglich am Horizont eine Schäferin, die ihre Herde heimtrieb. Alles Rufen und der Versuch zu laufen nützte nichts; sie verschwand, ohne ihn zu hören.

Mit trostloser Langsamkeit schleppte er sich weiter ... Kein Dach, keine Seele. Nicht einmal der Schrei eines Brachvogels im Schilf der Sümpfe. Und auf diese vollkommene Einsamkeit schien eine klare, kalte Dezembersonne.

Es mochte etwa drei Uhr nachmittags sein, als er endlich über einem Tannenwäldchen die Spitze eines grauen Turmes bemerkte.

«Wahrscheinlich irgendein alter, verlassener Landsitz», sagte er sich, «irgendein leeres Taubenhaus!»

Und ohne sich zu beeilen, setzte er seinen Weg fort. An einer Waldecke begann zwischen zwei weißen Pfählen eine Allee, in die Meaulnes einbog. Nach einigen Schritten blieb er überrascht und von einer unerklärlichen Erregung überwältigt stehen. Doch ging er dann mit dem gleichen müden Schritt weiter; der eisige Wind brachte seine Lippen zum Aufspringen und nahm ihm zeitweise den Atem; und dennoch fühlte er sich durch eine außergewöhnliche Zufriedenheit erhoben, durch eine vollkommene und fast trunken machende Ruhe und die Gewissheit, sein Ziel erreicht zu haben; von jetzt an hatte er nur noch Glück zu erhoffen. So hatte er sich früher am Vorabend großer Sommerfeste schwindlig gefühlt, wenn man bei Anbruch der Nacht Tannen in den Dorfstraßen pflanzte und das Fenster seines Zimmers von den Zweigen verdeckt war.

«So viel Freude», sagte er sich, «weil ich an diesem alten, zugigen Taubenschlag voller Eulen ankomme?»

Und über sich selbst ärgerlich blieb er stehen und fragte sich, ob es nicht doch besser wäre, umzukehren und zum nächsten Dorf zu gehen. Er überlegte einen Augenblick mit gesenktem Kopf, als er plötzlich bemerkte, dass die Allee in großen, regelmäßigen Kreisen gekehrt war, wie es bei ihm zu Hause an Festtagen geschah. Er befand sich auf einem Weg, der der Hauptstraße von La Ferté am Morgen von Mariä Himmelfahrt glich ... Hätte er an einer Biegung der Allee eine Anzahl von festlich gekleideten Leuten bemerkt, die wie im Juni Staub aufgewirbelt hätten, seine Verwunderung wäre nicht größer gewesen.

«Sollte in dieser Einsamkeit ein Fest stattfinden?», fragte er sich. Als er bis zur ersten Biegung ging, hörte er Stimmen, die näherkamen. Er verbarg sich schnell seitlich in den jungen, dichten Tannen, kauerte sich nieder und hörte mit angehaltenem Atem zu. Es waren Kinderstimmen. Ein Trupp von Kindern kam ganz dicht an ihm vorbei. Eines von ihnen, wahrscheinlich ein kleines Mädchen, sprach in so verständigem und weisem Ton, dass Meaulnes, obwohl er den Sinn seiner Worte kaum verstand, sich eines Lächelns nicht erwehren konnte.

«Eines beunruhigt mich», sagte sie, «die Pferde. Man wird

zum Beispiel Daniel nie hindern können, auf das große gelbe Pony zu steigen!»

«Niemals wird man mich daran hindern!», antwortete die mokante Stimme eines Jungen. «Ist uns nicht alles erlaubt? Sogar ... uns wehzutun, wenn es uns gefällt?»

Und im Augenblick, als sich die Stimmen entfernten, näherte sich schon eine andere Gruppe von Kindern.

«Wenn das Eis getaut ist, werden wir morgen früh Boot fahren», sagte ein kleines Mädchen.

«Aber wird man es uns erlauben?», sagte ein anderes.

«Ihr wisst wohl, dass wir das Fest ganz nach unserem Gefallen veranstalten.»

«Und wenn Frantz schon heute Abend mit seiner Braut zurückkehrt?»

«Nun, dann würde er machen, was wir wollen!»

«Es handelt sich offenbar um eine Hochzeit», sagte sich Augustin, «aber geben hier die Kinder die Gesetze? Ein seltsames Gut!»

Er wollte aus seinem Versteck hervorkommen, um sie zu fragen, wo man etwas zu essen und zu trinken bekäme. Als er sich aufrichtete, sah er gerade noch, wie sich die letzte Gruppe entfernte. Es waren drei Mädchen mit gerade geschnittenen, bis zum Knie reichenden Kleidern. Sie trugen hübsche Hüte mit Bindebändern. Allen dreien hing eine weiße Feder in den Nacken. Eine von ihnen hörte, halb zurückgebeugt, ihrer Begleiterin zu, die ihr mit erhobenem Finger große Erklärungen gab.

«Ich würde ihnen Angst einjagen», sagte sich Meaulnes, als er seinen zerrissenen Bauernkittel und seinen eigenartigen Schülergürtel von Sainte-Agathe betrachtete.

Da er fürchtete, dass ihm die Kinder auf ihrem Rückweg durch die Allee begegnen könnten, setzte er seinen Weg durch die Tannen in Richtung auf das «Taubenhaus» fort, ohne viel darüber nachzudenken, was er dort erbitten könnte. Eine kleine, moosbewachsene Mauer am Waldrand hemmte seinen Schritt. Auf der anderen Seite, zwischen Mauer und Gut, lag ein langer, schmaler Hof, der ganz mit Wagen zugestellt war, wie der Hof eines Gasthauses am Markttag. Alle Arten und alle Formen waren zu sehen: zierlich kleine viersitzige Wagen, deren Deichseln in die Luft standen, Kremser, altmodische Bourbonnaisen mit gedrechselten Gepäckträgern und sogar alte Berlinen mit offenen Fenstern.

Meaulnes verbarg sich, um nicht bemerkt zu werden, hinter den Tannen und musterte die Unordnung, die an diesem Ort herrschte, als er auf der anderen Seite des Hofes, knapp über dem Sitz eines hohen Kremsers, am Nebengebäude ein halb offenes Fenster entdeckte. Früher hatten offenbar zwei Eisenstangen, wie man sie oft auf Gütern an den immer geschlossenen Stallfenstern sieht, die Öffnung verriegelt, aber die Zeit hatte sie aus dem Putz gerissen.

«Da werde ich hineinklettern», sagte sich der Schüler, «ich werde im Heu schlafen und ganz früh am Morgen fortgehen, ohne die hübschen Mädchen erschreckt zu haben.»

Er kletterte über die Mauer, was ihm wegen seines verletzten Knies Mühe machte, und von einem Wagen auf den anderen steigend, vom Sitz eines Kremsers über das Dach einer Berline gelangte er auf die Höhe des Fensters, das er geräuschlos wie eine Tür öffnete.

Er befand sich aber nicht auf einem Heuboden, sondern in einem großen Zimmer mit niedriger Decke, das offenbar ein Schlafzimmer war. Im Halbdunkel des Winterabends konnte er erkennen, dass der Tisch, der Kamin und selbst die Sessel mit großen Vasen, alten Waffen und wertvollen Dingen überladen waren. Hinten im Zimmer hingen Vorhänge, die wohl einen Alkoven verbargen.

Meaulnes hatte das Fenster geschlossen, teils wegen der Kälte, teils weil er befürchtete, von außen bemerkt zu werden. Er hob den Vorhang und entdeckte ein großes, niedriges Bett, auf dem alte Bücher mit Goldschnitt, Lauten mit gerissenen Saiten und Armleuchter kreuz und quer hingeworfen lagen. Er schob alle diese Dinge in die hintere Ecke des Alkovens, dann streckte er sich auf dem Lager aus, um sich auszuruhen und ein wenig über das seltsame Abenteuer nachzudenken, in das er sich gestürzt hatte.

Tiefes Schweigen herrschte auf dem Gut. Nur ab und zu hörte man den starken Dezemberwind heulen.

Und Meaulnes, der sich lang ausgestreckt hatte, fragte sich schließlich, ob er nicht doch trotz dieser seltsamen Begegnungen, trotz der Kinderstimmen in der Allee, trotz der zusammengepferchten Wagen nur, wie er zuerst gedacht hatte, in einem alten, in Wintereinsamkeit verlassenen Gebäude lag.

Da schien ihm, als trage der Wind die verlorenen Töne einer fernen Musik zu ihm herüber. Wie eine zauberhafte und schmerzliche Erinnerung rührte es ihn an. Jene Zeit wurde wieder in ihm wach, als seine damals noch junge Mutter sich am Nachmittag im Salon ans Klavier setzte, während er still hinter der Tür, die zum Garten ging, bis in die Nacht hinein zuhörte …

«Man sollte meinen, es spiele jemand irgendwo Klavier», dachte er.

Aber er ließ seine Frage unbeantwortet, und von Müdigkeit überwältigt, schlief er bald ein …

Zwölftes Kapitel

Das Wellington-Zimmer

Als er erwachte, war es Nacht. Vor Kälte starr, drehte er sich auf seinem Lager hin und her, wobei er seinen schwarzen Kittel rollte und zerknitterte. Die Vorhänge des Alkovens waren in ein matt meergrünes Licht getaucht.

Er setzte sich aufrecht und steckte seinen Kopf durch die Vorhänge; jemand hatte das Fenster geöffnet und darin zwei grüne venezianische Laternen befestigt.

Kaum aber hatte Meaulnes einen Blick darauf werfen können, als er auf dem Treppenabsatz gedämpfte Schritte und eine halblaute Unterhaltung hörte. Er zog sich wieder in den Alkoven zurück, und seine genagelten Schuhe ließen einen der Bronzegegenstände, die er an die Wand gelehnt hatte, klingen. Einen Augenblick lang hielt er erschrocken den Atem an; die Schritte näherten sich, und zwei Schatten glitten ins Zimmer.

«Mach keinen Lärm», sagte einer.

«Ach was», antwortete der andere, «es wird ohnehin Zeit, dass er aufsteht!»

«Hast du sein Zimmer geschmückt?»

«Aber ja, wie die Zimmer der anderen.»

Der Wind schlug das offene Fenster hin und her.

«Schau», sagte der Erste, «du hast nicht einmal das Fenster geschlossen. Der Wind hat schon eine Laterne ausgelöscht. Sie muss wieder angezündet werden.»

«Ach, lass doch!», meinte der andere in einem Anfall plötzlicher Trägheit und Entmutigung. «Wozu diese Beleuchtung auf der Feldseite, sozusagen der Wüstenseite? Niemand kann sie sehen.»

«Niemand? Aber es werden noch Leute während der Nacht kommen. Draußen auf der Landstraße werden sie in ihren Wagen sehr froh sein, wenn sie unsere Lichter erblicken.»

Meaulnes hörte, wie ein Zündholz angestrichen wurde. Der zuletzt gesprochen hatte und der Chef zu sein schien, fuhr mit schleppender Stimme wie ein Shakespearescher Totengräber fort:

«Du hängst grüne Laternen in das Wellington-Zimmer. Ebenso gut könntest du rote hineinhängen. Du verstehst davon auch nicht mehr als ich!»

Stille.

«Wellington? War das ein Amerikaner? Nun, ist grün eine amerikanische Farbe? Du als viel gereister Komödiant müsstest das wissen.»

«Du meine Güte», antwortete der ‹Komödiant›, «gereist? Ja, ich bin gereist! Aber ich habe nichts gesehen. Was willst du in einem Gauklerwagen sehen?»

Meaulnes lugte vorsichtig durch die Vorhänge.

Derjenige, der die Anweisungen gab, war ein dicker, barhäuptiger, in einen riesigen Überzieher gehüllter Mann. In der Hand hielt er eine lange Stange, an der vielfarbige Laternen hingen, und beobachtete seelenruhig, ein Bein über das andere gekreuzt, wie sein Begleiter arbeitete.

Der «Komödiant» hatte den kümmerlichsten Körper, den man sich vorstellen kann. Lang und mager, zitterte er vor Kälte. Die graugrünen, schielenden Augen und der Schnurrbart, der über einen zahnlosen Mund herabhing, erinnerten an

das Gesicht eines Ertrunkenen, aus dem das Wasser auf eine Kachel herunterrinnt.
Er war in Hemdsärmeln, und seine Zähne klapperten. In Worten und Gebärden drückte er die vollkommenste Verachtung seiner eigenen Person aus.
Nach einem Augenblick der Überlegung, bitter und lächerlich zugleich, näherte er sich seinem Partner, und beide Arme ausgebreitet, vertraute er ihm an:
«Soll ich es dir sagen? Ich kann nicht begreifen, dass man so schauderhafte Menschen wie uns geholt hat, um bei einem solchen Fest mitzuwirken! So, mein Junge!»
Ohne auf diesen Herzenserguss irgendwie zu achten, fuhr der dicke Mann fort, mit überkreuzten Beinen auf seine Arbeit zu sehen, gähnte und schniefte ungehemmt, drehte sich um, nahm die Stange auf die Schulter und sagte beim Gehen:
«Also, los! Es ist Zeit, sich für das Abendessen umzuziehen.»
Der Komödiant folgte ihm, aber als er beim Alkoven vorbeikam, machte er eine Verbeugung und sagte in spöttischem Ton:
«Herr Schläfer, Sie brauchen nur aufzuwachen und sich als Marquis zu kleiden, auch wenn Sie nur ein armer Schlucker sind wie ich, und Sie können dann zu dem Kostümfest herunterkommen, da dies der Wunsch der kleinen Messieurs und Demoiselles ist.»
Und mit einer nochmaligen Verbeugung fügte er im Ton eines Jahrmarktsschreiers hinzu:
«Unser Freund Maloyau aus der Küche wird den Harlekin darstellen und Ihr ergebenster Diener den großen Pierrot!»

Dreizehntes Kapitel

Das seltsame Fest

Sobald sie verschwunden waren, verließ Meaulnes sein Versteck. Er hatte eiskalte Füße und steife Gelenke, aber er war ausgeruht, und sein Knie schien geheilt.

«Zum Essen werde ich schon hinuntergehen», dachte er. «Ich werde einfach ein Gast sein, dessen Namen alle vergessen haben. Überdies bin ich kein Eindringling hier. Es steht außer Zweifel, dass Monsieur Maloyau und sein Begleiter mich erwartet haben ...»

Als er aus der vollständigen Dunkelheit des Alkovens heraustrat, konnte er beim Scheine der grünen Laternen alles im Zimmer ziemlich gut sehen.

Der Komödiant hatte es «ausgestattet». An den Kleiderhaken hingen Mäntel. Auf einem schweren Waschtisch, dessen Marmor zerbrochen war, hatte jemand allerhand bereitgelegt, was einen Burschen, der die vergangene Nacht in einem verlassenen Schafstall verbracht hatte, in einen Stutzer verwandeln konnte. Auf dem Kamin lagen Streichhölzer neben einem großen Leuchter. Aber man hatte vergessen, das Parkett zu wachsen, und Meaulnes fühlte unter seinen Schuhen Sand und Schutt knirschen. Von Neuem hatte er den Eindruck, in einem seit langer Zeit verlassenen Hause zu sein ... Als er zum Kamin ging, wäre er beinahe über einen Stoß großer Kartons und kleinerer Schachteln gefallen. Er streckte den Arm aus und zündete die Kerze an; dann nahm er die Deckel von den

Schachteln und beugte sich darüber, um zu sehen, was darin war.

Es waren Anzüge für junge Männer aus längst vergangener Zeit, Gehröcke mit hohen Samtkragen, feine, sehr tief ausgeschnittene Westen, endlos lange weiße Halsbinden und Lackschuhe vom Anfang des Jahrhunderts. Nicht einmal mit den Fingerspitzen wagte er etwas anzurühren, aber nachdem er sich fröstelnd gesäubert hatte, zog er über seinen Schülerkittel einen der großen Mäntel, dessen gefältelten Kragen er hochklappte, und ersetzte seine genagelten Schuhe durch feine Lackhalbschuhe; dann ging er barhäuptig nach unten.

Ohne irgendjemandem zu begegnen, kam er am Fuß einer Holztreppe in einem Winkel des dunklen Hofes heraus. Der eisige Hauch der Nacht blies ihm ins Gesicht und hob einen Zipfel seines Mantels.

Er machte einige Schritte und konnte sich, dank des schwachen Dämmerlichtes vom Himmel, über die Lage der Gebäudeteile sogleich klar werden. Er befand sich in einem kleinen, von Nebengebäuden umschlossenen Hof. Alles erschien alt und verfallen. Die Eingänge zu den Treppen gähnten, denn die Türen waren vor langer Zeit entfernt worden; man hatte auch die Fensterscheiben nicht ersetzt, so dass sich in den Mauern schwarze Löcher auftaten. Und doch umwob alle diese Bauten eine geheimnisvolle Festlichkeit. Eine Art farbigen Widerscheins schwebte in den niedrigen Zimmern, in denen man offenbar nach der Feldseite zu auch Laternen angezündet hatte. Der Erdboden war gekehrt und das wuchernde Unkraut beseitigt worden. Meaulnes glaubte, als er genauer hinhorchte, etwas wie einen Gesang zu hören, wie Stimmen von Kindern und jungen Mädchen, dort in der Richtung der undeutlichen Gebäude, vor deren rosenfarbenen, grünen und blauen Fensteröffnungen der Wind die Zweige schüttelte.

In seinem großen Mantel stand er etwas nach vorn gebeugt horchend da wie ein Jäger, als ein auffälliger kleiner junger Mann aus dem benachbarten Gebäude trat, das man für ausgestorben gehalten hätte.

Er trug einen stark gewölbten Zylinderhut, der in der Nacht glänzte, als ob er aus Silber wäre, einen Frack, dessen Kragen ihm bis zum Haar reichte, eine weit ausgeschnittene Weste und eine Hose mit Stegen ... Dieser Stutzer, der etwa fünfzehn Jahre zählen mochte, ging auf Zehenspitzen, als ob er durch seine Hosenstege hochgehoben würde, aber mit außerordentlicher Schnelligkeit. Im Vorübergehen grüßte er Meaulnes tief, ohne stehen zu bleiben, gleichsam automatisch, und verschwand in der Dunkelheit in Richtung auf das Hauptgebäude, das ein Bauernhaus,Schloss oder eine Abtei sein mochte und dessen Turm dem Schüler am Nachmittag als Wegweiser gedient hatte.

Nach kurzem Zögern folgte unser Held der merkwürdigen kleinen Person auf dem Fuße. Sie überquerten eine Art großen Hofgarten, gingen zwischen Gebüschen durch, umschritten einen eingezäunten Fischteich und einen Brunnen und befanden sich endlich auf der Schwelle des Hauptgebäudes.

Eine schwere Holztür, oben abgerundet und wie eine Pfarrhaustür mit Nägeln beschlagen, stand halb offen. Der Stutzer stürzte hinein. Meaulnes folgte ihm und fand sich gleich bei den ersten Schritten im Flur, ohne irgendjemanden zu sehen, von Lachen, Gesang, Zurufen und Haschen umgeben.

Ganz am Ende des Flures mündete ein Quergang. Meaulnes zögerte, ob er bis hinten durchgehen oder eine der Türen, hinter denen er Stimmen hörte, öffnen sollte, als er am Ende des

Ganges zwei Mädchen erblickte, die einander haschten. Ganz leise lief er in seinen leichten Tanzschuhen hin, um sie einzuholen und von Nahem zu sehen: Er hört Türen sich öffnen und blickt in zwei fünfzehnjährige, von der Frische des Abends und dem Fangenspielen rosige Gesichter unter großen Schutenhüten mit Bändern – und gleich verschwindet alles unter plötzlich aufgleißendem Licht.

Eine Sekunde lang drehen sie sich zum Spaß um sich selbst; ihre weiten, leichten Röcke fliegen und bauschen sich, man sieht die Spitze ihrer langen, komischen Hosen, dann, nach dieser Pirouette, springen sie zusammen in das Zimmer hinein und schließen die Tür.

Meaulnes bleibt einen Augenblick geblendet und taumelnd im dunklen Gang. Er fürchtet jetzt, überrascht zu werden. Bei seiner zaudernden und linkischen Haltung würde man ihn ohne Zweifel für einen Dieb halten. Im Begriff, sich mit festem Schritt wieder zum Ausgang zu wenden, hört er von Neuem hinten im Gang Schritte und Kinderstimmen. Es sind zwei kleine Buben, die sich plaudernd nähern.

«Wird man denn bald essen?», fragt Meaulnes sie dreist.

«Komm mit uns», antwortet der Größere, «wir werden dich hinführen.»

Und mit dem Vertrauen und dem Verlangen nach Freundschaft, das sich bei Kindern am Vorabend eines großen Festes einstellt, ergreift jedes von ihnen eine Hand Meaulnes'. Wahrscheinlich sind es zwei kleine Bauernkinder. Man hat ihnen ihre schönsten Kleider angezogen: kurze Hosen, die bis zur Wade reichen und ihre groben Wollstrümpfe und Holzpantinen sehen lassen, einen kurzen blausamtenen Überrock, eine Schirmmütze von derselben Farbe und eine weiße Krawatte mit Knoten.

«Kennst du sie?» fragt eines der Kinder.

«Ich?», sagt der Kleinere, der einen runden Kopf und naive Augen hat. «Mama hat mir gesagt, sie hätte ein schwarzes Kleid und einen Spitzenkragen und sähe aus wie ein hübscher Pierrot.»

«Wer denn?», fragt Meaulnes.

«Nun, die Braut, die Frantz jetzt holt ...»

Bevor der junge Mann etwas sagen kann, sind alle drei an der Tür eines großen Saales angekommen, in dem ein helles Feuer lodert. Als Tische sind Bretter auf Böcke gelegt; darüber sind weiße Tischtücher gebreitet, und Leute aller Art speisen festlich zu Abend.

Vierzehntes Kapitel

Das seltsame Fest

(Fortsetzung)

In einem großen, niedrigen Saal fand ein Mahl statt, wie man es am Vorabend von Bauernhochzeiten für die Verwandten gibt, die von weither gekommen sind.

Die beiden Kinder hatten die Hände des Schülers losgelassen und waren in ein Nebenzimmer gestürzt, aus dem man Kinderstimmen und das Geklapper von Löffeln auf Tellern hörte. Meaulnes stieg kühn und ohne sonderliche Erregung über eine Bank und setzte sich neben zwei alte Bäuerinnen. Er begann gleich mit Heißhunger zu essen, und erst nach einer Weile hob er den Kopf, um die Gäste zu betrachten und ihnen zuzuhören.

Es wurde übrigens wenig gesprochen. Die Leute schienen einander kaum zu kennen. Die einen kamen wohl vom platten Land, die anderen aus entfernteren Städten. Verstreut an den Tischen sah man einige Alte mit Backenbärten und andere, vollständig glatt rasiert, die vielleicht ehemalige Seeleute waren. Daneben speisten andere Alte, die ihnen glichen: dasselbe sonnengebräunte Gesicht, dieselben lebhaften Augen unter struppigen Brauen, dieselben Krawatten, schmal wie Schuhbänder ... Aber es war leicht zu sehen, dass sie nie weiter als bis ans Ende des Départements gesegelt waren; und wenn sie mehr als tausendmal unter Regengüssen und im Wind hin-

und hergekreuzt waren, so war es auf jener beschwerlichen, aber gefahrlosen Reise, die darin besteht, den Acker von einem Ende bis zum anderen zu pflügen und dann den Pflug zu wenden ... Man sah wenig Frauen, nur einige alte Bäuerinnen mit Gesichtern, rund und verschrumpelt wie Äpfel, unter Hauben mit Röhrenfalten.

Es gab keinen einzigen unter den Gästen, mit dem sich Meaulnes nicht wohlgefühlt und zu dem er kein Vertrauen gehabt hätte. Später erklärte er mir diesen Eindruck. Er sagte: Wenn man irgendeinen schweren, unverzeihlichen Fehler begangen hat, so denkt man manchmal tief verbittert: «Und doch gibt es Menschen auf der Welt, die mir verzeihen würden ...» Man denkt an alte Leute, Großeltern voller Duldsamkeit, die im Voraus davon überzeugt sind, dass alles, was man tut, gut ist. Unter solchen gutherzigen Leuten waren sicher die Gäste in diesem Saal ausgewählt. Sonst waren nur Jugendliche und Kinder da ...

Mittlerweile unterhielten sich die beiden alten Frauen neben Meaulnes miteinander.

«Wenn wirklich alles gut geht», sagte die Ältere mit einer komisch schrillen Stimme, die sie vergeblich zu mildern suchte, «wird das Brautpaar nicht vor morgen um drei Uhr hier sein.»

«Sei still, du machst mich sonst wütend», antwortete die andere mit ganz ruhiger Stimme.

Sie trug eine gestrickte Haube bis über den Haaransatz.

«Rechnen wir nach», begann die Erste wieder, ohne sich aufzuregen, «anderthalb Stunden Bahnfahrt von Bourges nach Vierzon und sieben Meilen im Wagen von Vierzon bis hierher ...»

Der Wortwechsel ging weiter. Meaulnes entging kein Wort. Dank diesem friedlichen Streit klärte sich für ihn die Lage etwas auf: Frantz de Galais, der Sohn des Hauses – der Student oder Seemann oder vielleicht Seekadett war, man wusste es nicht –, war nach Bourges gefahren, um dort ein junges Mädchen abzuholen und es zu heiraten. Seltsamerweise bestimmte dieser Bursche, der sehr jung und sehr wunderlich sein musste, auf dem Gut alles nach seinem Gefallen. Auf seinen Wunsch sollte das Haus, in das seine Braut kam, einem festlichen Palast gleichen. Und um die Ankunft des Mädchens zu feiern, hatte er selbst diese Kinder und guten alten Leute eingeladen. Alles dies ging aus der Unterhaltung der beiden Frauen hervor; das Übrige ließen sie im Dunkeln und kamen immer wieder auf die Frage der Ankunft des Brautpaares zurück. Die eine hielt den Morgen des folgenden Tages für wahrscheinlich, die andere den Nachmittag.

«Meine arme Moinelle, du bist immer noch genauso verrückt», sagte die Jüngere ruhig.

«Und du, meine arme Adèle, du bist immer noch genauso dickköpfig. Vier Jahre habe ich dich nicht gesehen, und du hast dich nicht verändert», antwortete die andere achselzuckend, aber mit ihrer allerfriedlichsten Stimme.

Und so zankten sie sich weiter, aber ohne die geringste Verstimmung. Meaulnes mischte sich ein in der Hoffnung, mehr zu erfahren.

«Ist denn die Braut von Frantz so hübsch, wie man behauptet?»

Sie sahen ihn ganz verdutzt an. Niemand außer Frantz hatte bisher das junge Mädchen gesehen. Er selbst hatte sie eines Abends bei der Rückkehr aus Toulon tief betrübt in einem der Gärten von Bourges angetroffen, welche «Die Sümpfe» heißen. Sie war von ihrem Vater, einem Weber, aus dem Hause gejagt worden. Sie war sehr hübsch, und Frantz hatte sofort beschlossen, sie zu heiraten. Es war eine seltsame Geschichte. Aber hatten nicht sein Vater, Monsieur de Galais, und seine Schwester Yvonne ihm stets alles gewährt? ...

Meaulnes wollte gerade vorsichtig noch weitere Fragen stellen, als an der Tür ein reizendes Paar erschien: ein junges Mädchen von sechzehn Jahren mit einem Samtmieder und einem Rock mit breitem Volant und ein junger Mann im Frack mit hohem Kragen und Steghosen. Sie durchmaßen den Saal im angedeuteten Pas de deux, andere folgten ihnen, wieder andere liefen mit Geschrei vorbei, von einem bleichen Pierrot verfolgt, der überlange Ärmel hatte, eine schwarze Mütze trug und mit zahnlosem Mund lachte. Er rannte mit großen, ungeschickten Sätzen, als ob er bei jedem Schritt einen Sprung machen müsste, und schlenkerte mit seinen langen, leeren Ärmeln. Die jungen Mädchen hatten etwas Furcht vor ihm, die jungen Burschen drückten ihm die Hand, und er schien die Freude der Kinder zu sein, die ihn mit durchdringenden Schreien verfolgten. Im Vorbeilaufen sah er Meaulnes mit seinen glasigen Augen an, und der Schüler glaubte, in ihm den nun glatt rasierten Begleiter von Monsieur Maloyau zu erkennen, den Komödianten, der kurz zuvor die Laternen aufgehängt hatte.

Das Mahl war beendet, alle erhoben sich.

In den Gängen formierten sich Rundtänze und Farandolen; irgendwo spielte die Musik zum Menuett auf ... Meaulnes, dessen Kopf im Kragen seines Mantels halb verborgen war wie in einer Halskrause, fühlte sich als ein anderer Mensch. Auch er wurde von der allgemeinen Fröhlichkeit ergriffen und begann, den großen Pierrot durch die Gänge des Gutshauses zu verfolgen wie in den Kulissen eines Theaters, in dem das

Pantomimenspiel sich von der Bühne aus überallhin verbreitet hätte. So bewegte er sich bis zum Ende der Nacht inmitten einer freudigen Menge in extravaganten Kostümen. Manchmal öffnete er eine Tür und befand sich in einem Zimmer, in dem man die Laterna magica zeigte. Kinder klatschten lebhaft ... Manchmal unterhielt er sich in einer Ecke des Raumes, in dem getanzt wurde, mit irgendeinem Dandy und erkundigte sich flüchtig nach den Kostümen, die man an den folgenden Tagen tragen würde ...

Aber auf die Dauer ängstigte ihn all dieses Vergnügen, das sich ihm darbot, doch ein wenig, denn er fürchtete jeden Augenblick, sein halb offener Mantel verhülle seinen Schülerkittel nicht ausreichend – für einen Augenblick wollte er sich in den friedlichsten und dunkelsten Teil des Hauses flüchten. Hier hörte man nichts als gedämpftes Klavierspiel.

Er betrat einen stillen Raum, ein durch eine Hängelampe erleuchtetes Speisezimmer. Auch hier fand ein Fest statt, aber ein Fest für die kleinen Kinder.

Die einen saßen auf Sitzkissen und blätterten in Alben, die sie auf ihren Knien hielten, andere kauerten auf dem Fußboden vor einem Stuhl und stellten mit großem Ernst auf dem Sitz Bilder auf; andere, nah am Feuer, sagten und taten nichts, aber sie lauschten dem fernen Geräusch des Festes aus dem riesigen Hause.

Eine Tür dieses Zimmers stand weit offen. Aus dem Nebenraum hörte man Klavierspiel. Meaulnes streckte neugierig den Kopf vor. Es war ein kleiner Raum, halb Salon, halb Empfangszimmer; eine Frau oder ein junges Mädchen, einen weiten braunen Mantel über die Schultern geworfen, wandte ihm den Rücken zu und spielte sehr zart Tanzweisen oder kleine Lieder. Auf dem Diwan daneben saßen sechs, sieben kleine

Knaben und Mädchen wie auf einem Bild nebeneinander und hörten, artig wie Kinder sind, wenn es spät ist, zu. Nur von Zeit zu Zeit richtete sich eines von ihnen, auf die Handgelenke gestützt, auf, glitt zu Boden und ging ins Esszimmer hinüber. Dann nahm eines der anderen Kinder, das genug vom Bilderbetrachten hatte, seinen Platz ein ...

Nach diesem Fest, auf dem alles reizend, aber fieberhaft und verrückt war, auf dem er selbst den großen Pierrot so toll verfolgt hatte, fand Meaulnes sich hier in das stillste Glück der Welt versenkt. Leise kehrte er, während das junge Mädchen weiterspielte, in das Esszimmer zurück, setzte sich, schlug eines der großen roten Bücher, die auf dem Tisch herumlagen, auf und begann zerstreut zu lesen.

Gleich näherte sich eines der Kleinen, die auf dem Fußboden saßen, hängte sich in seinen Arm und kletterte auf seine Knie, um mit ihm zusammen das Buch zu betrachten; ein zweites Kind tat das Gleiche auf der anderen Seite. Und ihm war es wie ein Traum, wie sein Traum von einst. Er konnte sich lang und breit ausmalen, er säße an einem schönen Abend in seinem eigenen Haus und das reizende unbekannte Wesen, das nicht weit von ihm Klavier spielte, wäre seine eigene Frau ...

Fünfzehntes Kapitel

Die Begegnung

Am anderen Morgen war Meaulnes als einer der Ersten auf. Wie man ihm geraten hatte, zog er einen einfachen schwarzen Anzug einer vergangenen Mode an, einen über den Hüften engen Cut mit an den Schultern sich bauschenden Ärmeln, eine übereinandergeschlagene Weste und eine Hose, die unten so weit war, dass sie seine Schuhe verbarg; dazu setzte er einen Zylinder auf.

Als er herunterkam, war der Hof noch leer. Nach einigen Schritten fühlte er sich wie in einen Frühlingstag versetzt. Es war in der Tat der mildeste Morgen in jenem Winter. Die Sonne schien wie in den ersten Apriltagen. Der Raureif schmolz, und das nasse Gras glänzte wie vom Tau benetzt. In den Bäumen sangen einige kleine Vögel, und ab und zu strich ein laues Lüftchen über das Gesicht des Spaziergängers.

Er tat das, was alle Gäste tun, wenn sie vor dem Hausherrn erwacht sind. Er ging auf den Gutshof hinaus und meinte alle Augenblick, dass gleich eine herzliche und fröhliche Stimme hinter ihm rufen würde: «Schon aufgestanden, Augustin?»

Aber er ging lange Zeit allein in Hof und Garten umher. Dort im Hauptgebäude rührte sich nichts, weder an den Fenstern noch im Turm. Die beiden Flügel der runden Holztür hatte man jedoch schon geöffnet, und in einem der oberen Fenster spiegelte sich ein Sonnenstrahl wie im Sommer in den frühen Morgenstunden.

Meaulnes sah zum erstenmal bei hellem Tage das Innere des Gutes. Die Reste einer Mauer trennten den vernachlässigten Garten vom Hof, der erst vor Kurzem mit Sand aufgeschüttet und geharkt worden war. An dem von ihm bewohnten Ende der Nebengebäude waren Ställe in einer lustigen Unordnung gebaut, die so manchen Schlupfwinkel mehr für wucherndes Gebüsch und wilden Wein geschaffen hatte. Tannenwälder wogten bis an das Gut heran und verbargen es vor dem Blick vom flachen Land, ausgenommen nach Osten, wo man blaue Hügel mit Felsen und wiederum Tannenwäldern sah.

Im Garten beugte sich Meaulnes einen Augenblick über das wacklige Holzgatter, das den Fischteich umgab; an den Rändern hatte sich noch ein wenig Eis gehalten, fein und gekräuselt wie Schaum. Er erblickte sich selbst im Wasser in seinem romantischen Studentenkostüm, wie über den Himmel geneigt. Und er glaubte einen anderen Meaulnes zu sehen; nicht mehr den mit einem Bauernwagen ausgerissenen Schüler, sondern ein reizendes romantisches Wesen aus einem schönen Buch zur Belohnung für besonders gute Schüler ...

Von Hunger getrieben, eilte er auf das Hauptgebäude zu. Im großen Saal, in dem er am Vorabend gespeist hatte, deckte eine Bäuerin gerade den Tisch. Sobald Meaulnes sich vor eine der in Reih und Glied auf dem Tischtuch stehenden Tassen gesetzt hatte, goss sie Kaffee ein mit den Worten:

«Sie sind der Erste, Monsieur!»

Er wollte nicht antworten, weil er fürchtete, plötzlich als Fremder erkannt zu werden. Er fragte nur, wann das Boot für die angekündigte Morgenspazierfahrt abfahren werde.

«Nicht vor einer halben Stunde, denn noch ist niemand heruntergekommen», war die Antwort.

Er lief also weiter um das lange schlossartige Gebäude herum, das mit seinen ungleichen Flügeln wie eine Kirche aussah, und suchte den Landungsplatz. Als er den Südflügel umrundet hatte, erblickte er mit einem Mal Schilf, das sich über die ganze Landschaft breitete, so weit das Auge reichte. Das Wasser der Teiche bespülte an dieser Seite die Mauern, und vor mehreren Türen hingen kleine Holzbalkone über den plätschernden Wellen.

Müßig irrte Meaulnes lange Zeit am Ufer umher, das sandig wie ein Treidelpfad war. Neugierig betrachtete er die großen Türen mit staubigen Glasscheiben, die in verfallene und verlassene Zimmer führten oder hinter denen Haufen von Schubkarren, verrostetem Werkzeug und zerbrochenen Blumentöpfen lagen, als er plötzlich auf der anderen Seite des Gebäudes Schritte auf dem Sand knirschen hörte.

Es waren zwei Frauengestalten, die eine sehr alt und gebeugt, die andere ein junges Mädchen, blond und hoch aufgeschossen, dessen entzückendes Kleid Meaulnes nach all den Verkleidungen des Vorabends zuerst außergewöhnlich erschien.

Während sie einen Augenblick stehen blieben, um die Gegend zu betrachten, sagte Meaulnes sich mit einem Erstaunen, das ihm später recht plump erschien:

«Das ist sicher das, was man ein überspanntes Mädchen nennt – vielleicht eine Schauspielerin, die man zum Fest geladen hat.»

Inzwischen kamen die beiden Frauen dicht an Meaulnes vorbei, der unbeweglich das Mädchen ansah. Später sah er oft, wenn er nach verzweifelten Versuchen, sich das entschwundene schöne Gesicht vorzustellen, einschlief, im Traum ganze Reihen junger Frauen an sich vorüberziehen, die jener glichen. Die eine hatte einen Hut wie sie, die andere ihre ein wenig vorgebeugte Haltung, diese wiederum ihren so reinen Blick, eine

andere ihre schlanke Taille und eine weitere auch ihre blauen Augen; aber keine von diesen Frauen war in allem das große Mädchen.
Meaulnes hatte Zeit, unter schwerem blondem Haar ein etwas kleines Gesicht wahrzunehmen, dessen Züge jedoch mit einer fast schmerzlichen Feinheit gezeichnet waren. Und als sie schon an ihm vorbeigegangen war, fiel ihm ihr Kleid auf – das wohl einfachste und schlichteste aller Kleider …
Noch ganz verdutzt fragte er sich gerade, ob er sie begleiten sollte, als das Mädchen, unmerklich ihm zugewandt, zu seiner Begleiterin sagte:
«Das Boot wird jetzt doch bald kommen, denke ich!»
Und Meaulnes folgte ihnen. Die alte gebrechliche und zitternde Dame hörte nicht auf, heiter zu plaudern und zu lachen. Das Mädchen antwortete sanft. Und als sie zum Landungsplatz hinabstiegen, hatte sie den gleichen unschuldigen und ernsthaften Blick, der zu sagen schien:
«Wer sind Sie? Was tun Sie hier? Ich kenne Sie nicht. Und trotzdem scheint mir, dass ich Sie kenne.»
Unter den Bäumen warteten jetzt verstreut andere Gäste. Und drei Vergnügungsboote legten an, bereit, alle Spaziergänger aufzunehmen. Vor den beiden Damen, die die Schlossherrin und ihre Tochter zu sein schienen, grüßten die jungen Männer, einer nach dem anderen, und die Mädchen verneigten sich. Seltsamer Morgen! Seltsame Vergnügungsfahrt! Trotz der Wintersonne war es kalt, und die Frauen wanden die Federboas, die damals modern waren, um den Hals …
Die alte Dame blieb am Ufer, und Meaulnes befand sich, ohne zu wissen, wie es gekommen war, in derselben Jacht wie die junge Schlossherrin. Auf Deck an das Geländer gelehnt, hielt er mit einer Hand seinen Hut fest, an dem der starke Wind

zerrte, und konnte mit Muße das Mädchen betrachten, das sich in eine windgeschützte Ecke gesetzt hatte. Auch sie betrachtete ihn. Sie gab ihren Begleiterinnen Antwort, lächelte und ließ dann sanft ihre blauen Augen auf ihm ruhen, wobei sie sich ein wenig auf die Lippen biss.

An den nahen Uferböschungen herrschte tiefe Stille. Das Boot eilte mit regelmäßigem Motorgeräusch über das aufschäumende Wasser dahin. Man hätte sich mitten im Sommer glauben können. Es schien, als werde man gleich an dem schönen Garten irgendeines Landhauses anlegen; das Mädchen würde dort unter einem weißen Sonnenschirm spazieren gehen; und bis in den Abend hinein wäre das Gurren der Turteltauben zu hören ... Aber plötzlich brachte ein eisiger Windstoß den Gästen dieses seltsamen Festes wieder den Dezember in Erinnerung.

Man legte vor einem Tannenwald an. Auf dem Landungssteg mussten die Fahrgäste dicht aneinandergedrängt einen Augenblick warten, bis einer der Bootsleute das Vorhängeschloss der Schranke geöffnet hatte ... Mit welch innerer Bewegung erinnerte sich Meaulnes später dieser Minute, in der er am Ufer des Sees sein Gesicht ganz nahe dem nunmehr entschwundenen Antlitz des Mädchens wusste. Er hatte dieses reine Profil so angestaunt, dass seine Augen sich beinahe mit Tränen füllten. Und er erinnerte sich an eine Spur von Puder auf ihrer Wange, als hätte sie ihm damit ein Geheimnis anvertraut ...

An Land spielte sich alles wie in einem Traum ab. Während die Kinder mit Freudengeschrei umherliefen, sich Gruppen bildeten und im Wald zerstreuten, schlug Meaulnes den Weg nach einer Allee ein, in der zehn Schritte vor ihm das Mädchen ging. Ehe er nachdenken konnte, war er schon an ihrer Seite.

«Sie sind schön!», sagte er einfach.
Aber sie beschleunigte ihren Schritt und bog, ohne zu antworten, in eine Seitenallee ein. Andere Spaziergänger liefen umher, spielten in den Alleen – jeder tat, was er wollte, nur seiner freien Fantasie folgend. Der junge Mann machte sich heftige Vorwürfe über das, was er seine Tölpelei, Plumpheit und Dummheit nannte. Er irrte aufs Geratewohl herum, überzeugt, dass er dieses anmutige Geschöpf nicht wiedersehen würde, bis er sie plötzlich erblickte, wie sie gerade auf ihn zukam und gezwungen war, auf dem schmalen Pfad dicht an ihm vorbeizugehen. Mit beiden bloßen Händen raffte sie die Falten ihres weiten Mantels hoch. Sie trug schwarze, weit ausgeschnittene Schuhe; ihre Fußgelenke waren so fein, dass sie manchmal einknickten und man fürchtete, sie würden zerbrechen.
Diesmal grüßte der junge Mann und sagte sehr leise:
«Wollen Sie mir verzeihen?»
«Ich verzeihe Ihnen», sagte sie mit ernster Stimme, «aber ich muss wieder zu den Kindern, denn sie sind heute die Herren. Leben Sie wohl!»
Augustin flehte sie an, noch einen Augenblick zu bleiben. Er sprach linkisch, aber so verstört und ratlos, dass sie langsamer ging und ihn anhörte.
«Und ich weiß nicht einmal, wer Sie sind», sagte sie endlich.
Sie sprach jedes Wort in gleichmäßigem Ton, mit gleichem Nachdruck, aber das letzte klang sanfter ... Dann wurde ihr Gesicht wieder regungslos, der Mund ein wenig verkniffen, und ihre blauen Augen blickten starr in die Ferne.
«Ich weiß Ihren Namen auch nicht», antwortete Meaulnes.
Der Wald lag jetzt hinter ihnen, und in einiger Entfernung sah man, wie die Gäste sich um ein Haus drängten, das einsam inmitten der Felder lag.

«Das ist ‹Frantz’ Haus›», sagte das junge Mädchen, «ich muss Sie jetzt verlassen …»
Sie zögerte, sah ihn einen Augenblick lächelnd an und sagte dann:
«Mein Name? Ich bin Yvonne de Galais …»
Und sie eilte davon.

‹Frantz’ Haus› war damals unbewohnt. Aber Meaulnes fand es bis zu den Bodenkammern von der Menge der Gäste erfüllt. Es blieb ihm übrigens kaum Zeit, den Ort, an dem er sich befand, näher zu erkunden: Man nahm hastig ein kaltes Mittagessen ein, das in den Booten mitgebracht worden war; es passte zwar wenig in die Jahreszeit, aber die Kinder hatten es wohl so beschlossen; und dann brach man wieder auf. Meaulnes näherte sich Mademoiselle de Galais, sobald er sie hinausgehen sah, und antwortete auf das, was sie ihm eben gesagt hatte:
«Der Name, den ich Ihnen gab, war schöner.»
«So? Wie lautete dieser Name?», fragte sie noch immer mit dem gleichen Ernst.
Aber er fürchtete, eine Dummheit gesagt zu haben, und antwortete nicht.
«Mein eigener Name ist Augustin Meaulnes», fuhr er schließlich fort, «und ich bin Student.»
«Oh, Sie studieren?», sagte sie, und sie unterhielten sich noch einen Augenblick. Sie sprachen langsam, in Glückseligkeit – in Freundschaft. Dann wandelte sich die Haltung des Mädchens. Sie erschien jetzt weniger hochmütig, weniger ernst, doch unruhiger. Man hätte glauben können, dass sie das, was Meaulnes sagen würde, fürchtete und schon vorher erschauerte. Sie stand neben ihm, zitternd wie eine Schwalbe, die sich einen Augenblick niedergesetzt hat und

schon die Flügel regt, in dem Wunsch, ihren Flug wieder aufzunehmen.
«Wozu? Wozu?», antwortete sie sanft auf die Pläne, die Meaulnes machte.
Aber als er endlich wagte, sie um Erlaubnis zu bitten, eines Tages wieder auf dieses schöne Gut zu kommen, antwortete sie schlicht:
«Ich erwarte Sie!»
Sie kamen in Sicht des Landungsplatzes. Plötzlich blieb sie stehen und sagte nachdenklich:
«Wir sind zwei Kinder, wir haben eine Tollheit begangen. Diesmal dürfen wir nicht in dasselbe Boot steigen. Leben Sie wohl, folgen Sie mir nicht!»
Meaulnes blieb einen Augenblick sprachlos stehen und sah ihr nach. Dann ging auch er weiter. Und da blieb das Mädchen ein Stück entfernt stehen, ehe es sich von Neuem in der Menge der Gäste verlor, wandte sich zu ihm um und betrachtete ihn zum ersten Mal lange. War es ein letztes Abschiedszeichen? War es das Verbot für ihn, sie zu begleiten? Oder hatte sie ihm vielleicht noch etwas zu sagen? ...

Sobald alle wieder auf das Gut zurückgekehrt waren, begann hinter dem Gehöft auf einer großen abschüssigen Wiese ein Ponywettrennen. Dies war der letzte Teil des Festes. Aller Voraussicht nach musste das Brautpaar noch rechtzeitig ankommen, um ihm beizuwohnen. Und Frantz würde dann alles leiten.
Man musste jedoch ohne ihn beginnen. Die Knaben in Jockeykleidung, die Mädchen im Reitkostüm führten teils lebhafte, mit Bändern geschmückte Ponys, teils ganz alte, folgsame Pferde herbei, mitten hinein in dieses Geschrei, Kinderlachen,

Wetten und lange Glockengeläute. Man glaubte sich auf den grünen, kurz gemähten Rasen einer Miniaturrennbahn versetzt.
Meaulnes erkannte Daniel und die kleinen Mädchen mit den Federhüten wieder, die er am Abend zuvor in der Waldallee belauscht hatte ... Der Rest des Schauspiels entging ihm, so ängstlich schaute er umher, um in der Menge den anmutigen Rosenhut und den weiten braunen Mantel wiederzufinden. Aber Mademoiselle de Galais erschien nicht. Er suchte sie noch immer, als heftige Glockenschläge und Freudenschreie das Ende des Rennens verkündeten. Ein kleines Mädchen auf einer alten Schimmelstute hatte gesiegt. Im Triumph ritt es auf seinem Reittier vorbei, und der Federbusch seines Hutes wehte im Winde.
Plötzlich schwieg alles. Die Spiele waren beendet, und Frantz war noch nicht zurück. Nach kurzem Zögern und verlegenen Beratungen kehrten alle gruppenweise wieder in die Zimmer zurück, um bang und schweigsam die Ankunft des Brautpaares zu erwarten.

Sechzehntes Kapitel

Frantz de Galais

Das Wettrennen war früh zu Ende gegangen. Es war halb fünf Uhr und noch Tag, als Meaulnes sich, den Kopf voll von den Ereignissen dieses außerordentlichen Tages, in seinem Zimmer wiederfand. Er setzte sich an den Tisch und erwartete müßig das Abendessen und das Fest, das folgen sollte.

Wieder blies derselbe starke Wind wie am ersten Abend. Man hörte ihn tosen wie einen Sturzbach oder rauschen wie einen Wasserfall. Die Kaminklappe klapperte manchmal.

Zum ersten Mal empfand Meaulnes jene leichte Angst, die uns am Ende allzu schöner Tage ergreift. Einen Augenblick lang sann er darauf, Feuer anzuzünden. Aber er versuchte vergeblich, die verrostete Kaminklappe zu heben. Er begann nun das Zimmer aufzuräumen, hängte seine schönen Kleider an die Garderobenhaken und stellte die umgestürzten Stühle längs der Wand zurecht, als ob er sich für einen langen Aufenthalt einrichten wollte.

Da er jedoch bedachte, dass er darauf vorbereitet sein müsse, jederzeit wieder aufzubrechen, faltete er sorgfältig seine Schülerkleidung zusammen und legte sie über eine Stuhllehne, wie Reisekleidung; unter den Stuhl stellte er seine noch erdverkrusteten Nagelschuhe.

Dann setzte er sich wieder und musterte, nun viel ruhiger, seine in Ordnung gebrachte Bleibe.

Ab und zu streifte ein Regentropfen die Scheibe des Fensters, das nach dem Hof mit den Wagen und den Tannenwäldern ging. Befriedigt fühlte der große Junge sich jetzt, nachdem er seine Unterkunft aufgeräumt hatte, vollkommen glücklich. Da saß er, rätselvoll und fremd, mitten in diesem unbekannten Reich, in dem von ihm selbst gewählten Zimmer. Was er erreicht hatte, übertraf alle seine Erwartungen. Und es genügte jetzt zu seiner Freude, sich an das Gesicht des Mädchens zu erinnern, wie sie sich in dem starken Wind zu ihm wandte …

Während dieser Träumerei war die Nacht hereingebrochen, ohne dass er auch nur daran gedacht hätte, die Lichter anzuzünden. Ein Windstoß ließ die Tür zum Hinterzimmer, das neben dem seinen lag und dessen Fenster ebenfalls auf den Hof mit den Wagen hinausging, auf- und zuschlagen. Meaulnes wollte sie gerade schließen, als er in diesem Zimmer einen Lichtschein bemerkte, der wohl von einer brennenden Kerze auf dem Tisch herrührte. Er steckte den Kopf durch die Tür. Offenbar war jemand dort eingedrungen, wahrscheinlich durch das Fenster, und ging mit leisen Schritten hin und her. So weit er erkennen konnte, war es ein sehr junger Mann. Barhaupt, einen Reiseumhang über den Schultern, ging er ohne Unterlass auf und ab, wie durch einen unerträglichen Schmerz von Sinnen. Der Wind, der durch das weit geöffnete Fenster drang, brachte seinen Umhang zum Flattern, und jedes Mal, wenn er am Licht vorbeikam, sah man die goldenen Knöpfe auf seinem feinen Überrock schimmern.

Er pfiff etwas zwischen den Zähnen, eine Art Seemannsweise, wie sie die Matrosen und Mädchen in den Hafenkneipen singen, um ihr Herz aufzuheitern …

Plötzlich blieb er mitten in seinem lebhaften Auf-und-ab-Gehen einen Augenblick stehen, beugte sich über den Tisch, suchte etwas in einer Schachtel und nahm mehrere Bogen Papier heraus. Meaulnes sah beim Schein der Kerze im Profil ein sehr feines, bartloses Gesicht mit einer Adlernase unter reichem, seitlich gescheiteltem Haar. Er hatte aufgehört zu pfeifen. Sehr bleich, mit halb geöffneten Lippen, schien er nach Luft zu ringen, so als hätte er einen heftigen Stich ins Herz erhalten.

Meaulnes zögerte, ob er sich aus Taktgefühl zurückziehen oder hineingehen, ihm wie ein Freund behutsam die Hand auf die Schulter legen und mit ihm sprechen sollte. Aber da hob der andere den Kopf und bemerkte ihn. Er betrachtete ihn eine Sekunde lang aufmerksam, dann näherte er sich ohne Erstaunen und sagte mit mühsam gefestigter Stimme:

«Monsieur, ich kenne Sie nicht! Aber ich freue mich, Sie zu sehen. Da Sie nun einmal hier sind, werde ich es also Ihnen erklären ... So! ... »

Er schien vollständig außer Fassung zu sein. Als er «So!» gesagt hatte, packte er Meaulnes beim Rockaufschlag, wie um seine Aufmerksamkeit damit festzuhalten. Dann drehte er das Gesicht zum Fenster, wie um über das, was er sagen wollte, nachzudenken, und zwinkerte mit den Augen – Meaulnes begriff, dass er am liebsten geweint hätte.

Aber er schluckte mit einem Ruck den ganzen kindlichen Schmerz hinunter und fuhr dann, den Blick noch immer starr auf das Fenster gerichtet, mit veränderter Stimme fort:

«Ja, also, es ist aus und vorbei. Das Fest ist beendet. Sie können hinuntergehen und es ihnen sagen. Ich bin ganz allein zurückgekommen. Meine Braut wird nicht kommen. Aus Gewissensgründen, aus Furcht, aus Mangel an Vertrauen ... Übrigens, Monsieur, werde ich Ihnen gleich erklären ...»

Aber er konnte nicht fortfahren. Sein ganzes Gesicht krampfte

sich zusammen. Er erklärte nichts. Er wandte sich plötzlich ab und zog sich ins Dunkel zurück, wo er Schubkästen voller Kleidungsstücke und Bücher öffnete und wieder schloss.
«Ich werde mich jetzt auf die Abreise vorbereiten», sagte er, «und möchte nicht gestört werden.»
Er legte verschiedene Gegenstände auf den Tisch, ein Toilettennecessaire, eine Pistole ...
Und Meaulnes ging ratlos hinaus, ohne eine Erwiderung oder einen Händedruck zu wagen.
Unten schienen alle schon etwas geahnt zu haben. Fast alle Mädchen hatten sich umgezogen. Im Hauptgebäude hatte das Abendessen begonnen, aber hastig und ungeregelt wie vor einer Abreise. Es war ein ständiges Kommen und Gehen zwischen dem großen Küchen- und Speisesaal, den oberen Zimmern und den Ställen. Diejenigen, die ihre Mahlzeit beendet hatten, standen in Gruppen beieinander und nahmen Abschied.
«Was ist los?», fragte Meaulnes einen Bauernjungen, der sich beeilte, mit dem Essen fertig zu werden, den Filzhut auf dem Kopf und die Serviette in die Weste gesteckt.
«Wir fahren!», antwortete er. «Das ist auf einmal beschlossen worden. Um fünf Uhr waren wir ganz allein, alle Eingeladenen zusammen. Wir hatten bis zum letzten Augenblick gewartet. Das Brautpaar konnte nicht mehr kommen. Irgendjemand sagte: ‹Wollen wir nicht abfahren?›, und alle bereiteten sich für die Abfahrt vor.»
Meaulnes antwortete nicht; er konnte jetzt auch weggehen. Hatte er sein Abenteuer nicht bis zuletzt ausgekostet? Hatte er diesmal nicht alles erreicht, was er sich gewünscht hatte? Kaum war ihm Zeit geblieben, sich das ganze schöne Gespräch vom Morgen noch einmal in Ruhe durch den Sinn gehen zu lassen. Im Augenblick handelte es sich nur darum abzureisen.

Und er würde bald wiederkommen – dieses Mal ohne sich einzuschleichen!
«Wenn Sie mit uns kommen wollen», fuhr der andere fort, der ungefähr in seinem Alter war, «ziehen Sie sich schnell um. Wir spannen gleich an.»
Er ließ sein begonnenes Mahl stehen und rannte davon, ohne den Gästen zu sagen, was er wusste. Park, Garten und Hof waren in tiefe Dunkelheit getaucht. An diesem Abend gab es keine Laternen an den Fenstern. Aber da das Abendessen trotz allem etwas von dem letzten Mahl an sich hatte, das eine Hochzeit beschließt, begannen die weniger feinen Gäste, die vielleicht etwas getrunken hatten, zu singen. Während sich Meaulnes entfernte, hörte er ihre Trinklieder in diesem Park, der zwei Tage lang so viel Anmut und Wunder geboten hatte. Und das war der Beginn der Verwirrung und Verwüstung. Er ging an dem Fischteich vorüber, in dem er sich noch am Morgen gespiegelt hatte. Wie schien alles schon verändert – mit diesem Lied, das, im Chor wiederholt, bruchstückweise zu ihm drang:

Wo kommst du her, du kleine Dirne?
Deine Haube ist zerrissen,
Dein Haar ist zerrauft ...

Und einem andern:

Meine Schuhe sind rot ...
Vorbei ist das Lieben ...
Meine Schuhe sind rot ...
In die Ferne getrieben,
Nie kehr' ich zurück!

Als er am Fuß der Treppe anlangte, die zu seiner abgelegenen Behausung führte, stieg jemand herab, der ihn in der Dunkelheit anstieß und sagte:
«Leben Sie wohl!»,
dann wie fröstelnd seinen Umhang um sich zog und verschwand. Es war Frantz de Galais.

Die Kerze, die Frantz in seinem Zimmer zurückgelassen hatte, brannte noch; alles war unverändert an seinem Platz. Nur auf einem Blatt Briefpapier, das augenfällig hingelegt war, standen die Worte:
Meine Braut ist verschwunden und hat mir sagen lassen, dass sie nicht meine Frau werden könne; sie sei eine Schneiderin und keine Prinzessin. Ich weiß nicht, was werden soll. Ich gehe fort. Ich mag nicht länger leben. Yvonne möge mir verzeihen, dass ich ihr nicht Lebewohl sage, aber sie könnte nichts für mich tun …

Die Kerze war niedergebrannt. Die Flamme flackerte noch ein wenig, schwelte und erlosch. Meaulnes kehrte in sein Zimmer zurück und schloss die Tür. Trotz der Dunkelheit erkannte er jeden Gegenstand, den er wenige Stunden zuvor bei hellem Tage in höchstem Glück bereitgelegt hatte. Stück für Stück fand er seine alte, ärmliche Kleidung wieder, von den derben Stiefeln bis zu dem plumpen Gürtel mit der Kupferschnalle. Er kleidete sich aus und zog sich schnell um. Die geliehenen Kleider legte er auf einen Stuhl, wobei er jedoch in seiner Zerstreutheit die Westen verwechselte …
Unter den Fenstern, im Hof, wo die Wagen standen, herrschte lebhaftes Treiben. Man zog, rief, schob, jeder wollte seinen Wagen aus dem vertrackten Wirrwarr befreien, in dem er sich verfangen hatte. Ab und zu kletterte ein Mann auf den Sitz

eines Karrens oder auf das Verdeck eines großen Wagens und schwenkte seine Handlaterne. Der Schein der Laterne fiel auf das Fenster, und für einen Augenblick wurde das inzwischen so vertraute Zimmer um Meaulnes herum wieder lebendig, mit all den Dingen, die ihm Freunde gewesen waren. Und so verließ er, sorgsam die Tür schließend, diesen geheimnisvollen Ort, den er wohl kaum je wiedersehen würde.

Siebzehntes Kapitel

Das seltsame Fest

(Schluss)

Schon rollte eine Reihe von Wagen langsam in Richtung auf das Gittertor zum Wald in die Nacht hinaus. An der Spitze führte ein Mann in einem Mantel aus Ziegenfell, eine Laterne in der Hand, das Pferd des vordersten Gespanns am Zügel.

Meaulnes beeilte sich, jemanden zu finden, der bereit wäre, ihn mitzunehmen. Es lag ihm daran fortzukommen, denn im Grunde seines Herzens fürchtete er, dass er sich plötzlich ganz allein auf dem Gut befinden würde und man seinen Schwindel entdecken könnte.

Als er vor dem Hauptgebäude ankam, waren die Kutscher der letzten Wagen gerade dabei, ihre Fracht gleichmäßig zu verteilen. Man ließ die Fahrgäste aufstehen, um die Sitze zusammen oder auseinanderzurücken; die in Schals eingehüllten Mädchen erhoben sich umständlich, die Decken fielen auf ihre Füße, und man konnte die bangen Mienen derer erkennen, die das Gesicht der Laterne zuwandten.

In einem der Kutscher erkannte Meaulnes den jungen Bauern, der ihm zuvor angeboten hatte, ihn mitzunehmen.

«Kann ich einsteigen?», rief er ihm zu.

«Wohin willst du, mein Junge?», antwortete der andere, der ihn nicht wiedererkannte.

«Richtung Sainte-Agathe.»

«Dann musst du Maritain fragen, ob er einen Platz hat.»
Nun suchte Meaulnes unter den Nachzüglern diesen unbekannten Maritain. Man zeigte ihn ihm unter den Trinkern, die in der Küche sangen.
«Das ist ein Kneipbruder», sagte man ihm, «der ist auch um drei Uhr morgens noch da.»
Meaulnes dachte einen Augenblick an das Mädchen, das unruhig fiebernd und voller Kummer diese angeheiterten Bauern bis in die Mitte der Nacht singen hören musste. In welchem Zimmer war sie? Wo lag ihr Fenster in diesen geheimnisvollen Gebäuden? Aber es hatte für den Schüler keinen Zweck, sich noch länger aufzuhalten. Er musste fort. War er erst einmal nach Sainte-Agathe zurückgekehrt, würde alles viel klarer werden. Dann wäre er kein entlaufener Schüler mehr und könnte wieder an die junge Schlossherrin denken.
Die Wagen fuhren einer nach dem anderen fort; ihre Räder knirschten auf dem Sand der großen Allee, und man sah sie im Dunkel der Nacht um die Ecke biegen und verschwinden, beladen mit eingemummelten Frauen und in Schals gehüllten Kindern, die schon einschliefen. Noch ein großer Wagen, dann ein Kremser, in dem die Frauen Schulter an Schulter dichtgedrängt saßen, und nun stand Meaulnes ganz verwirrt auf der Schwelle des Hauses. Bald sollte nur noch eine alte Berline, die ein Bauer im Kittel lenkte, übrig bleiben.
«Sie können einsteigen», antwortete er auf die Erklärung Augustins, «wir fahren in diese Richtung.»
Mühsam öffnete Meaulnes die Tür des alten Kastens, dessen Scheiben klirrten und dessen Angeln quietschten. Auf dem Sitz schliefen in einer Ecke zwei ganz kleine Kinder, ein Knabe und ein Mädchen. Sie erwachten durch den Lärm und die eindringende Kälte, streckten sich und blickten verwirrt umher;

dann drückten sie sich fröstelnd in ihre Ecke und schliefen wieder ein …

Schon fuhr der alte Wagen an. Meaulnes schloss die Tür recht leise und setzte sich vorsichtig in die andere Ecke. Dann versuchte er begierig, durch das Fenster die Gegend zu erkennen, die er verließ, und die Landstraße, auf der er gekommen war; trotz der Dunkelheit ahnte er, dass der Wagen über den Hof und durch den Garten fuhr, dann an der Treppe, die zu seinem Zimmer führte, vorbeikam, das Gittertor passierte und das Gut verließ, um in den Wald einzufahren. Man sah undeutlich am Fenster die Stämme alter Tannen vorbeiziehen.

«Vielleicht werden wir Frantz de Galais treffen», sagte sich Meaulnes mit klopfendem Herzen.

Plötzlich bog der Wagen auf dem schmalen Weg stark zur Seite, um einem Hindernis auszuweichen. Soweit man es in der Nacht an seinen massigen Formen erkennen konnte, war es ein Wohnwagen, der fast in der Mitte des Weges abgestellt war und wohl während der ganzen letzten Tage dort in der Nähe des Festes gestanden hatte.

Als dieses Hindernis umgangen war und die Pferde wieder in Trab fielen, wurde Meaulnes des angestrengten Spähens durch die Scheiben müde, denn vergebens versuchte er die Finsternis ringsum zu durchdringen. Plötzlich flammte im tiefen Wald ein Blitz auf, gefolgt von einem Knall. Die Pferde fielen in Galopp, und Meaulnes wusste zunächst nicht, ob der Kutscher im Kittel sich bemühte, sie zurückzuhalten, oder sie im Gegenteil zur Eile antrieb. Er wollte die Tür öffnen; da aber der Griff sich außen befand, versuchte er vergeblich, das Fenster herunterzulassen, und rüttelte daran … Die Kinder, die erschrocken aufgewacht waren, drückten sich stumm aneinander, und während er noch am Fenster rüttelte, das Gesicht an die Scheiben gepresst, machte er dank einer Wegbiegung eine weiße Gestalt aus, die fortrannte. Es war der große Pierrot des Festes, der maskierte Bohémien, der mit entsetztem Gesicht auf seinen Armen einen menschlichen Körper trug, den er gegen seine Brust drückte. Dann verschwand alles.

Im Wagen, der in wildem Galopp durch die Nacht flog, waren die beiden Kinder wieder eingeschlafen. Niemand war da, mit dem Meaulnes über die geheimnisvollen Ereignisse dieser beiden Tage hätte sprechen können. Lange ließ er im Geiste alles, was er gesehen und gehört hatte, an sich vorüberziehen, dann gab sich der junge Mann, müde und schweren Herzens, auch dem Schlafe hin, wie ein trauriges Kind ...

Es dämmerte noch nicht, als Meaulnes durch jemand, der an die Scheibe klopfte, geweckt wurde. Der Wagen hielt auf der Landstraße. Der Kutscher öffnete mühsam die Tür und rief, während der kalte Nachtwind dem Schüler bis auf die Knochen drang:

«Hier müssen Sie absteigen. Es wird Tag. Wir fahren jetzt über den Seitenweg. Sie sind ganz nahe bei Sainte-Agathe.»

Meaulnes gehorchte, suchte fast unbewusst seine Mütze, die in den dunkelsten Winkel des Wagens unter die Füße der beiden schlafenden Kinder gerollt war, dann stieg er gebückt aus.

«Also auf Wiedersehen», sagte der Mann, indem er wieder auf seinen Bock stieg. «Sie haben nur noch sechs Kilometer zu gehen. Sehen Sie, der Grenzstein steht dort am Rande des Weges.»

Meaulnes, der noch nicht ganz seinem Schlummer entrissen war, ging schweren Schrittes, vornübergebeugt, bis zum Grenzstein und setzte sich darauf, mit gekreuzten Armen und gesenktem Kopf, wie um wieder einzuschlafen.

«He, Sie dürfen da nicht einschlafen, es ist viel zu kalt! Auf! Gehen Sie ein bisschen!»

Schwankend wie ein Trunkener ging der große Junge, die Hände in den Taschen, die Schultern eingezogen, langsam auf dem Weg nach Sainte-Agathe, während die letzte Spur des geheimnisvollen Festes, die alte Berline, den Kies der Landstraße verließ und sich leise rumpelnd auf dem Gras des Wiesenseitenweges entfernte. Man sah nur noch den Hut des Kutschers über den Hecken tanzen ...

Zweiter Teil

Erstes Kapitel

Das gewagte Spiel

Starker Wind, Kälte, Regen oder Schnee und unsere Lage, die eingehende Nachforschungen unmöglich machte, hinderten Meaulnes und mich, vor dem Ende des Winters wieder von dem «verlorenen Land» zu sprechen. Wir konnten während der kurzen Februartage nichts Ernstliches an den Donnerstagen unternehmen, die, von Windstößen durchpflügt, regelmäßig gegen fünf Uhr mit einem eisigen Regen endeten.

Nichts erinnerte uns mehr an Meaulnes' Abenteuer außer der seltsamen Tatsache, dass wir seit dem Nachmittag seiner Rückkehr keine Freunde mehr hatten. Während der Pausen wurden dieselben Spiele wie früher gespielt, aber Jasmin sprach nicht mehr mit dem großen Meaulnes. An den Abenden leerte sich, sobald die Klasse gekehrt war, der Hof wie früher, als ich noch allein war, und ich sah meinen Freund umherirren vom Garten zum Schuppen und vom Hof ins Esszimmer.

An den Donnerstagvormittagen lasen wir, jeder auf dem Pult eines der beiden Schulzimmer sitzend, Rousseau und Paul-Louis Courier, die wir in den Schränken zwischen englischen Lehrbüchern und schön geschriebenen Notenheften aufgestöbert hatten. Am Nachmittag ließ uns meist irgendein Besuch die Flucht aus der Wohnung ergreifen; und wir gingen wieder in die Schule zurück … Manchmal hörten wir Gruppen von großen Schülern, die einen Augenblick, wie durch Zufall, vor dem großen Tor stehen blieben und bei unverständlichen militärischen Spielen dagegen stießen und dann wieder weggingen ... Dieses traurige Dasein dauerte bis Ende Februar. Ich glaubte schon, Meaulnes habe alles vergessen, als ein Abenteuer, das seltsamer als die anderen war, mir bewies, dass ich mich getäuscht hatte und dass sich unter der trüben Oberfläche dieses Winterlebens eine heftige Krise anbahnte.

Es war gerade ein Donnerstagabend gegen Ende des Monats, als die erste Nachricht von dem «seltsamen Gut», die erste Welle des Abenteuers, von dem wir nicht mehr sprachen, zu uns drang. Wir saßen gerade in der allabendlichen Runde, das heißt ohne meine Großeltern, die schon abgereist waren, nur mit Millie und meinem Vater, die keine Ahnung von dem geheimen Zerwürfnis hatten, das die ganze Klasse in zwei Parteien teilte.

Um acht Uhr hatte Millie die Tür geöffnet, um die Krümel vom Essen hinauszuschütten. Sie machte «Ah!» mit so heller Stimme, dass wir herbeieilten, um zu sehen, was es gab. Auf der Schwelle lag Schnee ... Da es sehr dunkel war, ging ich einige Schritte in den Hof, um zu sehen, ob er sehr hoch lag. Ich fühlte, wie leichte Flocken auf mein Gesicht fielen und gleich schmolzen. Man hieß mich schnell wieder hereinkommen, und Millie schloss fröstelnd die Tür.

Um neun Uhr waren wir im Begriff schlafen zu gehen; meine Mutter hatte schon die Lampe in der Hand, als wir ganz deutlich zwei heftige Schläge gegen das Tor am anderen Ende des Hofes hörten. Sie stellte die Lampe wieder auf den Tisch, und wir blieben alle stehen und horchten gespannt.

Man konnte nicht daran denken, nachzusehen, was los war. Ehe man nur die Hälfte des Hofes überquert hätte, wäre die Lampe erloschen und das Glas gesprungen. Nach einem kurzen Schweigen, als mein Vater gerade begann: «Das war sicher ...», erscholl ein Pfiff gerade unter dem Fenster des Esszimmers, das, wie ich schon sagte, nach der zur Bahnstation führenden Landstraße hin lag; der Pfiff war schrill und anhaltend; man musste ihn bis zur Kirchgasse hören. Und gleich darauf erschollen direkt vor dem Fenster, durch die Scheiben kaum gedämpft, gellende Schreie, die von Leuten ausgestoßen wurden, die sich wahrscheinlich am Fensterbrett außen emporgezogen hatten:

«Bringt ihn her! – Bringt ihn her!»

Am anderen Ende des Gebäudes antworteten die gleichen Schreie. Die Leute dort waren wahrscheinlich über das Feld des alten Martin gekommen; sie mussten auf die niedrige Mauer geklettert sein, die das Feld von unserem Hof trennte.

Dann hörte man nacheinander überall von acht bis zehn Unbekannten mit verstellter Stimme die Schreie: «Bringt ihn her!» Auf dem Dach des Vorratsschuppens, das sie wahrscheinlich über einen an der Außenmauer liegenden Holzhaufen erklettert hatten; auf einer kleinen Mauer, die den Schuppen mit dem Tor verband und deren abgerundetes Gesims es gestattete, sich bequem im Reitsitz zu halten; ferner an der mit Gittern versehenen Mauer zur Landstraße, auf die man leicht steigen konnte ... Schließlich traf hinter dem Haus im Garten noch eine Rotte von Nachzüglern ein, die den gleichen Tanz aufführte, diesmal mit dem Geschrei:

«Auf zum Entern!»

Und wir hörten das Echo ihrer Schreie in den leeren Klassenzimmern hallen, deren Fenster sie geöffnet hatten.

Meaulnes und ich wussten so gut in allen Winkeln und Ecken des großen Hauses Bescheid, dass wir wie auf einem Plan ganz genau alle Stellen kannten, an denen die unbekannten Leute es gerade attackierten.

In Wahrheit hatten wir nur im ersten Augenblick Angst. Der Pfiff hatte uns alle vier an den Angriff von Landstreichern und Zigeunern denken lassen, zumal sich seit etwa vierzehn Tagen auf dem Platz hinter der Kirche ein großer zwielichtiger Geselle und ein jüngerer Bursche mit verbundenem Kopf herumtrieben; außerdem gab es bei den Stellmachern und Hufschmieden Arbeiter, die nicht aus der Gegend waren.
Aber sobald wir die Angreifer hatten schreien hören, waren wir überzeugt, dass wir es mit Leuten – und wahrscheinlich mit jungen Leuten – aus dem Dorf zu tun hatten; es waren sogar sicher Buben – man erkannte sie an ihren hellen Stimmen – bei dieser Truppe, die gegen unser Haus anstürmte, als gelte es, ein Schiff zu entern.
«Ah, also so was!», rief mein Vater, und Millie fragte flüsternd:
«Aber was soll das bedeuten?»
Plötzlich verstummten die Stimmen am Tor und an der Mauer mit dem Gitter und danach auch die am Fenster. Zwei Pfiffe ertönten noch hinter dem Fenster. Die Schreie der Leute auf dem Vorratsschuppen und die der Angreifer im Garten wurden schwächer und hörten dann auf; wir vernahmen, wie der ganze Trupp auf dem eiligen Rückzug an der Wand des Esszimmers entlangstreifte und sich mit gedämpften Schritten durch den Schnee entfernte.
Offenbar waren sie gestört worden. Sie hatten geglaubt, zu dieser Stunde, wo alles schlief, den Sturm auf das einsame, am Ende des Dorfes gelegene Haus unbehelligt ausführen zu können. Doch da war ihr Plan durchkreuzt worden.
Kaum hatten wir Zeit gehabt, uns zu fassen – denn der Angriff war so plötzlich gekommen wie das gekonnte Entern

eines Schiffs –, und wollten gerade hinausgehen, als wir eine bekannte Stimme am kleinen Gittertor rufen hörten:
«Monsieur Seurel! Monsieur Seurel!»
Es war Monsieur Pasquier, der Schlächter. Der dicke, kleine Mann reinigte seine Holzschuhe auf der Schwelle, schüttelte seinen kurzen schneebedeckten Kittel und trat ein. Er hatte die schlaue und geschäftige Miene eines Mannes aufgesetzt, der den Schlüssel zu einer geheimnisvollen Angelegenheit gefunden hat:
«Ich war auf meinem Hof am Quatre-Routes-Platz und wollte gerade den Ziegenstall schließen. Was seh' ich da plötzlich im Schnee: zwei große Bengels, die Posten zu stehen schienen oder auf etwas lauerten. Sie waren in der Nähe vom Kreuz. Ich gehe vor, mache zwei Schritte – hopp! Weg sind sie und rennen auf euer Haus zu. Nun, ich habe nicht lange gezögert, habe meine Laterne genommen und mir gesagt: Das werd' ich Monsieur Seurel erzählen …»
Dann beginnt er seine Geschichte wieder von Neuem:
«Ich war auf meinem Hof hinterm Haus …» Man bietet ihm daraufhin einen Likör an, den er annimmt, und fragt ihn nach Einzelheiten, von denen er aber nichts weiß.
Als er an unser Haus gekommen war, hatte er nichts gesehen. Alle Trupps waren, durch die beiden Schildwachen – die er aufgescheucht hatte – gewarnt, sofort ausgerissen. Aber wer diese Stafetten gewesen sein könnten …
«Die beiden Posten könnten wohl Zigeuner gewesen sein», meinte er. «Sie sind fast einen Monat auf dem Platz und warten auf schönes Wetter, um Vorstellungen zu geben; die werden sicher irgendeinen bösen Streich ausführen.»
Alles das klärte uns wenig auf, und wir standen noch immer ziemlich ratlos herum, während der Mann seinen Likör

schlürfte und wieder mit seiner Geschichte begann, als Meaulnes, der bis dahin sehr aufmerksam zugehört hatte, die Laterne des Schlächters ergriff und sagte:
«Wir wollen sehen, was los ist!»
Er öffnete die Tür, und wir folgten ihm: Monsieur Seurel, Monsieur Pasquier und ich.
Millie, die schon ruhiger geworden war, weil ja die Angreifer fort waren, und die wie alle ordentlichen und etwas pedantischen Leute von Natur aus sehr wenig neugierig war, erklärte: «Geht, wenn ihr wollt. Aber schließt die Tür und nehmt den Schlüssel mit. Ich gehe schlafen. Die Lampe lasse ich brennen.»

Zweites Kapitel

Wir fallen in einen Hinterhalt

Wir zogen im Schnee los, es war völlig still. Meaulnes ging voran und verbreitete mit seiner vergitterten Laterne ein fächerförmiges Licht. Kaum waren wir aus dem großen Tor herausgetreten, da stürzten hinter der Gemeindewaage, die sich an der Mauer unserer Pausenhalle befand, ganz plötzlich wie aufgescheuchte Rebhühner zwei in Kapuzen gehüllte Individuen davon. Sei es, um uns zu necken, sei es aus Freude über das seltsame Spiel, das sie spielten, oder aus nervöser Überreizung und der Furcht, eingeholt zu werden, jedenfalls riefen sie im Fortlaufen zwei oder drei von Lachen unterbrochene Worte.

Meaulnes ließ seine Laterne in den Schnee fallen und schrie:

«Mir nach, François!»

Wir ließen die beiden älteren Männer, die so schnell nicht laufen konnten, zurück und rannten hinter den beiden Schatten her, die, nachdem sie zunächst eine Weile den unteren Teil des Dorfes umrundet hatten, dem Weg nach La Vieille-Planche folgend, geradewegs wieder bergauf in Richtung Kirche strebten. Sie liefen gleichmäßig, ohne große Hast, sodass wir keine Mühe hatten, ihnen zu folgen. Sie überquerten die Kirchgasse, in der alles schlief und still war, und verschwanden dann hinter dem Friedhof in einem Gewirr kleiner Gässchen und Sackgassen.

Es war ein Viertel, in dem Tagelöhner, Schneiderinnen und Weber wohnten und das Les Petits Coins hieß; wir kannten uns dort nicht gut aus und waren bei Nacht noch niemals da gewesen. Am Tage war diese Gegend verlassen: Die Tagelöhner waren nicht zu Haus, die Weber in ihren Stuben; und in dieser stillen Nacht schien sie noch verlassener, noch tiefer in Schlaf versunken als die anderen Stadtviertel. Es war also keine Aussicht vorhanden, dass irgendjemand uns zu Hilfe kommen würde.

Ich kannte nur einen Weg zwischen diesen kleinen Häusern, die wie Pappschachteln rein zufällig hingestellt zu sein schienen; es war der Weg, der zu der Schneiderin mit dem Spitznamen «die Stumme» führte. Zunächst ging es stellenweise gepflastert ziemlich steil hinab, dann um zwei oder drei Ecken zwischen kleinen Weberhöfen und leeren Ställen, und schließlich gelangte man in eine breite Sackgasse, an deren Ende ein seit längerer Zeit verlassener Bauernhof lag. Wenn ich bei der «Stummen» war, so konnte ich, während sie mit unablässig bewegten Fingern ein stilles Gespräch mit meiner Mutter begann, das nur von den schwachen Ausrufen der Gebrechlichen unterbrochen wurde, durch das Fenster die große Mauer des Bauernhofes sehen, der hier das letzte Haus der Vorstadt bildete, und die immer geschlossene Schranke des Hofes, der trocken und verlassen, ohne einen Strohhalm dalag, wo sich niemals mehr irgendetwas abspielte ...

Genau diesen Weg schlugen die beiden Unbekannten ein. An jeder Wegbiegung fürchteten wir, sie zu verlieren, aber zu meiner Überraschung kamen wir immer an der einen Ecke einer Gasse an, bevor sie um die nächste verschwunden waren. Ich sage, zu meiner Überraschung, denn da die Gassen kurz waren, wäre das nicht möglich gewesen, wenn sie nicht jedes Mal, sobald wir sie aus den Augen verloren hatten, ihren Lauf verlangsamt hätten.

Endlich bogen sie ohne Zögern in die Straße ein, die zur «Stummen» führte, und ich rief Meaulnes zu:

«Wir haben sie, das ist eine Sackgasse!»

In Wahrheit hatten sie uns ... Sie hatten uns dahin geführt, wo sie uns haben wollten. An der Mauer drehten sie sich entschlossen nach uns um, und einer von ihnen stieß denselben Pfiff aus, den wir schon zweimal an diesem Abend gehört hatten.

Sofort kamen aus dem verlassenen Hof etwa zehn Burschen, die dort auf uns gewartet zu haben schienen. Alle hatten Kapuzen übergezogen und verbargen das Gesicht in ihren Halstüchern ...

Wir wussten schon im Voraus, wer es war, aber wir waren entschlossen, nichts Monsieur Seurel zu sagen, den unsere Angelegenheiten nichts angingen. Es waren Delouche, Denis, Giraudat und all die anderen. Während des Kampfes erkannten wir ihre Art, sich zu schlagen, und ihre halb verstellten Stimmen wieder. Aber eines blieb für uns beunruhigend und schien Meaulnes fast zu erschrecken: Es war jemand unter ihnen, den wir nicht kannten und der ihr Anführer zu sein schien ... Er rührte Meaulnes nicht an: Er sah zu, wie seine Soldaten arbeiteten, die alle Hände voll zu tun hatten und, durch den Schnee geschleift und von unten bis oben zerfetzt, sich mit dem außer Atem gekommenen großen Burschen herumschlugen. Zwei von ihnen beschäftigten sich mit mir und hatten mich mit einiger Mühe wehrlos gemacht, denn ich schlug mich wie ein Teufel. Ich saß am Boden, die Knie gebeugt, auf meinen Fersen, jemand hielt meine Arme hinten fest, und ich sah dem, was sich vor meinen Augen abspielte, mit einer Mischung aus höchster Neugierde und Entsetzen zu.

Meaulnes hatte sich gerade von vier Jungen aus dem Kursus

befreit, die er von seinem Kittel losgerissen hatte, indem er sich schnell um sich selbst drehte und sie mit voller Wucht in den Schnee schleuderte ... Die unbekannte Person verfolgte aufrecht stehend mit Anteilnahme, aber sehr ruhig die Schlacht und wiederholte mit klarer Stimme:

«Los! Mut! ... Noch mal drauf! ... Go on, my boys!»

Offensichtlich führte er das Kommando ... Woher kam er? Wo und wie hatte er sie auf diese Schlacht eingeübt? Das blieb ein Geheimnis für uns. Wie die anderen hatte auch er sein Gesicht mit einem Halstuch vermummt, aber als Meaulnes, von seinen Gegnern befreit, drohend auf ihn eindrang, da wurde durch die Bewegung, die er machte, um gut zu sehen und Meaulnes entgegenzutreten, ein Stück weißes Leinen sichtbar, das als Verband um seinen Kopf lag.

In diesem Augenblick rief ich Meaulnes zu:

«Vorsicht! Von hinten kommt einer!»

Er hatte nicht die Zeit, sich umzudrehen, als von der Schranke her, der er den Rücken kehrte, ein großer Teufelskerl auftauchte, geschickt sein Halstuch um den Hals meines Freundes warf und ihn nach rückwärts umlegte. Sofort stürzten sich die vier Gegner Meaulnes', die er in den Schnee geworfen hatte, wieder auf ihn, um ihn wehrlos zu machen; sie banden ihm die Arme mit einem Strick, die Beine mit einem Halstuch zusammen, und der junge Mensch mit dem verbundenen Kopf wühlte in seinen Taschen ... Der zuletzt Gekommene, der Mann mit dem Lasso, hatte eine kleine Kerze angezündet, die er mit der Hand schützte. Und jedes Mal, wenn er ein neues Papier entdeckte, trat der Anführer näher an das kleine Licht heran, um zu prüfen, was darauf stand. Endlich entfaltete er jene mit Eintragungen bedeckte Karte, an der Meaulnes seit seiner Rückkehr arbeitete. Und er rief freudig aus:

«Diesmal haben wir ihn! Hier ist der Plan! Hier ist der Wegweiser! Wir wollen sehen, ob dieser Herr hier dahin gegangen ist, wo ich annehme!»
Sein Komplize löschte die Kerze aus. Jeder nahm seine Mütze und seinen Gürtel wieder an sich; alle verschwanden stillschweigend, wie sie gekommen waren, sodass ich nun schleunigst meinen Freund befreien konnte.
«Mit dieser Karte wird er nicht sehr weit kommen», sagte Meaulnes beim Aufstehen.
Und wir gingen langsam zurück, denn er hinkte ein wenig. Bei der Kirche trafen wir wieder mit Monsieur Seurel und dem alten Pasquier zusammen:
«Ihr habt nichts gesehen?», fragten sie. «Wir auch nicht!»
Dank der finsteren Nacht merkten sie nichts. Der Schlächter verließ uns, und Monsieur Seurel ging schnell heim, um sich schlafen zu legen.
Aber wir beide blieben oben in unserem Zimmer beim Schein der Lampe, die Millie für uns stehen gelassen hatte, noch lange auf, flickten unsere zerrissenen Kittel und unterhielten uns dabei halblaut über das Erlebte wie zwei Waffengefährten am Abend einer verlorenen Schlacht ...

Drittes Kapitel

Der Bohémien in der Schule

Das Aufstehen am anderen Tage war mühsam. Um halb neun, als Monsieur Seurel gerade das Zeichen zum Unterrichtsbeginn gab, kamen wir ganz außer Atem an und stellten uns in Reih und Glied. Da wir zu spät waren, schoben wir uns irgendwo zwischen die anderen; gewöhnlich war Meaulnes der Erste in der langen Reihe von Schülern, die Ellenbogen an Ellenbogen mit ihren Büchern, Heften und Federhaltern beladen dastanden, um sie von Monsieur Seurel kontrollieren zu lassen. Ich war erstaunt über die stillschweigende Zuvorkommenheit, mit der man uns nach der Mitte der Reihe hin Platz machte; und während Monsieur Seurel, den Beginn der Stunde um einige Sekunden hinausschiebend, den großen Meaulnes überprüfte, reckte ich neugierig den Hals und äugte nach links und rechts, um die Gesichter unserer Feinde vom Vorabend zu betrachten.

Der Erste, den ich bemerkte, war derjenige, an den ich unaufhörlich dachte, aber der Letzte, den ich an diesem Ort zu sehen erwartet hätte. Er stand an dem Platz, den gewöhnlich Meaulnes innehatte, als Erster von allen, einen Fuß auf der Steinstufe, eine Schulter und die Ecke des Ranzens, den er auf dem Rücken trug, an den Türrahmen gelehnt. Sein feines, sehr bleiches Gesicht mit einigen Sommersprossen war vorgebeugt und mit einer Art verächtlicher und amüsierter Neugier uns zugewendet. Der Schädel und eine ganze Seite des

Gesichts waren weiß verbunden. Ich erkannte den Anführer der Bande wieder, den jungen Bohémien, der uns am Vorabend ausgeplündert hatte.

Aber schon traten wir ins Klassenzimmer, und jeder ging an seinen Platz. Der neue Schüler setzte sich neben der Säule an das linke Ende der langen Bank, an deren rechtem Meaulnes den ersten Platz einnahm. Giraudat, Delouche und die drei anderen aus der ersten Reihe waren dicht zusammengerückt, um ihm Platz zu machen, so als ob alles im Voraus abgesprochen gewesen wäre ...

Im Winter kamen oft solche Schüler vorübergehend zu uns, Schiffer, die durch das Eis auf den Kanälen festgehalten waren, Lehrlinge oder Reisende, die durch den Schnee nicht weiter konnten. Sie blieben zwei Tage im Kursus oder einen ganzen Monat, selten länger ... Gegenstand der Neugier während der ersten Stunde, wurden sie bald nicht mehr beachtet und verschwanden schnell in der Menge der gewöhnlichen Schüler.

Aber diesen konnte man nicht so schnell vergessen. Ich erinnere mich heute noch an sein eigenartiges Wesen und all die seltsamen Schätze, die er in seiner Schultasche, die er auf dem Rücken zu tragen pflegte, mitbrachte. Zunächst waren es die Federhalter «mit Ansicht», die er herauszog, um sein Diktat zu schreiben. In einem winzigen Loch des Schaftes sah man, wenn man ein Auge schloss, etwas verschwommen und vergrößert die Basilika von Lourdes oder irgendein unbekanntes Bauwerk. Einen davon nahm er, und die anderen ließ er von Hand zu Hand gehen. Dann hatte er einen chinesischen Federkasten, der mit Zirkeln und allerhand ergötzlichen Instrumenten gefüllt war, die von links durch die Bank gingen, unter den Heften still und heimlich von Hand zu Hand geschoben, damit Monsieur Seurel nichts merkte.

In gleicher Weise wurden auch ganz neue Bücher herumgegeben, deren Titel ich schon mit großer Begehrlichkeit auf den Einbänden der wenigen Schmöker in unserem Bücherschrank gelesen hatte: *La Teppe aux Merles, La Roche aux Mouettes, Mon ami Benoist* ... Einige hatten die Bücher auf den Knien liegen und blätterten mit einer Hand in den Bänden, die wer weiß woher gekommen, vielleicht gestohlen waren, und schrieben mit der anderen Hand ihr Diktat. Andere schlugen mit den Zirkeln Kreise unter ihrem Pult. Wieder andere schlossen schnell ein Auge, wenn Monsieur Seurel ihnen beim Diktat den Rücken zudrehte, um vom Katheder zum Fenster zu gehen, und pressten vor das andere die grüne, löchrige Ansicht von Notre Dame de Paris. Und der seltsame Schüler, dessen feines Profil sich gegen die graue Säule abhob, zwinkerte, die Feder in der Hand, mit den Augen und war sehr zufrieden mit diesen versteckten Spielen um ihn herum.
Allmählich jedoch wurde die ganze Klasse unruhig: Die Gegenstände, die man «herumgehen ließ», gelangten einer nach dem anderen schließlich in die Hände des großen Meaulnes, der sie nachlässig, ohne sie anzusehen, neben sich hinlegte. Bald war ein ganzer Stapel beisammen, gleichmäßig aufgeschichtet und bunt, wie zu Füßen der Frauengestalt, die auf allegorischen Bildern die Wissenschaft darstellt. Es musste dahin kommen, dass Monsieur Seurel diese merkwürdige Wanderausstellung entdeckte und das Spiel bemerkte. Übrigens war doch wohl auch eine Untersuchung über die Ereignisse der Nacht zu erwarten. Die Gegenwart des Bohémiens musste ihm die Arbeit erleichtern ...
In der Tat blieb er bald überrascht vor dem großen Meaulnes stehen.
«Wem gehört alles das?», fragte er, indem er ‹alles das› mit

dem Rücken des Buches, das er über seinem Zeigefinger geschlossen hatte, bezeichnete.
«Ich weiß nicht», antwortete Meaulnes mürrisch, ohne den Kopf zu heben.
Aber der unbekannte Schüler griff ein:
«Das gehört mir», sagte er.
Und mit der großen und eleganten Geste eines jungen Herrn, welcher der alte Lehrer nicht widerstehen konnte, fügte er sogleich hinzu:
«Aber ich stelle Ihnen alles zur Verfügung, wenn Sie es ansehen wollen.»
Und so geschah es, dass in einigen Sekunden ohne jedes Geräusch, wie um den neuen Stand der Dinge nicht zu stören, die ganze Klasse neugierig sich um den Lehrer scharte, der über diese Schätze seinen halb kahlen, halb mit Locken bedeckten Kopf beugte, und um den bleichen jungen Mann, der mit triumphierender Miene ruhig die nötigen Erklärungen gab. Währenddessen hatte der auf seiner Bank ganz allein gebliebene große Meaulnes still sein Übungsheft geöffnet und vertiefte sich mit gerunzelten Brauen in eine schwierige Aufgabe ...

Die kleine Pause überraschte uns in dieser Beschäftigung. Das Diktat war nicht beendet, und in der Klasse herrschte Unordnung: Eigentlich war schon seit Beginn der Stunde Pause.
Und um halb elf, als der düstere, schlammige Hof von den Schülern erfüllt war, bemerkte man bald, dass ein neuer Herr bei den Spielen den Ton angab.
Von all den neuen Vergnügungen, die der Bohémien von diesem Morgen an bei uns einführte, erinnere ich mich nur an die grausamste: eine Art von Turnier, bei dem die großen Schüler die Pferde waren und die jüngeren auf ihren Schultern trugen.

In zwei Parteien geteilt, die von beiden Seiten des Hofes aufeinander losgingen, versuchten sie beim Aufeinanderprall den Gegner durch die Heftigkeit des Stoßes zu Fall zu bringen, und die Reiter, die ihre Halstücher als Lassos oder die ausgestreckten Arme als Lanzen gebrauchten, bemühten sich, die Gegner aus dem Sattel zu heben. Wenn einer dem Stoß auswich, so verlor der andere das Gleichgewicht und fiel in den Schmutz, wobei der Reiter unter sein Pferd zu liegen kam. Es gab Schüler, die, schon halb aus dem Sattel geworfen, vom Pferd bei den Beinen erwischt wurden und, zum Kampf aufgehetzt, wieder auf seine Schultern kletterten. Der schmale Reiter mit dem verbundenen Kopf war auf den großen Delage gestiegen, der übermäßig lange Glieder, rote Haare und abstehende Ohren hatte; er feuerte die feindlichen Trupps an und lenkte geschickt sein Pferd unter lautem Lachen.
Augustin stand auf der Schwelle des Klassenzimmers und betrachtete zunächst übel gelaunt dieses Spiel; und ich stand unentschlossen neben ihm.
«Das ist ein geriebener Bursche», sagte er zwischen den Zähnen, die Hände in den Taschen. «Heute Morgen hierher zu kommen war das einzige Mittel, nicht verdächtigt zu werden, und Monsieur Seurel ist darauf hereingefallen.»
Er blieb dort eine ganze Weile stehen, gab seinen kurz geschorenen Kopf dem Wind preis und wetterte gegen diesen Komödianten, der jetzt all die Burschen, deren Anführer noch vor Kurzem er selbst gewesen war, sich gegenseitig grün und blau schlagen ließ. Ich als friedlicher Junge konnte ihm nur beistimmen.
Überall, in allen Ecken, ging, da der Lehrer abwesend war, der Kampf weiter. Auch die Kleinsten waren jetzt einer auf den anderen geklettert. Sie purzelten herunter, noch ehe sie den Stoß

des Gegners abbekommen hatten. Bald war nur noch mitten im Hof eine in erbittertem Kampf durcheinanderwirbelnde Gruppe auf den Beinen, aus der man ab und zu den weißen Verband des Anführers auftauchen sah.

Da konnte der große Meaulnes nicht mehr widerstehen. Er beugte sich vor, legte die Hände auf die Hüften und rief mir zu:

«Jetzt aber hin, François!»

Von diesem plötzlichen Entschluss überrascht, sprang ich dennoch ohne zu zögern auf seine Schultern, und eine Sekunde später waren wir im heftigsten Getümmel, während die Mehrzahl der Kämpfer erschrocken flüchtete und rief:

«Da ist Meaulnes, da ist der große Meaulnes!»

In der Mitte der restlichen Schüler drehte er sich um sich selbst und sagte zu mir:

«Streck die Arme aus und pack sie, wie ich es heute Nacht gemacht habe.»

Und ich, kampfestrunken und siegessicher, ergriff beim Vorüberreiten die Jungen, die sich noch etwas wehrten, einen Augenblick auf den Schultern der Großen hin und her schwankten und dann in den Schmutz fielen. Im Handumdrehen war nur noch der Neuankömmling übrig, der auf Delage saß. Dieser aber, dem wenig daran lag, den Kampf mit Augustin aufzunehmen, richtete sich mit einem heftigen Beckenstoß nach hinten auf und veranlasste so den weißen Reiter zum Abstieg.

Die Hand auf der Schulter seines Reittieres wie ein Rittmeister, der sein Pferd am Zaum hält, betrachtete der junge Mann stehend den großen Meaulnes mit einiger Ergriffenheit und gewaltiger Bewunderung:

«Das war gut!», sagte er.

Aber im selben Augenblick erscholl die Glocke und zerstreute die Schüler, die sich in der Erwartung, etwas Aufregendes zu sehen, um uns gesammelt hatten. Und Meaulnes, der enttäuscht war, dass er seinen Gegner nicht hatte zu Boden werfen können, wandte ihm den Rücken und sagte übel gelaunt: «Also auf ein andermal!»

Bis zum Mittag verlief der Unterricht so wie kurz vor den Ferien, untermischt mit belustigenden Zwischenfällen und Unterhaltungen, deren Mittelpunkt der Komödianten-Schüler war.

Er erklärte, wie sie, durch die Kälte an den Ort gefesselt, keineswegs daran denken könnten, Abendvorstellungen zu geben, zu denen doch niemand kommen würde, und wie sie deshalb beschlossen hätten, dass er selbst zur Schule gehen sollte, um sich während des Tages zu zerstreuen, während sein Begleiter die exotischen Vögel und die dressierte Ziege versorgte. Dann erzählte er von ihren Fahrten in der Umgebung, wenn der Regen auf das schadhafte Zinkdach des Wagens fällt und wenn man bei Steigungen absteigen muss, um schieben zu helfen. Die weiter hinten sitzenden Schüler verließen ihre Pulte, um aus der Nähe zuzuhören. Die weniger romantisch Veranlagten benützten diese Gelegenheit, um sich am Ofen zu wärmen, aber bald packte auch sie die Neugier, und sie näherten sich der schwatzenden Gruppe mit gespitzten Ohren, eine Hand noch auf dem Deckel des Ofens, um sich dort ihren Platz zu sichern.

«Und wovon leben Sie?», fragte Monsieur Seurel, der all diesem mit seiner etwas kindlichen Schulmeisterneugierde folgte und eine Menge Fragen stellte.

Der Junge zögerte einen Augenblick, als ob er sich niemals um diese Nebensache gekümmert hätte.

«Nun, von dem, was wir im vergangenen Herbst verdient haben, denke ich; Ganache besorgt die Abrechnung.»
Niemand fragte, wer Ganache war. Ich aber dachte an den großen Teufelskerl, der am Vorabend heimtückisch Meaulnes von hinten angegriffen und zu Fall gebracht hatte …

Viertes Kapitel

In dem die Rede ist von dem geheimnisvollen Gut

Am Nachmittag fand das Vergnügen seinen Fortgang, und während der ganzen Dauer des Unterrichtes herrschte die gleiche Unordnung, die gleiche Schmuggelei. Der Bohémien hatte andere Kostbarkeiten mitgebracht: Muscheln, Spiele, Liedernoten und sogar einen kleinen Affen, der gedämpft im Innern seiner Jagdtasche kratzte … Alle Augenblicke musste Monsieur Seurel sich unterbrechen, um das anzusehen, was der pfiffige Junge aus seinem Ranzen zog … So wurde es vier Uhr, und Meaulnes war der Einzige, der seine Aufgabe wirklich gemacht hatte.

Ohne Hast gingen alle hinaus. Es schien so, als ob es zwischen Unterricht und Pause nicht mehr die scharfe Trennungslinie gab, die das Schulleben so einfach und geregelt machte wie die Folge von Tag und Nacht. Wir vergaßen sogar, Monsieur Seurel, wie es üblich war, etwa zehn Minuten vor vier Uhr die beiden Schüler zu bezeichnen, die an der Reihe waren, die Klasse zu kehren; das geschah sonst immer, denn es war eine Möglichkeit, den Schluss der Stunde anzukündigen und zu beschleunigen.

Der Zufall wollte es, dass an diesem Tag der große Meaulnes an der Reihe war; und schon am Morgen hatte ich bei einer Unterhaltung dem Bohémien gesagt, dass die Neuen stets am

Tag ihrer Ankunft dazu bestimmt seien, den zweiten Kehrer abzugeben.

Meaulnes kam wieder in die Klasse, nachdem er sein Vesperbrot geholt hatte. Der Bohémien dagegen ließ lange auf sich warten und kam als Letzter angerannt, als es schon dunkel zu werden begann.

«Du bleibst im Klassenzimmer», hatte mein Freund zu mir gesagt, «und während ich ihn festhalte, nimmst du ihm den Plan wieder ab, den er mir gestohlen hat.»

Ich saß also auf einem kleinen Tisch in der Nähe des Fensters und las beim letzten Tagesschimmer; ich sah die beiden schweigend die Schulbänke rücken – der große Meaulnes in sich gekehrt und mit hartem Gesichtsausdruck, seinen schwarzen Kittel mit drei Knöpfen hinten geschlossen und vom Gürtel zusammengehalten, der andere zart und nervös, den Kopf wie ein Verwundeter verbunden. Er trug einen abgerissenen Überzieher mit Löchern, die ich am Tage nicht bemerkt hatte. Mit einem fast wilden Eifer hob und stieß er die Tische in toller Überstürzung und lächelte dabei ein wenig. Man hätte glauben können, er spiele dabei irgendein außerordentliches Spiel, dessen Hintergründe wir nicht kannten.

So kamen sie in den dunkelsten Winkel des Zimmers, um den letzten Tisch wegzurücken.

Hier konnte Meaulnes seinen Gegner im Handumdrehen niederwerfen, ohne dass jemand von draußen sie hätte durchs Fenster sehen oder hören können. Ich begriff nicht, dass er sich eine solche Gelegenheit entgehen ließ. Der andere, der jetzt nahe der Tür war, konnte jeden Augenblick verschwinden unter dem Vorwand, dass die Arbeit beendet sei, und wir würden ihn nicht wiedersehen. Dann wären der Plan und all die Nachforschungen, die zu finden, zu vergleichen und zu sammeln Meaulnes so lange Zeit gebraucht hatte, für uns verloren ...

Jede Sekunde erwartete ich ein Zeichen oder eine Bewegung meines Kameraden, die mir den Beginn des Kampfes ankündigen würde, aber der große Junge rührte sich nicht. Nur ab und zu betrachtete er mit einer seltsam starren und fragenden Miene den Verband des Bohémiens, der im Halbdunkel der hereinbrechenden Nacht großflächig schwarz gefleckt erschien.

Der letzte Tisch wurde weggerückt, ohne dass etwas geschah. Aber gerade als alle beide wieder nach vorne kamen und auf der Schwelle noch ein letztes Mal fegten, sagte Meaulnes mit gesenktem Kopf und ohne unseren Feind anzusehen mit leiser Stimme:

«Ihr Verband ist blutig, und Ihre Kleider sind zerrissen.»

Der andere betrachtete ihn einen Augenblick, nicht etwa überrascht von dem, was er sagte, sondern tief bewegt, dass er es sagte.

Er antwortete: «Sie wollten mir Ihren Plan eben auf dem Platz draußen entreißen. Als sie erfuhren, dass ich hierherkommen wollte, um das Klassenzimmer zu kehren, begriffen sie, dass ich mit Ihnen Frieden schließen will, und haben sich gegen mich empört. Aber ich habe ihn trotzdem gerettet», fügte er stolz hinzu, indem er Meaulnes das kostbare zusammengefaltete Papier übergab.

Meaulnes wandte sich langsam zu mir um:

«Hörst du», sagte er, «er hat sich soeben für uns geschlagen und sich verwunden lassen, während wir ihm eine Falle stellten.»

Dann gab er das für die Schüler von Sainte-Agathe ungewöhnliche ‹Sie› auf:

«Du bist ein wahrer Freund», sagte er und reichte ihm die Hand.
Der Komödiant ergriff sie und stand einen Augenblick wortlos da, tief betroffen, unfähig, seine Stimme zu gebrauchen. Bald aber fuhr er mit brennender Neugier fort:
«So, ihr habt mir eine Falle gestellt! Das ist ja lustig! Ich ahnte es und sagte mir: Sie werden sehr erstaunt sein, wenn sie mir den Plan wieder abgenommen haben und bemerken, dass ich ihn vervollständigt habe.»
«Vervollständigt?»
«Wartet, wartet! Nicht ganz ...»
Er ließ den munteren Ton fallen und setzte, näher kommend, hinzu:
«Meaulnes, jetzt muss ich es Ihnen sagen: Auch ich bin dort gewesen, wo Sie waren. Auch ich habe an diesem außergewöhnlichen Fest teilgenommen. Als die Jungen im Kursus mir von Ihrem geheimnisvollen Abenteuer erzählten, habe ich wohl gedacht, dass es sich um das alte, verlorene Gut handelte. Um sicher zu sein, habe ich Ihnen Ihren Plan gestohlen ... Aber mir geht es wie Ihnen: Ich kenne den Namen des Schlosses nicht, und ich könnte nicht dorthin zurückfinden; ich kenne den Weg, der von hier aus dorthin führt, nicht ganz.»
Mit welcher Begeisterung, mit welch eindringlicher Neugierde, mit welcher Zuneigung drängten wir uns an ihn! Meaulnes stellte begierig Fragen ... Uns beiden schien es, dass wir sogar das aus ihm herausholen würden, was er nicht zu wissen behauptete, wenn wir unseren neuen Freund nur recht heftig bestürmten.
«Sie werden schon sehen, Sie werden schon sehen!», antwortete der junge Bursche etwas verlegen und ärgerlich. «Ich habe

auf Ihrem Plan einige Angaben eingezeichnet, die Sie nicht hatten … Das ist alles, was ich tun konnte.»
Dann, als er unsere ganze Bewunderung und Begeisterung sah, sagte er traurig und stolz:
«Oh, ich muss Sie warnen: Ich bin kein Bursche wie die anderen. Vor drei Monaten wollte ich mir eine Kugel durch den Kopf jagen, und das erklärt, warum ich einen Verband um die Stirn trage wie ein Mobilgardist von der Seine, anno 1870 …»
«Und heute Abend ist beim Kampf die Wunde wieder aufgebrochen», sagte Meaulnes mit Zuneigung.
Aber der andere fuhr, ohne darauf zu achten, in etwas schwülstigem Ton fort:
«Ich wollte sterben. Und da es mir nicht gelungen ist, so will ich nur für das Vergnügen weiterleben, wie ein Kind, wie ein Bohémien. Ich habe alles aufgegeben. Ich habe keinen Vater, keine Schwester, kein Haus, keine Liebe mehr … Nichts mehr, außer Spielgefährten!»
«Und von diesen Gefährten sind Sie schon verraten worden», sagte ich.
«Ja», antwortete er lebhaft. «Daran ist ein gewisser Delouche schuld. Er hat geahnt, dass ich mit Ihnen gemeinsame Sache machen würde, und hat meinen Trupp, den ich so gut in der Hand hatte, demoralisiert. Sie haben gestern Abend diesen Angriff gesehen, wie er geführt wurde und wie das alles klappte! Seit meiner Kindheit habe ich nichts organisiert, was so geglückt ist …»
Er versank einen Augenblick in Nachdenken und setzte dann hinzu, um uns nicht im Zweifel über sich zu lassen:
«Wenn ich heute Abend zu Ihnen beiden gekommen bin, so liegt es daran – das habe ich heute Morgen gemerkt –, dass bei Ihnen mehr Vergnügen zu holen ist als bei der ganzen anderen

Bande. Besonders missfällt mir dieser Delouche. Wie kann er auf die Idee kommen, mit siebzehn Jahren den Herrn spielen zu wollen! Nichts ist mir widerlicher! Denken Sie, dass wir ihm eins auswischen können?»

«Gewiss!» sagte Meaulnes. «Aber werden Sie lange bei uns bleiben?»

«Ich weiß nicht. Ich möchte schon gern, ich bin furchtbar einsam und habe nur Ganache ...»

Seine Fieberhaftigkeit, seine ganze Unbeschwertheit waren plötzlich verschwunden. Für einen Augenblick sank er wieder in dieselbe Verzweiflung, in der ihn wohl eines Tages der Gedanke an Selbstmord überfallen hatte.

«Seien Sie meine Freunde», sagte er plötzlich. «Sehen Sie, ich kenne Ihr Geheimnis und habe es gegen alle verteidigt. Ich kann Ihnen auf die Spur helfen, die Sie verloren haben.» Und fast feierlich fuhr er fort:

«Seien Sie meine Freunde für den Tag, an dem ich wieder zwei Fingerbreit von der Hölle sein werde, wie schon einmal ... Schwören Sie mir, dass Sie antworten werden, wenn ich Sie rufe – wenn ich Sie so rufe» – und er stieß einen seltsamen Schrei aus: Huh-hu! –, «Sie, Meaulnes, schwören Sie zuerst!»

Und wir schworen, denn Kinder, die wir waren, verlockte uns alles, was feierlicher und ernster war als das Natürliche.

«Dafür erfahren Sie nun alles, was ich sagen kann: Ich werde Ihnen das Haus in Paris nennen, in dem das Mädchen vom Schloss gewöhnlich die Feste Ostern, Pfingsten, den Juni und manchmal auch einen Teil des Winters verbracht hat.»

In diesem Augenblick hörte man vom großen Tor her mehrere Male eine unbekannte Stimme in der Nacht rufen. Wir ahnten, dass es Ganache, der andere Bohémien war, der entweder den

Hof nicht zu überqueren wagte oder sich nicht zurechtfand. Mit ängstlicher, drängender Stimme rief er bald sehr laut, bald ziemlich leise:
«Huh-hu! Huh-hu!»
«Sagen Sie es, rasch!», rief Meaulnes dem jungen Bohémien zu, der zusammengefahren war und seine Kleider in Ordnung brachte, um aufzubrechen.
Der junge Bursche nannte uns schnell eine Adresse in Paris, die wir halblaut wiederholten. Dann lief er in das Dunkel hinein, um seinen Kameraden am Gitter zu treffen, und ließ uns in einem Zustand unaussprechlicher Verwirrung zurück.

Fünftes Kapitel

Der Mann in Leinenschuhen

In dieser Nacht stand die Witwe Delouche, die den Gasthof in der Mitte des Dorfes besaß, gegen drei Uhr morgens auf, um Feuer zu machen. Dumas, ihr Schwager, der bei ihr wohnte, sollte um vier Uhr wegfahren, und die etwas schwermütige gute Frau, deren rechte Hand durch eine frühere Verbrennung verkrüppelt war, beeilte sich, in der dunklen Küche Kaffee zu kochen. Es war kalt. Sie legte über ihre Unterjacke ein altes Umschlagtuch, dann ging sie, in der einen Hand die brennende Kerze und mit der anderen, der kranken, durch ihre hochgehobene Schürze die Flamme schützend, über den mit leeren Flaschen und Seifenkisten zugestellten Hof und öffnete die Tür des Holzschuppens, der auch als Hühnerhaus diente, um Kleinholz herauszunehmen … Aber kaum hatte sie die Tür geöffnet, als ein Mensch aus der Dunkelheit auftauchte, der mit einem heftigen Schlag seiner Mütze, dass es nur so pfiff, die Kerze zum Erlöschen brachte, mit dem gleichen Schlag die gute Frau umwarf und in größter Eile entfloh, während die aufgeschreckten Hühner und Hähne einen Höllenlärm veranstalteten.

Der Mann trug in einem Sack – wie die Witwe Delouche einen Augenblick später feststellte, als sie das Gleichgewicht wiedererlangt hatte – ein Dutzend ihrer schönsten Hühner davon.

Auf das Geschrei seiner Schwägerin war Dumas herbeigelaufen. Er stellte fest, dass der Halunke, um einzusteigen, wohl mit einem Nachschlüssel die Tür des kleinen Hofes geöffnet hatte und dass er auf dem gleichen Weg, ohne die Tür wieder zu schließen, entflohen war. Als ein Mann, der seine Erfahrung mit Wilderern und Dieben hatte, zündete er sofort seine Wagenlaterne an, und in einer Hand die Laterne, in der anderen sein geladenes Gewehr, bemühte er sich, die Spur des Diebes zu verfolgen. Es war eine sehr unsichere Spur – die Person trug offenbar Leinenschuhe –, die ihn auf die Landstraße Richtung Bahnhof führte und sich dann vor dem Gatter einer Wiese verlor. Es blieb ihm nichts übrig, als dort seine Nachforschungen einzustellen. Als er den Kopf hob und stehen blieb, hörte er in der Ferne auf der gleichen Straße das Geräusch eines Wagens, der, in gestrecktem Galopp gezogen, davonsauste …

Auch Jasmin Delouche, der Sohn der Witwe, war aufgestanden und, nachdem er in aller Eile einen Umhang über die Schultern geworfen hatte, in Hausschuhen hinausgelaufen, um im Dorf nachzusehen. Alles schlief, alles lag in der Dunkelheit und tiefen Stille, die der Dämmerung vorausgehen. Als er am Quatre-Routes-Platz ankam, hörte er nur – ebenso wie sein Onkel – weit weg auf den Hügeln von Riaudes das Geräusch eines Wagens, dessen Pferd in fliegendem Galopp dahinzujagen schien. Gerissen und großspurig, wie er war, sagte er sich, so wiederholte er es uns später mit dem unerträglich gerollten R der Vorstadtbewohner von Montluçon:

«Die sind Richtung Bahnhof abgedampft. Aber es ist nicht gesagt, dass ich nicht am anderen Ende vom Dorf ein paar andere erwische.»

Und er kehrte zur Kirche um, in der gleichen nächtlichen Stille.

Auf dem Platz, im Zigeunerwagen schien Licht. Wahrschein-

lich war jemand krank. Er wollte sich gerade nähern, um zu fragen, was es gäbe, als ein lautloser Schatten, ein Schatten, der Leinenschuhe trug, aus einer Gasse der Petits-Coins hervorkam und, ohne sich umzuwenden, auf die Treppe des Wohnwagens zurannte ...
Jasmin, der Ganache an seinen Bewegungen erkannt hatte, trat plötzlich ins Licht und fragte halblaut:
«Nun, was gibt es?»
Verstört, das Haar zerzaust, den zahnlosen Mund offen, blieb der andere stehen, sah ihn mit einem kläglichen Grinsen an, das durch Schreck und Atemnot hervorgerufen war, und antwortete japsend:
«Mein Kamerad ist krank ... Er hat gestern einen Streit gehabt, dabei ist seine Wunde wieder aufgebrochen ... Ich habe soeben eine Schwester geholt.»
Tatsächlich begegnete Jasmin Delouche, als er stark beunruhigt wieder nach Hause ging, um sich schlafen zu legen, etwa in der Mitte des Dorfes einer Ordensschwester, die eilig daherkam.

Am anderen Morgen traten mehrere Bewohner von Sainte-Agathe auf die Schwelle ihrer Häuser mit gleich verquollenen und roten Augen infolge einer schlaflosen Nacht. Bei allen herrschte die gleiche lautstarke Entrüstung, und durch das ganze Dorf ging die Nachricht wie ein Lauffeuer.
Bei Giraudats hatte man gegen zwei Uhr morgens einen Karren anhalten hören. In aller Eile wurden Pakete eingeladen, die weich aufeinander fielen. Im Haus waren nur zwei Frauen, und die hatten nicht gewagt, sich zu rühren. Am Tage, als sie ihren Geflügelhof öffneten, wurde ihnen klar, dass die fraglichen Pakete die Kaninchen und das Geflügel gewesen waren ...

Millie fand während der ersten Pause vor der Tür des Waschhauses mehrere halb abgebrannte Streichhölzer. Daraus wurde geschlossen, dass sie in unserem Haus nicht gut Bescheid wussten und nicht hatten eindringen können ... Bei Perreux', Boujardons und Cléments glaubte man zunächst, sie hätten auch die Schweine gestohlen, aber man fand diese im Laufe des Vormittags in verschiedenen Gärten, damit beschäftigt, Salatköpfe herauszuwühlen. Die ganze Herde hatte die Gelegenheit genutzt und sich durch die offene Tür zu einem kleinen Nachtspaziergang aufgemacht ... Fast überall hatte man das Geflügel mitgehen lassen; aber dabei war es geblieben. Madame Pignot, die Bäckerin, die keine Hühner hatte, jammerte den ganzen Tag, man habe ihr das Waschholz und ein Pfund Indigo gestohlen, aber das wurde weder je bewiesen noch ins Protokoll aufgenommen ...

Die Aufregung und Furcht und das Geschwätz dauerten den ganzen Morgen an. In der Klasse erzählte Jasmin sein nächtliches Abenteuer:

«Ja, das ist eine Bande», sagte er, «aber wenn mein Onkel einen von ihnen getroffen hätte, dann hätte er ihn wie ein Kaninchen abgeschossen, hat er gesagt.»

Und er setzte hinzu, wobei er uns ansah:

«Glücklicherweise ist er Ganache nicht begegnet, er wäre fähig gewesen, auf ihn zu schießen. Die sind alle von derselben Sorte, hat er gesagt, und Dessaigne sagte es auch.»

Niemand jedoch dachte daran, unsere neuen Freunde zu verdächtigen. Erst am Abend des nächsten Tages machte Jasmin seinen Onkel darauf aufmerksam, dass Ganache ebenso wie der Dieb Leinenschuhe trug. Sie waren beide der Meinung, dass man dies den Gendarmen sagen müsse, und beschlossen daher ganz geheim, sobald sie Zeit hätten, in die Bezirkshauptstadt zu fahren, um den Unteroffizier der Gendarmerie davon in Kenntnis zu setzen.

Während der nächsten Tage ließ sich der junge Bohémien, der an seiner wieder leicht aufgebrochenen Wunde litt, nicht sehen.

Auf dem Kirchplatz schlichen wir abends umher, nur um seine Lampe hinter dem roten Vorhang des Wagens zu sehen. Voll fieberhafter Angst blieben wir da stehen und wagten nicht, uns der ärmlichen Behausung zu nähern, die uns der geheimnisvolle Durchgang und das Vorzimmer des Landes zu sein schien, zu dem wir den Weg verloren hatten.

Sechstes Kapitel

Ein Streit hinter den Kulissen

So viele Ängste und Verwirrungen hatten uns in den vergangenen Tagen daran gehindert, wahrzunehmen, dass der März gekommen und der Wind milder geworden war. Aber am dritten Tag nach jenem Abenteuer begriff ich plötzlich, als ich am Morgen auf den Hof hinunterkam, dass der Frühling ins Land zog. Eine köstliche Brise strömte wie laues Wasser über die Mauer, ein leichter Regen hatte in der Nacht die Blätter der Pfingstrosen benetzt; die umgegrabene Erde des Gartens roch kräftig und ich hörte, wie in dem Baum am Fenster ein Vogel versuchte, das Musizieren zu lernen …

Meaulnes äußerte in der ersten Pause die Absicht, sofort den Weg zu erproben, den der Bohémien-Schüler angegeben hatte. Mit Müh und Not konnte ich ihn überreden, lieber zu warten, bis wir unseren Freund wiedergesehen hätten, bis das Wetter endgültig schön geworden wäre und alle Pflaumenbäume von Sainte-Agathe blühten. An die niedrige Mauer der kleinen Gasse gelehnt, die Hände in den Taschen und barhaupt plauderten wir, und der Wind ließ uns bald vor Kälte erschauern, bald rief er in uns mit Wellen von Milde, ich weiß nicht welche tiefe, alte Begeisterung wach. Ach! Bruder, Gefährte, Wanderer, wie waren wir alle beide überzeugt, das Glück sei nahe und wir brauchten uns nur auf den Weg zu machen, um es zu finden! …

Um halb ein Uhr, während des Mittagessens, hörten wir einen

Trommelwirbel auf dem Quatre-Routes-Platz. Im Nu standen wir, die Servietten in der Hand, am Gittertor. Es war Ganache, der für abends acht Uhr «in Anbetracht des schönen Wetters» eine große Vorstellung auf dem Kirchplatz ankündigte. Für alle Fälle, «um gegen Regen gewappnet zu sein», werde ein Zelt errichtet. Dann folgte eine lange Aufzählung der Attraktionen, die der Wind fortwehte, aber undeutlich konnten wir Worte heraushören wie «Pantomime ... Lieder ... Reiterkunststücke ...», alles jeweils durch erneutes Trommeln betont.

Während des Abendessens erdröhnte, um den Beginn der Vorstellung anzuzeigen, unter unseren Fenstern die Pauke und ließ die Scheiben erzittern. Bald darauf kamen, wie man am Summen der Unterhaltung hörte, die Leute vom Ortsrand in kleinen Gruppen vorbei und gingen zum Kirchplatz. Und wir beide saßen da, zitternd vor Ungeduld, gezwungen, bei Tisch zu bleiben!

Endlich gegen neun Uhr hörten wir Füßescharren und unterdrücktes Lachen am kleinen Gittertor: Die Lehrerinnen kamen uns abholen. In vollständiger Dunkelheit zogen wir alle zusammen zum Schauplatz hin. Von Weitem sahen wir schon die Kirchenmauer wie durch ein großes Feuer erleuchtet. Vor dem Eingang zum Zelt schwankten zwei brennende Öllampen im Wind ...

Innen waren, wie in einem Zirkus, in Stufen ansteigende Sitzreihen aufgebaut. Monsieur Seurel, die Lehrerinnen, Meaulnes und ich setzten uns auf die untersten Bänke. Ich sehe den Raum wieder vor mir, in dem es sehr eng gewesen sein muss, wie in einem richtigen Zirkus; hinter uns in den großen Schattenflächen saßen übereinander die Bäckerin, Madame Pignot, die Krämerin Fernande, die Mädchen aus dem Dorf, die

Arbeiter aus der Hufschmiede, Damen, Gassenjungen, Bauern und andere Leute.

Die Vorstellung war schon zur Hälfte vorüber. Man sah in der Menge eine kleine dressierte Ziege, die sehr gelehrig ihre Füße auf vier Gläser stellte, dann auf zwei und schließlich nur auf eines. Ganache leitete sie sanft mit leichten Schlägen seines Stöckchens, wobei er unruhig mit offenem Mund und leblosem Blick zu uns herübersah.

Auf einem Hocker neben zwei weiteren Öllampen, an der Stelle, wo die Manege mit dem Wohnwagen in Verbindung stand, erkannten wir in einem feinen schwarzen Trikot, mit verbundener Stirn den Spielleiter, unseren Freund.

Kaum hatten wir uns gesetzt, da sprang ein prächtig aufgeschirrtes Pony in die Manege, das der junge Verwundete mehrere Runden laufen ließ und das immer vor einem von uns anhielt, wenn es die liebenswürdigste und tapferste Person unter den Anwesenden bezeichnen sollte; dagegen immer vor Madame Pignot, wenn es galt, die lügnerischste, geizigste oder «verliebteste» Person zu entdecken ... Und um sie herum kicherte, kreischte und gackerte es wie in einer Gänseherde, wenn der Hund sie jagt.

Während der Pause kam der Spielleiter zu uns, um sich ein wenig mit Monsieur Seurel zu unterhalten, der darauf geradeso stolz war, als wenn er mit Talma oder Léotard gesprochen hätte. Und wir hörten mit leidenschaftlicher Anteilnahme allem zu, was er sagte. Er sprach von seiner Wunde, die wieder zugeheilt war; von den Darbietungen, die während der langen Wintertage vorbereitet worden waren, und von ihrer Abfahrt, die nicht vor Ende des Monats stattfinden würde; denn sie beabsichtigten, bis dahin die verschiedensten und immer wieder neue Vorstellungen zu geben.

Die Vorführung sollte mit einer großen Pantomime enden. Gegen Schluss der Pause verließ uns unser Freund; er musste, um wieder zum Eingang des Wohnwagens zu gelangen, an einer Gruppe vorbeigehen, die die Manege eingenommen hatte und in deren Mitte wir plötzlich Jasmin Delouche bemerkten. Die Frauen und Mädchen machten Platz. Dieses schwarze Kostüm, dieser Anblick von Verwundung, Fremdheit und Kühnheit hatte sie alle bezaubert. Auf Jasmin, der aussah, als ob er gerade von einer Reise zurückkäme, und der sich leise, aber angeregt mit Madame Pignot unterhielt, hätten sicherlich ein Knotenstrick, ein flacher Kragen und übergroße Hosen mehr Eindruck gemacht ... Er hielt die Daumen in den Aufschlägen seiner Jacke, in einer zugleich blasierten und sehr verlegenen Haltung. Als der Bohémien vorüberkam, sagte er laut mit einer trotzigen Bewegung zu Madame Pignot etwas, was ich nicht verstehen konnte, sicher aber eine Beleidigung, eine herausfordernde Bemerkung, die unserem Freund galt. Es musste eine schwere, unerwartete Drohung gewesen sein, denn der junge Mann konnte sich nicht enthalten, sich umzuwenden und den anderen anzusehen, der, um nicht aus der Fassung zu kommen, höhnisch grinste und seine Nachbarn mit dem Ellenbogen anstieß, wie um sie auf seine Seite zu ziehen ... Alles dies ereignete sich übrigens in Sekundenschnelle. Ich war sicher der Einzige in meiner Bank, der es bemerkte.
Der Spielleiter ging wieder zu seinem Kameraden hinter den Vorhang, der den Eingang zum Wohnwagen verdeckte. Alle Zuschauer begaben sich wieder auf ihre Plätze, weil sie glaubten, der zweite Teil der Vorstellung würde gleich beginnen. Alles wurde ganz still. Da hörte man hinter dem Vorhang, während gerade die letzten leisen Unterhaltungen aufhörten, einen Wortstreit. Einzelnes verstanden wir nicht, aber wir

erkannten die beiden Stimmen, die des großen Burschen und die des jungen Mannes – die erste erklärend und sich rechtfertigend, und die andere, die schimpfte und mit Entrüstung und Trauer zugleich sagte:
«Aber Unglücklicher, warum hast du mir nichts davon gesagt?»
Die Folge konnten wir nicht mehr hören, obwohl alles lauschte. Dann wurde es plötzlich ganz still. Die Auseinandersetzung ging mit leiser Stimme weiter, und die Burschen, die ganz oben saßen, begannen zu schreien:
«Licht, Vorhang!»
und mit den Füßen zu trampeln.

Siebtes Kapitel

Der Bohémien nimmt seine Binde ab

Endlich schob sich zwischen den Vorhängen langsam das von Runzeln durchfurchte, bald durch Heiterkeit, bald durch Traurigkeit verzerrte und mit Siegeloblaten übersäte Gesicht eines langen Pierrots hervor; er sah aus, als ob er aus drei schlecht zusammengesetzten Stücken bestünde; der Bauch schien von Koliken zusammengekrümmt, und er ging auf Zehenspitzen, wie aus übertriebener Vorsicht und Furcht, die Hände in zu langen Ärmeln verwickelt, die über den Fußboden fegten.

Ich kann heute den Sinn der Pantomime nicht mehr wiedergeben. Ich erinnere mich nur, dass der Pierrot gleich bei seiner Ankunft in der Manege, nachdem er vergeblich verzweifelt versucht hatte, sich auf den Beinen zu halten, hinfiel. Alle Mühe, sich zu erheben, nützte ihm nichts; es war stärker als er: er fiel, er hörte nicht auf zu fallen. Er blieb an vier Stühlen zu gleicher Zeit hängen. In seinem Sturz riss er einen riesigen Tisch um, den man in die Manege gebracht hatte. Schließlich lag er jenseits der Schranke fast auf den Füßen der Zuschauer. Zwei Helfer, die man mit Müh und Not im Publikum angeworben hatte, zogen ihn an den Beinen und stellten ihn nach unglaublichen Anstrengungen aufrecht hin. Und bei jedem Fallen stieß er einen kleinen Schrei aus, immer in einer anderen Tonart, einen kleinen, unerträglichen Schrei, in dem höchste Not und Genugtuung sich zu gleichen Teilen mischten. Als Gipfelpunkt des Ganzen kletterte er auf ein aus Stühlen aufgebautes

Gerüst und tat einen gewaltigen, ganz langsamen Sturz, und sein durchdringendes und schreckliches Triumphgeheul dauerte so lange wie der Sturz, begleitet von den Schreckensrufen der Frauen.

Während des zweiten Teils seiner Pantomime – ich sehe es wieder vor mir, ohne mich genau zu erinnern, warum – zog der «arme, fallende Pierrot» aus einem seiner Ärmel eine kleine mit Kleie ausgestopfte Puppe hervor und mimte mit ihr eine eigene tragikomische Szene. Zum Schluss ließ er aus ihrem Mund die ganze Kleie, die sie im Bauch hatte, herausquellen. Dann füllte er sie unter kleinen erbarmungswürdigen Schreien mit Mehlbrei, und im Augenblick der größten Aufmerksamkeit, als alle Zuschauer mit offenem Munde die Augen auf die klebrige und aufgeplatzte Tochter des armen Pierrot richteten, ergriff er sie plötzlich beim Arm und schleuderte sie mit aller Kraft durch die Zuschauer hindurch nach dem Gesicht von Jasmin Delouche, dessen eines Ohr sie streifte, um sich dann auf dem Magen von Madame Pignot, knapp unterhalb des Kinns, flachzudrücken. Die Bäckerin stieß einen solchen Schrei aus, warf sich so stark nach hinten zurück, und alle ihre Nachbarinnen machten es ihr so gut nach, dass die Bank brach und die Bäckerin, Fernande, die traurige Witwe Delouche und zwanzig andere noch hinfielen, die Beine in der Luft, unter Lachen und Schreien und Beifallklatschen, während der große Clown, der mit dem Gesicht auf der Erde dalag, sich zum Gruß erhob und sagte:

«Meine Damen und Herren, wir haben die Ehre, Ihnen zu danken!»

Aber im gleichen Augenblick und inmitten des ungeheuren Getöses erhob sich der große Meaulnes, der seit Beginn der Pantomime ganz still gewesen war und von Minute zu Minute

mehr in Gedanken versunken zu sein schien, ergriff mich plötzlich beim Arm, wie unfähig, noch an sich zu halten, und rief:
«Sieh den Bohémien an! Schau! Ich habe ihn endlich wiedererkannt!»
Bevor ich überhaupt hinsehen konnte, hatte ich es erraten, als wäre der Gedanke seit langer Zeit unbewusst in mir gekeimt und hätte nur auf den Augenblick des Erblühens gewartet. Der neben einer Öllampe am Eingang des Wohnwagens stehende junge Unbekannte hatte seine Binde abgenommen und einen Umhang über die Schultern geworfen. In dem qualmenden Licht sah man, wie einst beim Schein der Kerze im Gutszimmer, ein sehr feines, bartloses Gesicht mit einer Adlernase. Bleich, mit halb geöffneten Lippen blätterte er hastig in einer Art von kleinem, rotem Album, das wohl ein Taschenatlas war. Abgesehen von einer Narbe, die quer über die Schläfe lief und unter der Masse des Haares verschwand, war es, so wie ihn der große Meaulnes mir bis ins Detail beschrieben hatte, der Bräutigam vom unbekannten Gut.
Es war klar, dass er seine Binde abgenommen hatte, um von uns erkannt zu werden. Aber kaum war der große Meaulnes aufgefahren und hatte den Schrei ausgestoßen, ging der junge Mann in den Wagen zurück, wobei er uns einen Blick des Einvernehmens zuwarf und uns mit der unbestimmbaren Traurigkeit, die sein Lächeln meist barg, zulächelte.
«Und der andere!», sagte Meaulnes fieberhaft, «warum habe ich ihn nicht gleich erkannt! Das ist der Pierrot vom Fest dort ...»
Und er stieg über die Bänke hinunter, um zu ihm zu gelangen. Aber schon hatte Ganache alle Verbindungen mit der Manege abgeschnitten. Er löschte die vier Öllampen im Zirkus eine

nach der anderen aus, und wir waren gezwungen, der Menge zu folgen, die sich, durch die engen Bankreihen geleitet, sehr langsam voranschob in der Dunkelheit, in der wir ungeduldig von einem Bein aufs andere traten.

Sobald der große Meaulnes endlich draußen war, stürzte er auf den Wohnwagen zu, stieg die Trittbrettstufen hinauf, klopfte an die Tür, aber alles war schon zu. Schon war alles zurückgekehrt in den Wagen mit den Vorhängen wie in den des Ponys, der Ziege und der gelehrigen Vögel; alles begann zu schlafen.

Achtes Kapitel

Die Gendarmen!

So blieb uns nichts übrig, als den Damen und Herren zu folgen, die durch die dunklen Straßen wieder zum Schulgebäude zurückkehrten. Dieses Mal begriffen wir alles. Das große weiße Schattenbild, das Meaulnes am letzten Abend des Festes zwischen den Bäumen hatte dahineilen sehen, war Ganache gewesen, der den verzweifelten Bräutigam aufgelesen hatte und mit ihm geflüchtet war. Der andere hatte dieses wilde Leben voller Gefahren, Spiele und Abenteuer akzeptiert. Es schien ihm, als ob er seine Kindheit wieder von Neuem anfinge …

Frantz de Galais hatte uns bisher seinen Namen verschwiegen und hatte vorgegeben, den Weg zum Gut nicht zu kennen, wahrscheinlich aus Furcht, zur Rückkehr zu seinen Eltern gezwungen zu werden. Aber warum hatte es ihm heute Abend plötzlich gefallen, sich uns zu erkennen zu geben und die ganze Wahrheit ahnen zu lassen?

Was für Pläne schmiedete nicht der große Meaulnes, während das Zuschauergrüppchen sich langsam durchs Dorf bewegte! Er beschloss, gleich am anderen Morgen, einem Donnerstag, Frantz aufzusuchen. Und dann würden sie beide dorthin aufbrechen! Welche Reise sollte das werden auf der nassen Landstraße! Frantz würde alles erklären; alles würde wieder in Ordnung kommen, und das wunderbare Abenteuer könnte da wieder weitergehen, wo es abgebrochen war …

Ich aber lief durch die Dunkelheit mit unbeschreiblich

bewegtem Herzen; denn alles trug doch zu meiner Freude bei, vom wenn auch geringsten Vergnügen der Erwartung des schulfreien Donnerstages über die ganz große Entdeckung, die wir soeben gemacht hatten, bis zu dem ganz großen Glück, das uns zuteil geworden war. Und ich erinnere mich, dass ich mich in einer plötzlichen Anwandlung von Großmut der Hässlichsten der Notarstöchter näherte, der gezwungenermaßen den Arm zu bieten mir immer ein großes Opfer war, und ihr aus freien Stücken die Hand gab.

Bittere Erinnerungen! Vergebliche, zerstörte Hoffnungen!

Als wir am anderen Morgen kurz nach acht Uhr beide vor dem Kirchplatz anlangten, mit schön geputzten Schuhen, gut polierten Gürtelschließen und unseren neuen Mützen, stieß Meaulnes, der bis dahin, wenn er mich betrachtete, immer ein Lächeln unterdrückte, einen Schrei aus und rannte auf den leeren Platz ... Da wo die Zirkusbaracke und der Wagen gestanden hatten, sah man nur noch einen zerbrochenen Topf und allerhand Lumpen herumliegen. Die Bohémiens waren fort ... Eine leichte Brise wehte, sie erschien uns eisig kalt. Mir war, als ob wir bei jedem Schritt auf dem steinigen und harten Boden des Platzes stolpern und fallen müssten. Meaulnes, der ganz bestürzt war, schien zweimal die Absicht zu haben loszurennen, zunächst auf der Straße nach Le Vieux-Nançay, dann auf der Straße nach Saint-Loup-des-Bois. Er beschirmte mit der Hand die Augen, für einen Augenblick in der Hoffnung, dass unsere Leute gerade erst fortgefahren wären. Aber was tun? Zehn verschiedene Wagenspuren kreuzten sich auf dem Platz und verloren sich dann auf der härteren Landstraße. Wir mussten tatenlos zurückbleiben.

Und während wir durch das Dorf, in dem der Donnerstagmorgen anbrach, zurückkehrten, kamen im Galopp vier

Gendarmen, die am Abend vorher von Delouche benachrichtigt worden waren, auf den Platz geritten und verteilten sich in den Straßen, um alle Ausgänge zu bewachen, wie Dragoner, die ein Dorf auskundschaften ... Aber es war zu spät. Ganache, der Hühnerdieb, war mit seinem Kameraden geflohen. Die Gendarmen fanden niemanden, weder ihn selbst noch die Leute, die die Kapaune, denen er den Hals umgedreht hatte, in den Wagen geladen hatten. Durch die unkluge Äußerung Jasmins rechtzeitig gewarnt, hatte Frantz offenbar plötzlich begriffen, wovon sein Kamerad und er lebten, wenn die Wohnwagenkasse leer war; voller Scham und Wut hatte er gleich einen Plan für die Weiterreise entworfen und beschlossen, vor der Ankunft der Gendarmen das Weite zu suchen. Aber da er jetzt nicht mehr fürchtete, man könnte versuchen, ihn zum Gut seines Vaters zurückzubringen, wollte er sich uns, bevor er verschwand, ohne Verband zeigen.
Ein einziger Punkt blieb noch im Dunkeln: Wie hatte Ganache zu gleicher Zeit die Hühnerhöfe plündern und die Ordensschwester für seinen fiebernden Freund holen können? Aber lag darin nicht die ganze Geschichte des armen Teufels? Auf der einen Seite Dieb und Landstreicher, auf der anderen Seite ein guter Mensch ...

Neuntes Kapitel

Auf der Suche nach dem verlorenen Pfad

Als wir heimkehrten, zerstreute die Sonne den leichten Morgennebel. Die Hausfrauen schüttelten auf der Schwelle der Häuser ihre Teppiche aus oder schwatzten; und in den Wäldern und auf den Feldern vor den Toren des Marktfleckens begann der prachtvollste Frühlingsmorgen, der in meinem Gedächtnis geblieben ist.

Alle großen Schüler des Kursus sollten an jenem Donnerstag gegen acht Uhr eintreffen, um während des Vormittags sich entweder für das Certificat d'Études supérieures oder für die Prüfung zum Eintritt in die École Normale vorzubereiten. Als wir beide ankamen, Meaulnes traurig und so betroffen, dass er nicht ruhig bleiben konnte, ich sehr niedergeschlagen, war die Schule leer ... Ein früher Sonnenstrahl glitt über den Staub einer wurmstichigen Bank und über den abbröckelnden Lack einer Weltkarte.

Wie sollten wir da vor einem Buch sitzen bleiben und unsere Enttäuschung hinunterschlucken, während alles uns nach draußen rief! Die Verfolgungsjagden der Vögel auf den Zweigen in der Nähe der Fenster, die Flucht der anderen Schüler auf Wiesen und in Wälder und vor allem der fieberhafte Wunsch, so schnell wie möglich nach dem vollständigen Plan, den der Bohémien berichtigt hatte, den Weg zu suchen – die letzte

Reserve in unserem fast leeren Sack, der letzte Schlüssel am Schlüsselbund, nachdem wir alle anderen versucht hatten? ... Das ging über unsere Kraft! Meaulnes lief hin und her, trat ans Fenster, sah in den Garten, kam wieder zurück und sah zum Dorf hinüber, als ob er auf jemanden wartete, der sicher nicht kommen würde.

«Ich denke mir», sagte er schließlich, «ich denke mir, dass es vielleicht gar nicht so weit ist, wie wir uns einbilden ... Frantz hat auf meinem Plan einen ganzen Teil des Weges, den ich angegeben hatte, gestrichen. Das heißt vielleicht, dass die Stute, während ich schlief, einen langen, unnötigen Umweg gemacht hat ...»

Ich saß halb auf der Ecke eines großen Tisches, einen Fuß am Boden, mit dem anderen in der Luft wippend, entmutigt und träge mit gesenktem Kopf.

«Aber», sagte ich, «als du in der Berline zurückkamst, hat deine Reise doch die ganze Nacht gedauert.»

«Wir waren erst um Mitternacht abgefahren», antwortete er lebhaft. «Man hat mich um vier Uhr morgens etwa sechs Kilometer westlich von Sainte-Agathe abgesetzt, während ich hinwärts auf der Landstraße zum Bahnhof nach Osten aufgebrochen war. Diese sechs Kilometer sind also von dem Weg zwischen Sainte-Agathe und dem verlorenen Land abzuziehen. Ich denke wirklich, dass, wenn man aus dem Gemeindewald herauskommt, man nicht weiter als zwei Meilen von dem Gesuchten entfernt sein kann.»

«Gerade diese zwei Meilen fehlen auf deiner Karte!»

«Das stimmt! Und die andere Seite des Waldes ist gut anderthalb Meilen von hier, aber ein guter Fußgänger schafft das an einem Vormittag ...»

In diesem Augenblick kam Mouchebœuf. Er hatte eine

beängstigende Neigung, andere glauben zu machen, er sei ein guter Schüler, nicht etwa, dass er besser arbeitete als die anderen, aber indem er sich in solchen Umständen wie in den jetzigen sehen ließ.

«Ich wusste wohl», sagte er triumphierend, «dass ich nur euch beide vorfinden würde, alle anderen sind zum Gemeindewald gegangen, voran Jasmin Delouche, der die Nester kennt ...»

Und da er einen guten Eindruck auf uns machen wollte, begann er alles zu erzählen, was sie gesagt hatten, um sich über den Kursus, Monsieur Seurel und uns lustig zu machen, als sie diesen Ausflug beschlossen.

«Wenn sie im Wald sind, so werde ich sie sicher sehen», sagte Meaulnes, «denn ich werde auch weggehen. Gegen halb ein Uhr werde ich zurück sein.»

Mouchebœuf war verblüfft.

«Kommst du nicht mit?», fragte mich Augustin und blieb einen Augenblick auf der Schwelle der halb geöffneten Tür stehen, wodurch in das düstere Zimmer mit einem Strom lauer Luft eine ganze Welle von Piepsen, Pfeifen und Gezwitscher, das Geräusch eines Eimers auf der Brunnenwinde und das entfernte Knallen einer Peitsche drang.

Obwohl die Versuchung sehr stark war, sagte ich:

«Nein, ich kann nicht, wegen Monsieur Seurel. Aber beeile dich, ich erwarte dich mit Ungeduld.»

Er machte eine unbestimmte Geste und ging sehr schnell, voller Hoffnung, davon.

Monsieur Seurel hatte, als er gegen zehn Uhr eintraf, statt seiner Jacke aus schwarzem Alpaka eine Art Fischerjacke mit großen zugeknöpften Taschen angelegt, einen Strohhut aufgesetzt und trug kurze polierte Gamaschen, die seine Hosen unten zusammenhielten. Ich glaube, er war nicht übermäßig überrascht,

niemanden vorzufinden. Er wollte Mouchebœuf gar nicht anhören, der dreimal wiederholte, die Jungen hätten gesagt:
«Wenn er etwas von uns will, soll er uns nur holen!»
Und er befahl:
«Packt eure Sachen zusammen, nehmt eure Mützen, und dann wollen wir sie unsererseits aufstöbern. Wirst du bis dorthin gehen können, François?»
Ich bejahte es, und wir zogen los. Man verständigte sich, dass Mouchebœuf Monsieur Seurel führen und ihm als Lockvogel dienen sollte, das heißt, er sollte, da er die Hecken und Gebüsche kannte, in denen sich die Nesträuber befanden, von Zeit zu Zeit laut rufen:
«Ho! Hallo! – Giraudat! Delouche! Wo seid ihr? – Gibt es welche? – Habt ihr welche gefunden?»
Ich selbst wurde zu meinem großen Vergnügen beauftragt, den Ostrand des Waldes entlangzugehen für den Fall, dass die Ausreißer versuchen sollten, nach dieser Seite wegzulaufen.
Nun sah es aber in dem vom Bohémien verbesserten Plan, den Meaulnes und ich recht oft studiert hatten, gerade so aus, als ob ein durch eine einfache Linie bezeichneter Weg, ein *unbefestigter Weg*, von diesem Waldrand aus nach dem Gut hin führe. Wenn ich ihn heute Morgen fände! ... Ich begann mir einzureden, dass ich vor Mittag auf dem Weg zu dem verlorenen Landsitz sein würde ...

Welch wundervoller Spaziergang wurde das! Sobald wir den Wall hinter uns gelassen hatten und an der Mühle vorüber waren, trennte ich mich von meinen beiden Begleitern, Monsieur Seurel, der aussah, als ob er in den Krieg zöge – ich glaube, er hatte eine alte Pistole in die Tasche gesteckt –, und dem Verräter Mouchebœuf.

Über einen Seitenweg kam ich bald an die Waldgrenze – zum erstenmal in meinem Leben streifte ich allein durchs Land, wie eine Patrouille, die ihren Führer verloren hat.
Hier bin ich dem geheimnisvollen Glück nahe, von dem Meaulnes einst gekostet hat, dachte ich mir. Der ganze Morgen gehört mir, um den Waldrand auszukundschaften, den kühlsten und verstecktesten Ort der Gegend, während mein großer Bruder auch auf Entdeckungen ausgezogen ist. Der Weg sieht wie ein altes Bachbett aus. Ich gehe unter niedrigen Zweigen von Bäumen, deren Namen ich nicht kenne, die aber wahrscheinlich Erlen sind. Gerade bin ich am Ende des Pfades über einen Zaun geklettert und gehe jetzt auf dem breiten, mit grünem Gras bewachsenen Weg, der sich unter dem Laubdach entlangzieht; ab und zu trete ich Brennnesseln nieder oder stapfe über hohe Baldrianstauden.
Manchmal gehe ich einige Schritte auf feinem Sand. Und in der Stille höre ich einen Vogel – ich stelle mir vor, dass es eine Nachtigall ist, aber ich täusche mich wohl, da sie nur am Abend singen –, einen Vogel, der hartnäckig denselben Satz wiederholt: Stimme am Morgen, Worte im Schatten der Bäume gesagt, wohlklingende Einladung zu einer Reise unter den Erlen. Unsichtbar und hartnäckig scheint er mich unter dem Laube zu begleiten.
Zum ersten Mal sehe ich mich selbst auf Abenteuerpfaden. Jetzt sind es nicht mehr vom Wasser preisgegebene Muscheln, die ich unter Monsieur Seurels Anleitung suche, noch Knabenkräuter, die der Schulmeister vermutlich nicht kennt, es ist nicht einmal, wie so oft auf dem Felde des alten Martin, jener tiefe versiegte Brunnen, der mit einem Gitter bedeckt und so unter Unkraut verborgen war, dass man jedes Mal mehr Zeit aufwenden musste, ihn wiederzufinden ... Ich suche etwas

noch Geheimnisvolleres. Es ist der Weg, von dem in Büchern erzählt wird, der alte versperrte Weg, zu dem der von Müdigkeit fast überwältigte Prinz den Eingang noch nicht hat finden können. So etwas entdeckt man in der verlorensten Stunde des Morgens, wenn man schon seit Langem vergessen hat, dass es bald elf Uhr, bald zwölf Uhr sein wird ... Und plötzlich, wenn man im dichten Laub die Zweige mit zögernden Händen auf Gesichtshöhe auseinanderbiegt, erblickt man ihn, wie eine lange, dunkle Allee, an deren Ende ein winziges Lichtrund schimmert.

Aber während ich so hoffe und mich berausche, trete ich plötzlich auf eine Art Lichtung, die, wie sich herausstellt, weiter nichts ist als eine Wiese. Ich bin, ohne daran zu denken, am Ende des Gemeindewaldes angekommen, das ich viel weiter entfernt glaubte. Und hier zu meiner Rechten, zwischen Holzstößen, liegt ganz im summenden Schatten das Haus des Forstaufsehers. Zwei Paar Strümpfe trocknen auf dem Fensterbrett. In früheren Jahren sagten wir immer, wenn wir an unserem Waldrand standen und uns ganz am Ende der ungeheuer langen, dunklen Allee ein Lichtpünktchen zeigten: «Dort unten liegt das Haus des Försters, das Haus von Baladier.» Aber niemals waren wir bis dahin vorgestoßen. Manchmal hörten wir sagen, als ob es sich um eine außergewöhnliche Reise gehandelt hätte: «Er ist bis zum Haus des Försters gegangen!»

Nun bin ich bis zum Haus Baladiers gegangen – und habe nichts gefunden.

Ich begann mein krankes Bein zu spüren und unter der Hitze, die ich bis dahin nicht bemerkt hatte, zu leiden; ich fürchtete schon, ganz allein zurückkehren zu müssen, als ich in meiner

Nähe den Lockvogel Monsieur Seurels, Mouchebœuf, und dann noch andere Stimmen hörte, die mich riefen …

Es war ein Trupp von sechs großen Jungen, von denen nur der Verräter Mouchebœuf triumphierend aussah. Es waren Giraudat, Auberger, Delage und noch andere … Dank dem Lockvogel hatte man die einen gefunden, wie sie auf eine Vogelkirsche, die einzeln in der Mitte einer Lichtung stand, geklettert waren, die anderen im Begriff, Nester von Grünspechten auszunehmen. Giraudat, der Einfaltspinsel mit hervorquellenden Augen und fettigem Kittel, hatte die jungen Vögel über seinem Bauch zwischen Hemd und Haut versteckt. Zwei ihrer Kameraden waren beim Herannahen von Monsieur Seurel geflohen; es mussten Delouche und der kleine Coffin sein. Sie hatten zunächst durch Scherzworte geantwortet, die an die Adresse von ‹Mouchevache› gerichtet waren und die vom Echo des Waldes wiederholt wurden, und dieser hatte ungeschickt, weil er seiner Sache sicher zu sein glaubte, ärgerlich geantwortet:

«Kommt nur herunter! Monsieur Seurel ist da!»

Da war alles plötzlich still geworden, und eine lautlose Flucht durch den Wald begann; und da sie ihn wie ihre Westentasche kannten, war gar nicht daran zu denken, dass wir sie einholen würden. Wir wussten auch nicht, wohin der große Meaulnes gegangen war. Seine Stimme hatten wir nicht gehört und mussten auf Nachforschungen verzichten.

Mittag war schon vorbei, als wir langsam, mit gesenktem Kopf, ermüdet und voller Dreck den Rückweg nach Sainte-Agathe einschlugen. Als wir aus dem Wald heraustraten und auf trockener Straße den Schlamm von unseren Schuhen gerieben und geschüttelt hatten, begann die Sonne stärker zu stechen. Schon war es nicht mehr der so frische und leuchtende Frühlingsmorgen. Die Geräusche des Nachmittags hatten eingesetzt. In der Ferne krähte ab und zu auf einsamen Bauernhöfen in der Nähe der Landstraße ein Hahn. Welch trostloser Schrei! Als wir den Wall herabstiegen, blieben wir einen Augenblick stehen, um mit Feldarbeitern zu plaudern, die ihre Arbeit nach dem Mittagessen wieder fortsetzten. Sie stützten sich auf die Schranke, und Monsieur Seurel sagte zu ihnen:

«Das sind Bengels! Sehen Sie nur diesen Giraudat. Er hat die kleinen Vögel in sein Hemd getan, und da drinnen haben sie gemacht, was sie wollten, eine saubere Sache!»

Mir schien, als ob die Arbeiter auch über meine Niederlage lachten. Sie lachten unter Kopfschütteln, aber sie gaben den jungen Leuten, die sie alle gut kannten, gar nicht ganz unrecht. Sie vertrauten uns sogar an, als Monsieur Seurel sich wieder an die Spitze der Kolonne begeben hatte:

«Ein anderer ist auch vorbeigekommen, ein Großer, ihr wisst schon. Bei der Heimkehr hat er wohl den Wagen aus Les Granges getroffen, und der hat ihn mitgenommen; hier, am Anfang des Weges nach Les Granges, ist er dann, von oben bis unten voller Schlamm und ganz zerrissen, abgestiegen. Wir sagten ihm, dass wir euch hier heute früh haben vorbeikommen sehen, dass ihr aber noch nicht zurück wäret, und dann ist er ganz langsam nach Sainte-Agathe weitergegangen.»

Tatsächlich erwartete uns auch, auf einem Brückenpfeiler am Wall sitzend, der große Meaulnes, der sehr ermüdet aussah. Auf Monsieur Seurels Fragen antwortete er, dass auch er auf die Suche nach den Schulschwänzern ausgezogen sei; und auf die Frage, die ich ihm ganz leise stellte, schüttelte er nur mutlos den Kopf:

«Nein, nichts, nichts, was danach aussähe!»

Nach dem Essen setzte er sich in der Klasse, die geschlossen, dunkel und leer inmitten der strahlenden Landschaft lag, an einen der großen Tische und schlief, den Kopf auf die Arme gelegt, einen traurigen und schweren Schlaf. Gegen Abend schrieb er nach langer Überlegung, als ob er eine wichtige Entscheidung getroffen hätte, einen Brief an seine Mutter. Und das ist meine ganze Erinnerung an das düstere Ende des großen Tages einer Niederlage.

Zehntes Kapitel

Die Wäsche

Wir hatten zu früh damit gerechnet, dass der Frühling gekommen sei.

Am Montagabend wollten wir, wie im Sommer, gleich nach vier Uhr unsere Schularbeiten machen und stellten, um besseres Licht zu haben, zwei große Tische in den Hof. Aber gleich darauf wurde es trübe, und ein Regentropfen fiel auf ein Heft; schleunigst gingen wir wieder hinein und sahen aus dem großen, finster gewordenen Saal durch die breiten Fenster, wie sich die Wolken vom grauen Himmel entleerten.

Da konnte Meaulnes, der wie wir, die Hand an einem Fenstergriff, hinaussah, sich nicht enthalten zu sagen, als ob er sich über seine hochkommende Sehnsucht ärgerte:

«Ah, als ich damals in dem Wagen von Belle-Étoile auf der Landstraße fuhr, zogen die Wolken schneller dahin.»

«Auf welcher Landstraße?», fragte Jasmin.

Aber Meaulnes antwortete nicht.

Um abzulenken, sagte ich: «Ich würde gern so im Wagen bei strömendem Regen fahren, durch einen großen Regenschirm geschützt.»

«Und während des ganzen Weges lesen wie in einem Haus», setzte ein anderer hinzu.

«Es regnete nicht, und ich hatte auch keine Lust zu lesen», antwortete Meaulnes. «Ich dachte nur daran, die Gegend zu betrachten.»

Doch als Giraudat nun fragte, um welche Gegend es sich handle, blieb Meaulnes wieder stumm. Aber Jasmin sagte:

«Ich weiß, immer noch das berühmte Abenteuer ...»

Er hatte dieses Wort in verbindlichem und wichtigtuerischem Ton gesagt, als ob er selbst etwas in das Geheimnis eingeweiht wäre. Aber es war verlorene Mühe. Seine Annäherungsversuche nützten ihm nichts, und als dann die Nacht hereinbrach, rannte jeder im Galopp, den Kittel über den Kopf gezogen, durch den kalten Regen nach Hause.

Bis zum folgenden Donnerstag blieb das Wetter regnerisch, und dieser Donnerstag wurde noch trauriger als der vorherige. Die ganze Landschaft war in eine Art kalten Nebels getaucht wie an den scheußlichsten Wintertagen.

Millie, die sich durch den schönen Sonnenschein der vorangegangenen Wochen hatte verleiten lassen zu waschen, konnte nicht daran denken, die Wäsche auf den Hecken im Garten zu trocknen, ja nicht einmal auf Leinen im Speicher, so feucht und kalt war die Luft.

Sie beriet sich mit Monsieur Seurel, wobei ihr der Gedanke kam, die Wäsche in den Klassenzimmern aufzuhängen, weil ja freier Donnerstag war, und den Ofen bis zur Weißglut zu heizen. Um das Feuer in Küche und Esszimmer zu sparen, wollte man die Mahlzeiten auf dem Ofen kochen, und wir sollten uns den ganzen Tag im großen Schulzimmer aufhalten.

Im ersten Augenblick – ich war ja noch so jung! – schien mir diese Neuigkeit wie ein Fest.

Ein betrübliches Fest! ... Die ganze Hitze des Ofens wurde von der Wäsche aufgesogen, und es war sehr kalt. Im Hof fiel endlos und leise ein dünner Winterregen. Und trotzdem fand ich dort, von Langeweile fast verzehrt, ab neun Uhr morgens den großen Meaulnes. Durch die Gitterstäbe des großen Tores, an die wir unsere Köpfe lehnten, sahen wir am Kreuzweg oben im Dorf ein Leichenbegräbnis, das vom Lande kam. Der Sarg wurde vom Ochsenwagen abgeladen und am Fuße des großen Kreuzes, wo der Schlächter damals die Wachen des Zigeuners gesehen hatte, auf eine Steinplatte gestellt. Wo der junge Kapitän, der das Entern unseres Hauses so gut geführt hatte, jetzt wohl sein mochte? ... Der Pfarrer und die Chorsänger stellten sich, wie üblich, vor den Sarg, und ihr trauriger Gesang drang bis zu uns. Wir wussten, das blieb das einzige Schauspiel dieses Tages, der wie eine gelbliche Brühe im Rinnstein dahinfließen würde.

«Und jetzt», sagte Meaulnes plötzlich, «will ich meine Sachen packen. Ich muss dir sagen, Seurel, dass ich am vergangenen Donnerstag an meine Mutter geschrieben und sie gebeten habe, mich meine Studien in Paris beenden zu lassen. Heute reise ich ab.»

Er blickte weiter zum Dorf hin, die Hände in Kopfhöhe auf die Gitterstäbe gestützt. Es war unnötig zu fragen, ob seine Mutter, die reich war und ihm jeden Willen tat, mit diesem Wunsch einverstanden sei, unnötig auch, ihn zu fragen, warum er so plötzlich nach Paris gehen wollte ...

Aber sicher schied er mit Bedauern und einer gewissen Angst von diesem schönen Sainte-Agathe, von wo er auf sein Abenteuer ausgezogen war. Ich dagegen fühlte in mir eine tiefe Trostlosigkeit aufsteigen, die mir gar nicht gleich aufgefallen war.

«Es ist bald Ostern», sagte er wie zur Erklärung mit einem Seufzer.

«Sobald du sie dort gefunden hast, schreibst du mir, nicht wahr?», fragte ich.

«Das verspreche ich dir, natürlich. Bist du nicht mein

Gefährte und mein Bruder?» Und er legte die Hand auf meine Schulter.

Allmählich begriff ich, dass es wirklich ganz zu Ende war, da er ja seine Studien in Paris beenden wollte; nie wieder würde mein großer Freund bei mir sein.

Die einzige Hoffnung, wieder zusammen sein zu können, lag in jenem Haus in Paris, wo sich die Spur des verlorenen Abenteuers wiederfinden sollte; aber wenn ich Meaulnes selbst so traurig sah, welch armselige Hoffnung war das für mich!

Meine Eltern wurden benachrichtigt. Monsieur Seurel war sehr erstaunt; aber er musste den Gründen Augustins sehr bald recht geben. Millie, als gute Hausfrau, war vor allen Dingen bestürzt darüber, dass Meaulnes' Mutter unser Haus in ungewohnter Unordnung sehen würde ... Der Koffer war recht bald gepackt. Wir suchten unter der Treppe seine Sonntagsschuhe, im Schrank ein wenig Wäsche, dann seine Papiere und seine Schulbücher – alles, was ein junger Mann von achtzehn Jahren auf der Welt sein Eigen nennt.

Gegen Mittag kam Madame Meaulnes in ihrem Wagen an. Sie aß mit Augustin im Café Daniel und nahm ihn dann, sobald das Pferd gefüttert und angespannt war, mit sich, fast ohne jegliche Erklärung. Auf der Schwelle sagten wir ihnen Lebewohl, und der Wagen verschwand an der Biegung des Kreuzweges.

Millie reinigte ihre Schuhe vor der Tür und ging in den kalten Speisesaal, um alles wieder in Ordnung zu bringen. Ich befand mich zum erstenmal seit langen Monaten allein, mit der Aussicht auf einen langen Donnerstagabend – und hatte das Gefühl, als ob in diesem alten Wagen meine Jugend für immer von dannen fuhr.

Elftes Kapitel

Ich begehe Verrat ...

Was tun?

Das Wetter wurde schöner; es schien so, als ob die Sonne sich bald zeigen würde.

Im großen Haus schlug eine Tür. Dann wurde es wieder still.

Von Zeit zu Zeit ging mein Vater über den Hof, um einen Eimer Kohlen zu holen, die er in den Ofen stopfte. Ich sah die weiße Wäsche auf den Leinen und hatte nicht die geringste Lust, an den traurigen, in einen Trockenraum verwandelten Ort zurückzukehren, um mich dort ausschließlich mit der Vorbereitung auf die Prüfung, die am Jahresschluss stattfinden sollte, zu beschäftigen, die Eingangsprüfung für die École Normale, die von jetzt ab meine einzige Sorge sein musste.

Es war seltsam: In die trostlose Langeweile mischte sich fast ein Gefühl der Freiheit. Meaulnes war fort, das große Abenteuer beendet und verfehlt, und so glaubte ich, wenigstens von dieser seltsamen Sorge und geheimnisvollen Beschäftigung befreit zu sein, die mir nicht mehr erlaubte, wie alle anderen zu handeln. Meaulnes war fort, ich war nicht mehr sein Kamerad im Abenteuer, der Bruder dieses Fährtensuchers, ich wurde wieder ein Dorfjunge wie die anderen. Und das war leicht, denn ich brauchte hier nur meinen natürlichen Neigungen zu folgen.

Der Jüngste der Familie Roy ging durch die schmutzige Straße; er hatte drei Kastanien an einen Bindfaden gebunden und

schwang sie in der Luft herum, dann ließ er los, und die Kastanien fielen in unseren Hof. Ich war so sehr auf Müßiggang eingestellt, dass es mir Vergnügen machte, ihm zwei-, dreimal die Kastanien über die Mauer zurückzuwerfen.
Plötzlich sah ich, wie er dieses kindliche Spiel aufgab und zu einem Lastkarren lief, der auf dem Wege von Vieille-Planche her kam. Er war schnell hinten hinaufgeklettert, ohne dass der Wagen angehalten hätte. Ich erkannte den kleinen Karren von Delouche und sein Pferd. Jasmin fuhr; der dicke Boujardon stand aufrecht darin. Sie kamen von der Wiese zurück.
«Komm mit, François!», rief Jasmin, der schon wissen musste, dass Meaulnes abgereist war.
Meiner Treu! Ich kletterte, ohne irgendjemanden im Hause zu benachrichtigen, auf den rumpelnden Wagen und blieb, an eine der Seitenwände gelehnt, aufrecht darin stehen wie die anderen. Der Wagen fuhr uns zur Witwe Delouche ...

Wir befinden uns jetzt in der Stube hinter dem Laden bei der guten Frau, die zu gleicher Zeit Krämerin und Gastwirtin ist. Ein weißer Sonnenstrahl fällt durch das niedrige Fenster auf Konservenbüchsen und Essigfässer. Der dicke Boujardon setzt sich auf das Fensterbrett und isst, mit dem breiten Lachen dicker Leute zu uns gewendet, Löffelbiskuits. Auf einem Fass neben ihm steht in Reichweite die offene angebrochene Schachtel. Der kleine Roy quiekt vor Freude. Eine Art schlechte Vertraulichkeit hat sich zwischen uns eingestellt. Jasmin und Boujardon werden jetzt meine Kameraden sein, das sehe ich. Der Lauf meines Lebens hat sich mit einem Schlage vollständig geändert. Mir ist, als sei Meaulnes schon lange abgereist und sein Abenteuer eine alte, traurige, aber abgeschlossene Geschichte.

Der kleine Roy hat unter einem Brett eine angebrochene Likörflasche entdeckt. Delouche bietet uns einen Schluck zu trinken an, aber wir haben nur ein Glas und trinken alle aus dem einen. Mir gießt man zuerst ein, mit etwas herablassender Miene, als ob ich nicht an diese Jäger- und Bauernsitten gewöhnt sei. Das geniert mich etwas. Und als man von Meaulnes spricht, überkommt mich das Verlangen, um mein Unbehagen zu verscheuchen und das Gleichgewicht wiederzufinden, zu zeigen, dass ich seine Geschichte kenne, und sie teilweise zu erzählen. Was konnte ihm das denn schaden, da alle seine Abenteuer hier beendet waren? ...

Erzähle ich die Geschichte schlecht? Sie ruft nicht die Wirkung hervor, die ich erwartete.
Meine Kameraden als gute Dorfbewohner, die nichts erstaunt, sind über so wenig nicht überrascht.
«Nun ja, das war halt eine Hochzeit!», sagt Boujardon.
Delouche hatte eine in Préveranges gesehen, die noch viel merkwürdiger war.
Das Schloss? Sicherlich würde man Leute finden, die davon gehört hatten.
Das Mädchen? Meaulnes wird sie heiraten, wenn er sein Jahr abgedient hat.
«Er hätte uns davon erzählen und uns seinen Plan zeigen sollen», sagt einer, «statt das einem Zigeuner anzuvertrauen.»
So in meinen Misserfolg verstrickt, will ich die Gelegenheit benutzen, um ihre Neugierde zu reizen: Ich entschließe mich, zu erklären, wer der Bohémien war, woher er kam, und seine seltsame Geschichte zu erzählen ... Boujardon und Delouche wollen nichts davon hören: «Der hat an allem Schuld! Er hat Meaulnes ungesellig gemacht. Meaulnes, der ein so guter

Kamerad war! Er hat diese dummen nächtlichen Angriffe organisiert, nachdem er uns alle wie ein Schulbataillon aufgestellt hat …»

«Du weißt», sagt Jasmin, wobei er Boujardon ansieht und kurz den Kopf schüttelt, «ich habe recht gut daran getan, ihn den Gendarmen anzuzeigen. Das ist einer, der der Gegend geschadet hat und der noch mehr solcher Dinge getan hätte! …»

Ich bin fast ihrer Meinung. Sicher hätte alles sich anders gewendet, wenn wir nicht die ganze Angelegenheit so geheimnisvoll und tragisch genommen hätten. Der Einfluss von Frantz hat alles verdorben …

Aber plötzlich, während ich in diese Gedanken versunken bin, hört man ein Geräusch im Laden. Jasmin Delouche versteckt schnell seine Flasche hinter einem Fass; der dicke Boujardon springt von seinem Fensterbrett herab, tritt mit dem Fuß auf eine leere, staubige Flasche, die fortrollt, und wäre zweimal beinahe hingefallen. Der kleine Roy stößt beide von hinten, vor Lachen fast erstickend, um schneller hinauszukommen.

Ohne recht zu begreifen, was vorgeht, flüchte ich mit ihnen; wir eilen über den Hof und klettern über eine Leiter auf den Heuboden. Ich höre noch eine Frauenstimme, die uns Taugenichtse schimpft.

«Ich hätte nicht geglaubt, dass sie so bald zurückkommt», sagt Jasmin ganz leise.

Ich begreife erst jetzt, dass wir uns dort eingeschlichen, Kuchen und Likör gestohlen haben. Ich bin enttäuscht wie jener Schiffbrüchige, der mit einem Menschen zu sprechen glaubte und plötzlich bemerkte, dass es ein Affe war. Ich will jetzt nur noch aus diesem Heuboden fort, so sehr missfallen mir solche Abenteuer. Übrigens wird es nun dunkel … Man lässt mich hinten hinaus, ich muss durch zwei Gärten und um einen Tümpel gehen; auf der nassen, schmutzigen Straße, wo sich das Licht aus dem Café Daniel spiegelt, finde ich mich wieder. Ich bin nicht stolz auf meinen Abend. – Hier bin ich wieder am Quatre-Routes-Platz. Unwillkürlich sehe ich plötzlich an der Ecke ein scharf geschnittenes, vertrautes Gesicht, das mir zulächelt; ein letzter Wink mit der Hand – und der Wagen verschwindet …

Ein kalter Wind zerrt an meinem Kittel; er gleicht dem Wind jenes so traurigen und doch so schönen Winters. Schon scheint mir alles weniger leicht. Im großen Klassenzimmer, wo man mich zum Abendessen erwartet, durchqueren jähe Ströme von Zugluft die kümmerliche Wärme, die der Ofen verbreitet. Ich schlottere vor Kälte, während man mir Vorwürfe macht, dass ich mich den ganzen Nachmittag herumgetrieben habe. Ich habe nicht einmal, um wieder in das alte, regelmäßige Leben zurückzukehren, den Trost, am Tisch meinen gewohnten Platz wieder einzunehmen. Heute Abend ist gar nicht gedeckt worden, jeder isst, wo er kann, im dunklen Klassenzimmer auf seinen Knien. Ich esse still den auf dem Ofen gebackenen Pfannkuchen, der die Belohnung für den in der Schule verbrachten freien Donnerstag sein sollte und der auf den glühenden Ringen ganz verbrannt ist.

Am Abend, ganz allein in meinem Zimmer, gehe ich gleich zu Bett, um die Gewissensbisse zu ersticken, die ich aus meiner Trauer aufsteigen fühle. Aber zweimal bin ich mitten in der Nacht aufgewacht: Das erste Mal glaubte ich das Knacken des benachbarten Bettes zu hören, in dem Meaulnes sich plötzlich mit einem Schwung herumzudrehen pflegte, und das andere Mal glaubte ich zu hören, wie er mit dem leichten Schritt eines sich anpirschenden Jägers durch die Dachspeicher ging …

Zwölftes Kapitel

Die drei Briefe von Meaulnes

In meinem ganzen Leben habe ich nur drei Briefe von Meaulnes bekommen; ich habe sie noch in einem Schubfach meiner Kommode, und jedes Mal, wenn ich sie wieder lese, empfinde ich die gleiche Traurigkeit wie einst.

Der erste Brief kam am übernächsten Tage seiner Abreise an.

Mein lieber François!

Heute, gleich nach meiner Ankunft in Paris, bin ich zu dem angegebenen Haus gegangen. Ich habe nichts gesehen. Niemand war dort. Niemals wird dort jemand sein.

Das Haus, das Frantz nannte, ist ein kleines, zweigeschossiges Bürgerhaus. Mademoiselle de Galais' Zimmer muss im ersten Stock sein. Die oberen Fenster sind fast ganz durch Bäume verborgen; aber wenn man auf dem Bürgersteig vorbeigeht, sieht man sie sehr gut. Alle Vorhänge sind zugezogen, und nur ein Wahnsinniger könnte hoffen, dass eines Tages einer der Vorhänge zurückgeschoben würde und das Gesicht Yvonne de Galais' erschiene.

Das Haus liegt an einem Boulevard. Auf die schon grünen Bäume fiel ein leichter Regen. Man hörte die hellen Glocken der Straßenbahnen, die unablässig vorbeifuhren.

Knapp zwei Stunden lang bin ich unter den Fenstern auf und ab gegangen. In der Nähe ist ein Weinhändler, bei dem ich etwas getrunken habe, damit man mich nicht für einen Einbrecher

hielte, der eine Übeltat plant. Dann habe ich diese aussichtslose Wache wieder aufgenommen.
Es wurde Nacht. Fast überall gingen in den Fenstern Lichter an, nur nicht in diesem Hause. Es ist sicher niemand darin. Und Ostern ist doch nahe.
In dem Augenblick, als ich weggehen wollte, setzte sich ein Mädchen oder eine junge Frau – ich weiß es nicht – auf eine der regennassen Bänke. Sie trug etwas Schwarzes mit einem kleinen weißen Kragen. Als ich gegangen bin, war sie immer noch da, unbeweglich trotz der Abendkühle, um ich weiß nicht was oder wen zu erwarten. Du siehst, Paris ist voll von Verrückten, wie ich einer bin.

Augustin

Die Zeit verstrich. Vergeblich wartete ich am Ostermontag und allen darauffolgenden Tagen auf eine Nachricht von Augustin – Tage, die so ruhig sind nach der großen Aufregung des Osterfestes, dass es scheint, als brauche man nur noch auf den Sommer zu warten. Mit dem Juni kam die Zeit der Prüfungen und eine fürchterliche Hitze, deren erstickender Dunst über dem Land lag, ohne dass je ein Wind aufgekommen wäre und ihn aufgelöst hätte. Die Nacht brachte keine Erfrischung und daher auch keine Pause dieser Qual. Während dieses unerträglichen Junis erhielt ich den zweiten Brief vom großen Meaulnes.

Juni 189...

Mein lieber Freund!
Diesmal ist alle Hoffnung verloren. Ich weiß es seit gestern Abend. Der Schmerz, den ich zuerst gar nicht so recht empfunden hatte, wächst seit dieser Zeit immer mehr.

Ich setzte mich alle Abende auf jene Bank, umherspähend, nachdenkend und trotz allem voller Hoffnung.

Gestern nach dem Abendessen war die Nacht tief schwarz und erstickend schwül. Leute unterhielten sich auf dem Bürgersteig unter den Bäumen. Über dem dunklen Laub, das durch die Lampen wieder grün erschien, waren die Wohnungen in den zweiten und dritten Stockwerken erleuchtet. Hier und da war ein Fenster sommerlich weit geöffnet ... Man sah die Lampe auf dem Tisch, die nur mit Mühe die juniwarme Dunkelheit verdrängte, und überblickte fast das ganze Zimmer ... Ach, wenn es doch in dem dunklen Fenster Yvonne de Galais' ebenso hell geworden wäre, dann, glaube ich, hätte ich gewagt, die Treppe hinaufzusteigen, zu klopfen und einzutreten ...

Das Mädchen, von dem ich Dir sprach, war wieder da und wartete wie ich. Ich dachte, sie müsse das Haus kennen, und fragte sie.

«Ich weiß», antwortete sie, «dass früher ein Mädchen und sein Bruder in diesem Haus die Ferien verbrachten, aber ich habe gehört, dass der Bruder aus dem Schloss seiner Eltern geflohen sei, ohne dass man ihn je wiedergefunden hat, und dass das Mädchen geheiratet habe. Das wird Ihnen erklären, warum die Wohnung geschlossen ist.»

Ich bin fortgegangen. Kaum hatte ich zehn Schritte getan, als meine Füße versagten und ich fast gefallen wäre. In der Nacht – es war die vergangene Nacht –, als endlich Frauen und Kinder in den Höfen still geworden waren, sodass ich hätte einschlafen können, begann ich auf das Fahren der Droschken auf der Straße zu achten. Sie fuhren nur in großen Abständen vorbei, aber sobald eine vorbei war, wartete ich, ohne es zu wollen, auf die nächste, auf die Schellen und Schritte des Pferdes auf dem Asphalt. Und diese Geräusche wiederholten immer wieder: Das ist

die verlassene Stadt, deine verlorene Liebe, die endlose Nacht, der Sommer, das Fieber ...
Seurel, mein Freund, ich bin in großer Not.

Augustin.

Briefe, die – wider allen Anschein – nicht viel Vertrauliches enthielten. Meaulnes sagte mir nicht, warum er so lange nicht geschrieben hatte, noch was er jetzt zu tun gedachte. Ich hatte den Eindruck, dass er, weil sein Abenteuer beendet war, mit mir breche, wie er mit seiner Vergangenheit gebrochen hatte. Soviel ich ihm auch schrieb, ich erhielt doch keine Antwort, nur einen kurzen Glückwunsch nach dem Bestehen der ersten Prüfung, des Brevet Simple. Im September erfuhr ich durch einen Schulkameraden, dass er während der Ferien zu seiner Mutter nach La Ferté-d'Angillon gekommen war. Aber wir mussten in diesem Jahr auf Einladung meines Onkels Florentin die Ferien bei ihm in Le Vieux-Nançay verbringen, und Meaulnes fuhr wieder nach Paris, ohne dass ich ihn hatte sehen können.
Bei Schulbeginn oder genauer gegen Ende November, als ich mich mit verbissenem Eifer auf meine zweite Prüfung, das Brevet Supérieur, vorbereitete, in der Hoffnung, im nächsten Jahr Lehrer zu werden, ohne die École Normale von Bourges besuchen zu müssen, erhielt ich den letzten der drei Briefe, die ich von Augustin bekommen habe. Er schrieb:

Ich gehe immer noch unter diesem Fenster vorbei. Ich warte immer noch, ohne den geringsten Hoffnungsschimmer, aus Wahnsinn. Am Ende dieser kalten Herbstsonntage, bei Einbruch der Dunkelheit, kann ich mich nicht entschließen heimzukehren, die Läden meines Zimmers zu schließen, ohne dort in der eisigen Straße gewesen zu sein.

Ich bin wie jene Wahnsinnige in Sainte-Agathe, die jede Minute auf die Schwelle ihrer Tür trat und, die Hand über den Augen, in Richtung Bahnstation schaute, um zu sehen, ob ihr Sohn, der längst gestorben war, nicht käme.

Ich sitze auf der Bank, vor Kälte zitternd und elend, und gaukle mir vor, es könnte jemand kommen und mich sanft beim Arm nehmen … Ich würde mich umdrehen; da stünde sie. ‹Ich habe mich ein wenig verspätet›, würde sie einfach sagen. Und aller Kummer und aller Wahnsinn wäre verschwunden. Wir gehen in unser Haus. Ihr Pelz ist ganz mit einer Eiskruste bedeckt, ihr Schleier nass, sie bringt den Geruch des Nebels von draußen mit sich, und während sie ans Feuer geht, sehe ich ihr blondes, raureifbedecktes Haar und ihr schönes, so fein gezeichnetes Gesicht, das sich über die Flamme beugt …

Ach! Das Fenster bleibt weiß durch die Vorhänge dahinter. Und wenn das Mädchen vom verlorenen Gut es öffnen würde, so hätte ich ihr nichts mehr zu sagen.

Unser Abenteuer ist beendet. Der Winter ist dieses Jahr tot wie ein Grab. Vielleicht, wenn wir sterben, wird der Tod allein uns den Schlüssel und die Fortsetzung und das Ende dieses verfehlten Abenteuers geben.

Seurel, ich habe Dich neulich gebeten, an mich zu denken. Jetzt dagegen ist es besser, Du vergisst mich. Es wäre besser, alles zu vergessen.

A.M.

Und nun kam ein neuer Winter, der ebenso tot war, wie der vorangegangene von einem geheimnisvollen Leben erfüllt gewesen war: der Kirchplatz ohne Vagabunden, der Schulhof, den die Jungen um vier Uhr verließen … das Schulzimmer, in dem ich allein und ohne Freude lernte … Im Februar fiel zum erstenmal in diesem Winter Schnee; er begrub endgültig unseren Abenteuerroman vom vergangenen Jahr und verwischte jede Fährte, löschte die letzten Spuren aus. Und ich bemühte mich, wie Meaulnes mich in seinem Briefe gebeten hatte, alles zu vergessen.

Dritter Teil

Erstes Kapitel

Der Badeausflug

Zigaretten rauchen, die Haare mit Zuckerwasser anfeuchten, damit sie sich lockten, die Mädchen des Cours Complémentaire in den Gassen küssen und hinter der Hecke rufen: «He! Alte Haube!», um eine vorübergehende Ordensschwester zu verhöhnen, das war das Hauptvergnügen aller Halbstarken der Gegend. Mit zwanzig Jahren können sich übrigens Halbstarke dieser Art wohl bessern und manchmal recht empfindungsfähige junge Leute werden. Schwieriger liegt der Fall, wenn der betreffende Schelm ein schon ältliches und welkes Gesicht hat, sich mit undurchsichtigen Weibergeschichten abgibt und über Gilberte Poquelin tausend Dummheiten äußert, um die anderen zum Lachen zu bringen. Aber schließlich ist der Fall noch nicht hoffnungslos ...

So war es mit Jasmin Delouche. Ich weiß nicht, warum er den Kursus noch weiter besuchte, bei dem wir alle ihn gern vermisst hätten; jedenfalls hegte er sicher nicht den Wunsch, die Prüfungen zu bestehen, denn er lernte nebenher bei seinem Onkel Dumas das Handwerk eines Gipsers. Und bald waren Jasmin Delouche, Boujardon und ein anderer, sehr sanftmütiger Bursche namens Denis, der Sohn des Amtsgehilfen, die einzigen großen Schüler, mit denen ich gern verkehrte, weil sie noch «aus der Zeit Meaulnes'» waren.

Übrigens bestand bei Delouche ein sehr aufrichtiger Wunsch, mein Freund zu sein. Mit einem Wort: Er, der des

großen Meaulnes' Feind gewesen war, hätte gern «der große Meaulnes» der Schule werden wollen; zum Mindesten bedauerte er vielleicht, nicht sein Adjutant gewesen zu sein. Weniger schwerfällig als Boujardon, hatte er, so glaube ich, empfunden, was Meaulnes alles an Außergewöhnlichem in unser Leben gebracht hatte; und oft hörte ich ihn wiederholen:
«Das sagte schon der große Meaulnes ...» oder: «Ah! sagte der große Meaulnes ...»
Abgesehen davon, dass Jasmin viel erwachsener war als wir, verfügte der ältliche Bursche über Schätze, die ein Quell des Vergnügens werden konnten und seine Überlegenheit über uns rechtfertigten: einen langhaarigen weißen Mischlingshund, der auf den aufreizenden Namen «Bécali» hörte und weit weggeworfene Steine apportierte, aber zu keinem anderen Sport besondere Neigung zeigte; ferner gehörte Jasmin ein altes, gebraucht gekauftes Fahrrad, das wir abends nach dem Unterricht manchmal benutzen durften, auf dem er aber vorzugsweise die Mädchen vom Lande üben ließ; die Hauptsache aber war ein blinder weißer Esel, den man vor alle Fahrzeuge spannen konnte.
Der Esel gehörte Dumas, aber er lieh ihn Jasmin, wenn wir im Sommer im Cher baden gingen. Seine Mutter gab uns dann immer eine Flasche Limonade mit, die wir unter den Sitz zwischen die trockenen Badehosen legten. Und so zogen wir ab, acht bis zehn große Schüler des Kursus, begleitet von Monsieur Seurel, die einen zu Fuß, die anderen im Eselwagen, den wir im Bauernhof von Grand'Fons stehen ließen, wenn der Weg zum Cher zu ausgewaschen war.
Ich habe guten Grund, mich eines solchen Ausfluges bis in die kleinsten Einzelheiten zu erinnern. Jasmins Esel brachte Badezeug, Gepäck, die Limonade und Monsieur Seurel an den

Cher, während wir zu Fuß hinterhergingen. Es war August, und wir hatten gerade die Prüfungen bestanden. Von dieser Sorge befreit, schien es uns, als ob der ganze Sommer, das ganze Glück uns gehörten, und so zogen wir am Beginn eines schönen Donnerstagnachmittags singend, ohne zu wissen was und warum, die Landstraße entlang.

Auf dem Hinweg fiel nur ein Schatten auf dieses unschuldige Gemälde. Wir bemerkten vor uns Gilberte Poquelin. Mit schlanken Hüften, halblangem Rock und hohen Schuhen hatte sie das zugleich sanfte und dreiste Gesicht eines Kindes, das sich zum Mädchen mausert. Sie verließ die Landstraße und schlug einen Nebenweg ein, wahrscheinlich um Milch zu holen. Der kleine Coffin schlug Jasmin sofort vor, ihr zu folgen.

«Es wäre nicht das erste Mal, dass ich sie küsse», meinte der andere.

Und er begann einige anzügliche Geschichten über sie und ihre Freundinnen zu erzählen, während die ganze Bande aus Prahlerei dem Mädchen auf dem Nebenweg folgte und Monsieur Seurel in seinem Eselwagen den Weg allein fortsetzen ließ. Bald aber begann einer nach dem anderen abzuschwenken. Delouche selbst schien wenig Lust zu haben, mit dem Mädchen, das flinken Schrittes dahinging, in unserem Beisein anzubandeln, und näherte sich ihr nicht mehr als auf fünfzig Meter. Es wurde einige Male gekräht und gegackert, ein paar Pfiffe ertönten, dann gaben wir es auf und kehrten in etwas gedrückter Stimmung um. Auf der Landstraße mussten wir in der brennenden Sonne schnell laufen. Das Singen war uns vergangen.

In dem dürren Weidengehölz, das den Cher säumt, zogen wir uns aus und wieder an. Die Weiden schützten uns zwar vor Blicken, nicht aber vor der Sonne. Die Füße auf Sand und getrocknetem Schlamm, dachten wir nur an die Limonade der Witwe Delouche, die im Brunnen von Grand'Fons kühlte, einem Brunnen, der dicht am Ufer des Cher gegraben war; auf seinem Grunde fanden sich immer meergrünes Gras und einige Tiere, die wie Kellerasseln aussahen. Aber das Wasser war so klar, so durchsichtig, dass die Angler kein Bedenken trugen, niederzuknien und, beide Hände auf den Rand gestützt, daraus zu trinken.

Ach! Es kam an jenem Tag wie immer: Als wir, alle angekleidet, im Schneidersitz im Kreise saßen, um uns in zwei großen fußlosen Gläsern die gekühlte Limonade zu teilen, da kam auf jeden, nachdem man Monsieur Seurel gebeten hatte, seinen Anteil zu nehmen, kaum mehr als ein wenig Schaum, der in der Kehle prickelte und den Durst nur noch mehr reizte. Dann gingen wir der Reihe nach zum Brunnen, den wir zuerst verschmäht hatten, und näherten langsam das Gesicht der Oberfläche des klaren Wassers. Aber nicht alle waren an die Sitten der Landleute gewöhnt. Vielen, wie mir selbst, gelang es nicht, den Durst zu stillen: den einen, weil sie Wasser nicht mochten, anderen, weil ihnen die Furcht, eine Assel zu verschlucken, die Kehle zuschnürte, wieder anderen, weil sie, durch die starke Durchsichtigkeit des Wassers getäuscht, die Oberfläche nicht richtig einschätzen konnten und daher gleichzeitig mit dem Mund die Hälfte des Gesichts eintauchten, sodass ihnen beim Atmen stechend das Wasser in die Nase drang und ihnen heiß vorkam, anderen gelang es aus allen diesen Gründen zugleich nicht ... Aber was schadete das? – Uns schien, als ob dieser Ort an den unfruchtbaren Ufern des Cher die ganze irdische Kühle enthielte. Und heute noch, wenn ich irgendwo das Wort «Brunnen» höre, denke ich lange nur an diesen Brunnen.

In der Abenddämmerung kehrten wir heim, zunächst sorglos

wie beim Hinwege. Der Weg nach Grand'Fons, der zur Landstraße hin anstieg, war im Winter ein Bach und im Sommer ein schwer gangbarer Hohlweg mit Löchern und dicken Wurzeln, der im Schatten zwischen großen Baumhecken emporführte. Ein Teil der Badenden schlug ihn zum Spaß ein. Wir aber, Jasmin und mehrere Kameraden, folgten mit Monsieur Seurel einem weichen, sandige Pfad, der, dem anderen gleichlaufend, sich an einem Acker entlangzog. Wir hörten die Kameraden ganz in der Nähe unter uns, im Schatten unsichtbar, plaudern und lachen, während Delouche seine Männergeschichten erzählte ... Um die Wipfel der Bäume an der großen Hecke schwirrten die Abendinsekten, die man gegen den klaren Himmel um das Spitzenmuster des Laubwerkes fliegen sah; manchmal stürzte eines jäh herunter, und sein Summen wurde plötzlich zum Sirren. – Was für ein ruhiger, schöner Sommerabend! – Eine hoffnungslose, aber auch wunschlose Heimkehr von einem kleinen Ausflug ... Und wieder war es Jasmin, der, ohne es zu wollen, diese Seelenruhe störte ...

Als wir gerade auf dem Hügelkamm angelangt waren, wo zwei große alte Steine, angeblich die letzten Reste einer Burg, lagen, kam er auf die Güter zu sprechen, die er besucht hatte, insbesondere auf ein halb verlassenes Gut in der Nähe von Le Vieux-Nançay: das Gut Les Sablonnières. Mit der im Département Allier üblichen Aussprache, die manche Worte selbstgefällig in die Länge zieht, während sie andere geziert kürzt, erzählte er, dass er vor einigen Jahren in der in Ruinen liegenden Kapelle dieses alten Besitztums einen Grabstein gesehen habe, auf dem die Worte standen:

Hier ruht der Ritter Galois,
treu seinem Gott, seinem König, seiner Schönen.

«Ach! Wirklich?», fragte Monsieur Seurel mit leichtem Achselzucken; die Wendung, die die Unterhaltung genommen hatte, war ihm etwas peinlich, aber er wollte uns doch unbedingt wie Männer sprechen lassen.

Jasmin fuhr fort, das Schloss zu beschreiben, als ob er dort sein Leben zugebracht hätte.

Schon mehrmals war seine und Dumas' Neugier, wenn sie von Le Vieux-Nançay zurückkehrten, durch den alten grauen Turm, der über den Tannen sichtbar war, gereizt worden. Dort, mitten im Wald, gab es ein wahres Wirrsal verfallener Gebäude, die man in Abwesenheit der Eigentümer besuchen konnte. Eines Tages hatte sie ein Waldhüter, den sie in ihrem Wagen hatten mitfahren lassen, auf das seltsame Gut geführt. Aber seitdem war alles abgebrochen worden und angeblich nur noch das Gutshaus und ein Lusthäuschen übrig geblieben. Die Bewohner waren noch dieselben: ein alter, pensionierter Offizier, der fast sein ganzes Vermögen verloren hatte, und seine Tochter.

Er erzählte und erzählte ... Ich hörte aufmerksam zu, ohne mir darüber im Klaren zu sein, dass es sich hier um eine mir wohlbekannte Sache handelte, als plötzlich, ganz einfach, wie die außerordentlichen Dinge zu geschehen pflegen, Jasmin sich zu mir wandte, meinen Arm packte und, von einem Gedanken erfasst, der ihm vorher nie gekommen war, sagte:

«Aber ja, ich denke eben daran, das muss der Ort sein, wohin Meaulnes – du weißt, der große Meaulnes – damals gegangen ist.»

Da ich nicht antwortete, fuhr er fort: «Aber freilich, ich erinnere mich, wie der Waldhüter vom Sohn des Hauses sprach, einem überspannten Menschen mit seltsamen Einfällen ...»

Ich hörte nicht mehr zu; schon von Anfang an war ich

überzeugt, dass er richtig geahnt hatte und dass sich vor mir soeben, weit weg von Meaulnes, weit jeder Hoffnung, deutlich und mühelos wie eine vertraute Straße der Weg zum «namenlosen Gut» auftat.

Zweites Kapitel

Bei Florentin

So sehr ich bis dahin ein unglückliches, träumerisches und verschlossenes Kind gewesen war, so entschlossen und «entschieden», wie man bei uns sagt, wurde ich in dem Augenblick, als ich empfand, dass von mir der Ausgang dieses folgenschweren Abenteuers abhing.

Ich glaube, von jenem Abend an hörte mein Knie endgültig auf wehzutun.

In Le Vieux-Nançay, der Gemeinde, zu der das Gut Les Sablonnières gehörte, wohnte die gesamte Verwandtschaft Monsieur Seurels, darunter auch mein Onkel Florentin, ein Kaufmann, bei dem wir manchmal Ende September zu Besuch waren. Da ich die Schulprüfung hinter mir hatte, wollte ich nicht länger warten und erhielt die Erlaubnis, sofort meinen Onkel aufzusuchen. Aber ich beschloss, Meaulnes nichts davon erfahren zu lassen, bis ich gewiss wäre, dass ich ihm eine gute Nachricht bringen konnte; denn weshalb hätte ich ihn seiner Verzweiflung entreißen sollen, um ihn dann vielleicht um so tiefer hineinzustürzen?

Le Vieux-Nançay war mir lange Zeit der liebste Platz auf der Welt, das Land der letzten Ferientage, in das wir nur recht selten kamen, wenn wir einmal einen Wagen mieten konnten, der uns hinbrachte. Wir hatten uns einst mit dem dort wohnenden Zweig der Familie aus irgendeinem Grunde entzweit, und wohl deshalb ließ sich Millie immer erst sehr bitten, ehe sie den Wagen bestieg. Aber was scherten mich diese Zänkereien! ... Und jedes Mal verschwand ich gleich nach der Ankunft, vergnügte mich mit Onkeln, Cousinen und Cousins und verbrachte eine Zeit voll tausenderlei anregender und erfreulicher Erlebnisse.

Wir stiegen immer bei Onkel Florentin und Tante Julie ab; sie hatten einen Sohn in meinem Alter, den Cousin Firmin, und acht Töchter, von denen die ältesten, Marie-Louise und Charlotte, etwa siebzehn und fünfzehn Jahre zählen mochten. Florentins besaßen einen sehr großen Laden an einer der Eingangsstraßen dieses Marktfleckens in der Sologne, vor der Kirche – eine Art Warenhaus, in dem sich all die Jagd treibenden Schlossherren ringsum, die verstreut in dieser abgelegenen Gegend lebten, dreißig Kilometer vom nächsten Bahnhof entfernt, mit dem Notwendigsten versorgten.

Der Laden mit seinen Abteilungen für Kolonialwaren und Kleiderstoffe besaß zahlreiche Fenster zur Straße und eine verglaste Tür, die auf den großen Kirchplatz führte; aber merkwürdigerweise hatte der ganze Laden statt eines Holzfußbodens nur einen Boden aus gestampftem Lehm, wie es allerdings in dieser armen Gegend üblich war.

Hinter dem Laden befanden sich sechs Räume, von denen jeder nur mit ein und derselben Warengattung angefüllt war: Es gab da das Hutzimmer, das Gartengerätezimmer, das Lampenzimmer und wer weiß was noch. Wenn ich als Kind dieses Kramladenlabyrinth durchstreifte, so glaubte ich mit meinen Augen nie alle diese Wunder ausschöpfen zu können, und selbst damals schien es mir noch, dass richtige Ferien nur hier verbracht werden könnten.

Die Familie wohnte in einer großen Küche, deren Tür zum Laden führte – einer Küche, in der Ende September immer ein großes Kaminfeuer brannte und in der die Jäger und Wilddiebe, die an Florentin Wildbret verkauften, sich früh am Morgen ein Gläschen Schnaps einschenken ließen, während die kleinen Mädchen, die schon aufgestanden waren, mit Geschrei umherliefen und sich gegenseitig Duftwässerchen ins glatte Haar spritzten. An den Wänden hingen alte Fotografien, vergilbte «Schulklassen» von dazumal, auf denen mein Vater – man musste lange suchen, ehe man ihn in der Uniform erkannte – inmitten seiner Kameraden von der École Normale zu sehen war.

Wir verbrachten unsere Morgenstunden dort und auch auf dem Hof, wo Florentin Dahlien gepflanzt hatte und Perlhühner züchtete, wo er, auf Seifenschachteln sitzend, Kaffee röstete und wo wir Kisten öffneten, die sorgfältig verpackte Gegenstände enthielten, deren Namen wir oft nicht einmal wussten ...

Den ganzen Tag über war der Laden voll von Bauern und den Kutschern der benachbarten Güter. Vor der Eingangstür hielten die weit vom Lande kommenden Bauernwagen, die vom Herbstnebel tropften, und wir hörten von der Küche aus neugierig den Erzählungen der Bäuerinnen zu ...

Aber abends nach acht Uhr, wenn man den Pferden, deren Fell dampfte, bei Laternenlicht Heu in den Stall brachte – dann gehörte der ganze Laden uns.

Marie-Louise, die älteste, aber eine der kleinsten von meinen Cousinen, rollte die Tuchballen zusammen und brachte sie wieder an Ort und Stelle; sie forderte uns auf, ihr die Zeit durch Spaß zu verkürzen. Dann brachen Firmin und ich mit allen Mädchen in den großen Laden ein, und unter Wirtshauslampen drehten wir die Kaffeemühlen, machten Kunststückchen auf den Ladentischen, und manchmal holte Firmin vom

Speicher irgendeine alte grünspanbedeckte Posaune, denn der gestampfte Lehmboden lud zum Tanzen ein.
Ich erröte noch heute bei dem Gedanken, dass in jenen Jahren Mademoiselle de Galais zu dieser Stunde hätte kommen und uns bei solchen Kindereien hätte überraschen können ... Aber an einem Augustabend, kurz vor Einbruch der Nacht, sah ich sie zum ersten Mal, als ich gerade in aller Ruhe mit Marie-Louise und Firmin plauderte.

Gleich nach meiner Ankunft in Le Vieux-Nançay hatte ich Onkel Florentin über das Gut Les Sablonnières ausgefragt.
«Es ist kein Gut mehr», hatte er gesagt. «Alles ist verkauft, und die neuen Besitzer, irgendwelche Jäger, haben die alten Gebäude abreißen lassen, um ihre Jagdgründe zu vergrößern; der Ehrenhof ist jetzt nur noch eine Heide mit Ginster. Die Vorbesitzer haben nur ein kleines einstöckiges Haus und das Gehöft behalten. Du wirst bald Gelegenheit haben, Mademoiselle de Galais hier zu sehen; sie besorgt ihre Einkäufe selbst, manchmal zu Pferd, manchmal im Wagen, aber immer mit demselben Pferd, dem alten Bélisaire! Es ist ein drolliges Gespann.»
Ich war so verwirrt, dass ich nicht mehr wusste, welche Frage ich stellen sollte, um mehr zu erfahren.
«Sie waren aber doch reich?»
«Ja, Monsieur de Galais gab Feste, um seinem Sohn, einem sonderbaren Menschen mit außergewöhnlichen Ideen, Vergnügen zu verschaffen. Zu seiner Zerstreuung ersann er, was er konnte. Er ließ Pariserinnen kommen ... und junge Männer von Paris und anderwärts ... Sie versuchten noch, ihn zu unterhalten und allen seinen Fantasien zu willfahren, als Les Sablonnières schon ganz in Ruinen lag und Madame de Galais ihrem Ende nahe war. Im letzten Winter – nein, es war der

vorhergehende Winter – gaben sie ihr größtes Kostümfest. Sie hatten zur Hälfte Leute aus Paris, zur Hälfte Leute vom Lande eingeladen. Eine Menge wundervoller Kostüme, Spiele, Pferde, Boote wurden gekauft oder geliehen, alles zum Vergnügen von Frantz de Galais. Man sagte, er wolle bald heiraten und dies sei seine Verlobungsfeier. Aber er war viel zu jung; und alles ist mit einem Schlage zerbrochen. Er ist entflohen, und man hat ihn nie wiedergesehen ... Nach dem Tode der Gutsherrin blieb Mademoiselle de Galais plötzlich ganz allein mit ihrem Vater, dem alten Kapitän zur See.»

«Ist sie nicht verheiratet?», fragte ich schließlich.

«Nein, ich habe nichts davon gehört. Willst du sie vielleicht heiraten?»

Ganz außer Fassung gebracht, gestand ich ihm so kurz und vertraulich wie möglich, dass mein bester Freund, Augustin Meaulnes, vielleicht in Betracht käme.

«Nun», meinte Florentin lächelnd, «wenn er nicht auf Vermögen sieht, so ist es eine schöne Partie. Da muss ich wohl einmal mit Monsieur de Galais sprechen. Er kommt noch manchmal zu mir, um Schrot für die Jagd zu kaufen. Ich lasse ihn dann immer von meinem alten Treberschnaps kosten.»

Aber ich bat ihn dringend, nichts zu unternehmen, sondern abzuwarten; und ich selbst hatte auch keine Eile, Meaulnes zu benachrichtigen. So viel Glück verheißende Aussichten mit einem Male beunruhigten mich etwas, und aus dieser Unruhe heraus beschloss ich, Meaulnes nichts mitzuteilen, ehe ich nicht wenigstens das Mädchen gesehen hätte.

Ich brauchte nicht lange zu warten. Es war am nächsten Tage, kurz vor dem Abendessen; die Nacht brach langsam herein; ein kühler Nebel, eher wie im September als im August, senkte sich mit der Dunkelheit herab. Firmin und ich hatten bemerkt, dass im Laden zufällig kein Kunde war, und uns zu Marie-Louise und Charlotte gesellt. Ich hatte ihnen das Geheimnis, das mich so ungewöhnlich zeitig nach Le Vieux-Nançay geführt hatte, anvertraut. Die Ellenbogen auf den Ladentisch gestützt oder im Sitzen die Handflächen auf dem gewachsten Holz, erzählten wir uns gegenseitig, was wir von dem geheimnisvollen jungen Mädchen wussten – es war recht wenig –, als uns ein Wagenrollen den Kopf heben ließ.

«Schaut, das ist sie!», flüsterten sie.

Einige Sekunden später hielt das seltsame Gespann vor der verglasten Tür. Ein alter Bauernwagen mit eingefassten Seitenbrettern und kleinen gedrechselten Sprossen darauf, wie wir ihn in dieser Gegend noch nie gesehen hatten, dazu ein alter Schimmel, der den Kopf beim Gehen stets so tief hielt, als ob er auf der Landstraße Gras abrupfen wollte. Und auf dem Bock saß – ich sage es in der Einfalt meines Herzens, bin mir aber wohl bewusst, was ich sage – das schönste Mädchen, das es wohl je auf der Welt gegeben hat.

Niemals noch sah ich solche Anmut mit so viel Würde vereint. Der Schnitt ihres Kleides ließ ihre Gestalt so schmal erscheinen, dass sie fast zerbrechlich wirkte. Ein weiter brauner Mantel, den sie beim Eintreten abnahm, hing um ihre Schultern. Sie war das ernsteste aller Mädchen, die zarteste aller Frauen. Schweres blondes Haar umrahmte die Stirn und das zart gezeichnete, fein geformte Gesicht. Auf ihre sehr reine Haut hatte die Sonne zwei Sommersprossen gesetzt …

An dieser Fülle von Schönheit bemerkte ich nur einen Fehler: In Augenblicken der Traurigkeit, Entmutigung oder auch nur tiefen Nachdenkens überzog sich das so reine Gesicht unregelmäßig wie Marmor mit leichter Röte, wie es bei gewissen

Kranken vorkommt, die schwer leidend sind, ohne dass man es weiß. Dann verwandelte sich die Bewunderung des Betrachters in eine Art Mitleid, das um so herzzerreißender war, als es unerwartet kam.

Das jedenfalls entdeckte ich, während sie langsam vom Wagen stieg und Marie-Louise mich, nachdem sie mich mit Gewandtheit vorgestellt hatte, veranlasste, mit ihr zu sprechen.

Man holte einen gewachsten Stuhl herbei, und sie setzte sich, an die Theke gelehnt, während wir stehen blieben. Sie schien den Laden gut zu kennen und zu mögen. Tante Julie war sogleich benachrichtigt worden und herbeigekommen; solange sie bedächtig sprach, die Hände über dem Leib gefaltet und ihren Kopf mit der weißen Haube, den Kopf einer bäuerlichen Geschäftsfrau, leicht hin und her wiegend, zögerte sich der von mir gefürchtete Augenblick, in dem ich in die Unterhaltung einbezogen würde, etwas hinaus ...

Aber es war dann ganz einfach:

«Sie werden also bald Lehrer sein?», fragte Mademoiselle de Galais.

Meine Tante zündete die Porzellanlampe über unseren Köpfen an, die den Laden schwach erleuchtete. Ich sah das sanfte, kindliche Gesicht des Mädchens, ihre so unbefangenen Augen; um so mehr überraschte mich ihre klare, ernste Stimme. Wenn sie aufhörte zu sprechen, hefteten sich ihre Augen irgendwo anders fest und blieben starr, während sie auf die Antwort wartete; dabei biss sie sich ein wenig auf die Lippen.

«Ich würde auch Unterricht geben, wenn Monsieur de Galais es gestattete», sagte sie. «Ich würde wie Ihre Mutter die kleinen Jungen unterrichten ...»

Und sie lächelte, weil sie gezeigt hatte, dass meine Vettern mit ihr über mich gesprochen hatten.

Sie fuhr fort: «Die Leute im Dorf sind immer höflich zu mir, freundlich und dienstbereit, und ich liebe sie sehr. Aber welches Verdienst habe ich denn, sie zu lieben? – Mit der Lehrerin dagegen sind sie streitsüchtig und geizig, nicht wahr? Fortwährend machen sie Geschichten wegen verlorener Federhalter, zu teurer Hefte oder weil die Kinder nichts lernen ... Nun, und ich müsste mich mit ihnen herumstreiten, und sie müssten mich trotzdem lieben. Das wäre viel schwieriger ...»
Und ohne zu lächeln, verfiel sie wieder in ihre nachdenkliche, kindliche Haltung und bekam ihren blauen, unbeweglichen Blick.
Wir fühlten uns alle drei etwas unbehaglich bei dieser Leichtigkeit, über heikle Dinge, über Verborgenes, Zartes zu sprechen, wovon nur in Büchern gut reden ist. Einen Moment herrschte Schweigen, dann kam langsam eine Unterhaltung in Gang ... Aber mit einem gewissen Bedauern und einer Gereiztheit gegen irgendetwas Geheimnisvolles in ihrem Leben fuhr die junge Dame fort:
«Und dann würde ich den Knaben beibringen, artig zu sein, eine Artigkeit, wie ich sie verstehe. Ich würde ihnen nicht den Wunsch einflößen, in der Welt herumzureisen, wie Sie, Monsieur Seurel, es zweifellos tun werden, sobald Sie Hilfslehrer sind. Ich würde sie lehren, das Glück zu finden, das ganz nahe bei ihnen ist, wenn es auch gar nicht so aussieht ...»
Marie-Louise und Firmin waren ebenso verdutzt wie ich; wir waren sprachlos. Sie fühlte unsere Verlegenheit und hielt ein, biss sich auf die Lippen und senkte den Kopf. Dann lächelte sie, als ob sie sich über uns lustig machte, und sagte:
«So gibt es vielleicht einen großen, verrückten jungen Mann, der mich am Ende der Welt sucht, während ich hier im Laden von Madame Florentin bin, unter dieser Lampe, und während

mein altes Pferd vor der Tür wartet. Wenn dieser junge Mann mich sähe, könnte er es sicher nicht glauben ...»

Als ich ihr Lächeln sah, fasste ich Mut und fühlte, dass jetzt die Zeit gekommen war, ebenfalls lachend zu sagen:

«Und vielleicht kenne ich diesen großen, verrückten jungen Mann?»

Sie sah mich hellwach an.

In diesem Augenblick läutete die Türglocke; zwei Frauen mit Körben traten ein.

«Kommt ins ‹Esszimmer›, da habt ihr Ruhe!», sagte meine Tante und öffnete die Küchentür.

Als Mademoiselle de Galais ablehnte und gleich wieder fortgehen wollte, erklärte meine Tante Julie:

«Monsieur de Galais ist hier und unterhält sich mit Florentin am Kamin.»

In der großen Küche brannte immer, selbst im August, unter Lodern und Prasseln ein unerschöpfliches Bündel Tannenreiser. Auch hier leuchtete eine Porzellanlampe; neben Florentin vor zwei Gläsern Treber saß ein Greis mit sanftem, durchfurchtem, glatt rasiertem Gesicht, schweigsam, wie ein Mensch es ist, den das Alter und die Erinnerungen niederdrücken.

Florentin begrüßte uns. Dann schrie er mit seiner starken Jahrmarkthändlerstimme so laut, als ob ein Fluss oder mehrere Hektar Land zwischen uns lägen:

«François! Ich habe eben für nächsten Donnerstag einen Nachmittagsausflug an den Cher verabredet. Die einen werden jagen, andere fischen oder tanzen oder baden. Mademoiselle de Galais, Sie kommen zu Pferd, Monsieur de Galais ist einverstanden. Ich habe alles vorbereitet ...»

«Und François», setzte er hinzu, als ob es ihm eben einfiele,

«du könntest deinen Freund, Monsieur Meaulnes, mitbringen. Er heißt doch Meaulnes?»
Mademoiselle de Galais wurde plötzlich sehr blass und erhob sich. Und in genau diesem Augenblick erinnerte ich mich, dass Meaulnes ihr damals auf dem seltsamen Gut, in der Nähe des Teiches, seinen Namen genannt hatte ...
Als sie mir zum Abschied die Hand reichte, bestand zwischen uns, viel deutlicher, als hätten wir viele Worte gewechselt, ein geheimes Einverständnis, das nur der Tod brechen konnte, und eine Freundschaft, die viel leidenschaftlicher war als eine große Liebe.
... Am anderen Morgen klopfte Firmin um vier Uhr an die Tür des kleinen Zimmers, das ich im Perlhühnerhof bewohnte. Es war noch finster, und ich konnte nur mit Mühe meine Sachen auf dem Tisch zusammenfinden, der mit Kupferleuchtern und nagelneuen Figuren gütiger Heiliger vollgestellt war, die man am Vorabend meiner Ankunft aus dem Laden geholt hatte, um mein Zimmer damit auszustatten. Ich hörte, wie Firmin im Hof mein Fahrrad aufpumpte und meine Tante in der Küche das Feuer schürte. Als ich abfuhr, ging gerade die Sonne auf. Aber ich hatte einen langen Tag vor mir: Zunächst wollte ich in Sainte-Agathe frühstücken, um mein längeres Ausbleiben zu erklären, und dann weiterfahren, um noch vor Abend in La Ferté-d'Angillon bei meinem Freund Augustin Meaulnes einzutreffen.

Drittes Kapitel

Eine Erscheinung

Ich hatte niemals lange Fahrten mit dem Rad gemacht, dies war meine erste. Jasmin hatte mir jedoch schon seit längerer Zeit trotz meines kranken Knies heimlich das Fahren beigebracht. Wenn schon für einen gewöhnlichen jungen Mann das Fahrrad ein recht vergnügliches Gerät ist, wie musste es erst mir armem Knaben erscheinen, der ich noch vor Kurzem vom vierten Kilometer ab jämmerlich das Bein nachzog und von Schweiß triefte ...! Von den Höhen herabfahren und sich in die Tiefe der Landschaft stürzen und wie mit Flügelschlägen die Weite der Landstraße entdecken, die sich vor einem auszubreiten und zu entfalten scheint; ein Dorf in wenigen Augenblicken durchqueren und es mit einem Blick ganz in sich aufnehmen – nur im Traum hatte ich bis dahin eine so reizvolle, so leichte Fahrt gekannt. Selbst die Steigungen überwand ich voll Schwung; denn, das muss man sagen, es war ja der Weg zu Meaulnes' Heimat, den ich so in mich einsog ...

Meaulnes hatte mir gesagt, als er mir einst sein Dorf beschrieb: «... kurz vor dem Ort sieht man ein großes Schaufelrad, das der Wind dreht ...» – Er wusste nicht, wozu es diente, oder vielleicht tat er nur so, um meine Neugierde zu reizen.

Erst als sich dieser späte Augusttag neigte, erblickte ich das auf einer weiten Wiese sich im Winde drehende große Rad, das wahrscheinlich Wasser für eine nahe gelegene Meierei pumpte. Hinter den Pappeln, die die Wiese umsäumten, traten schon die ersten Häuser hervor. Je weiter ich den großen Bogen entlangfuhr, den die Landstraße beschrieb, um einen Bach zu umgehen, umso stärker entfaltete und öffnete sich die Landschaft … Von der Brücke aus entdeckte ich endlich die Hauptstraße des Dorfes.

Hinter den Hecken der Wiese verborgen weideten Kühe, und ich hörte ihre Glocken, während ich, vom Rad gestiegen, beide Hände am Lenker, die Gegend betrachtete, in die ich eine so schwerwiegende Nachricht bringen sollte. Die Häuser, zu deren Eingängen kleine Holzbrücken führten, waren am Rande eines Grabens entlang der Straße aneinandergereiht wie Barken, die mit gerefften Segeln im Hafen in der Abendruhe ankern. Es war die Stunde, in der in jeder Küche das Feuer entzündet wird.

Da sank mir aus Furcht und irgendeinem unklaren Bedauern, diesen Frieden zu stören, der Mut, und gerade zur rechten Zeit, um meine plötzliche Schwäche noch zu steigern, erinnerte ich mich, dass ja Tante Moinel hier an einem kleinen Platz in La Ferté-d'Angillon wohnte.

Sie war eine meiner Großtanten. Alle ihre Kinder waren verstorben; Ernest, den letzten von allen, einen großen Jungen, der Lehrer werden wollte, hatte ich gut gekannt. Mein Großonkel Moinel, der alte Gerichtsschreiber, war ihnen bald gefolgt, und meine Tante war ganz allein in ihrem sonderbaren kleinen Haus geblieben, dessen Teppiche aus zusammengenähten Tuchproben bestanden. Die Tische waren mit Hühnern und Katzen aus Papier übersät; an den Wänden hingen alte Abschlusszeugnisse neben Bildern längst Verstorbener und Medaillons aus Haarlocken.

Nach so viel Kummer und Trauer war sie die Wunderlichkeit, aber auch die gute Laune in Person. Als ich den kleinen Platz gefunden hatte, an dem ihr Haus lag, rief ich sie laut durch die halb offene Tür und hörte sie ganz am Ende der drei hintereinander liegenden Stuben mit sehr hoher Stimme ausrufen:

«Nanu! Mein Gott!»

Sie goss ihren Kaffee versehentlich ins Feuer – wie konnte sie zu dieser Tageszeit Kaffee machen? – und erschien auf der Schwelle. Sie hielt sich übergerade und trug auf dem höchsten Punkt des Hauptes eine Art Hut-Haube; ihre sehr große verbeulte Stirn verlieh ihr etwas von einer Mongolin oder Afrikanerin. Sie lachte kichernd, wobei sie die Reste ihrer auffallend dünnen Zähne zeigte.

Während ich sie umarmte, ergriff sie ungeschickt und hastig meine Hand, die ich auf dem Rücken hielt. Mit einer völlig zwecklosen Geheimnistuerei – denn wir waren ja ganz allein – ließ sie ein Geldstück hineingleiten, das ich nicht zu betrachten wagte und das wohl ein Franc sein mochte ... Als ich Miene machte, sie um eine Erklärung zu bitten oder ihr zu danken, gab sie mir einen Stoß und rief:

«Ach! Lass doch! Ich weiß schon, wie es ist.»

Sie war stets arm, stets zum Borgen geneigt und verschwenderisch gewesen.

«Ich war immer dumm und immer unglücklich», sagte sie ohne jede Bitterkeit mit ihrer Falsettstimme.

Die brave Frau war davon überzeugt, dass ich ebensolche Geldsorgen hatte wie sie, und drückte mir die sehr geringen Ersparnisse dieses Tages in die Hand, ehe ich überhaupt zu Worte kam. Und auch späterhin empfing sie mich immer in gleicher Weise.

Die Mahlzeit verlief ebenso seltsam – zugleich traurig und wunderlich – wie der Empfang. Sie hatte stets eine Kerze in Reichweite, die sie bald wegnahm, mich im Dunkel lassend,

bald auf ein Tischchen voller Teller und am Rand schartiger oder gesprungener Vasen stellte.
«Dieser da», sagte sie, «haben die Preußen 1870 die Henkel abgebrochen, weil sie sie nicht mitnehmen konnten.»
Erst als ich die große Vase mit der tragischen Geschichte wiedersah, erinnerte ich mich, dass wir hier früher schon einmal gegessen und geschlafen hatten. Mein Vater hatte mich hierher in das Département Yonne zu einem Spezialisten gebracht, der mein Knie heilen sollte. Wir mussten den Schnellzug nehmen, der schon vor Tagesanbruch fuhr ... Ich erinnere mich des traurigen Abendessens von damals und all der Geschichten, die der alte Gerichtsschreiber erzählte, die Ellenbogen aufgestützt, vor sich eine Flasche mit rosafarbener Flüssigkeit.
Und ich erinnere mich auch meiner Ängste ... Nach der Mahlzeit hatte sich meine Großtante ans Feuer gesetzt und meinen Vater beiseite genommen, um ihm eine Gespenstergeschichte zu erzählen. «Ich drehe mich um ... Ach Gott, mein armer Louis, was sehe ich? Eine kleine, graue Frau ...» Sie war dafür bekannt, dass sie den Kopf voll solchen schauderhaften Zeugs hatte.
Und an jenem Abend nun, als ich, vom Radfahren müde, im großen Zimmer in Onkel Moinels kariertem Nachthemd im Bett lag, setzte sie sich zu mir und begann mit ihrer geheimnisvollsten und schrillsten Stimme:
«Mein armer François, ich muss dir etwas erzählen, worüber ich noch mit niemandem gesprochen habe ...»
Ich dachte: Das fehlte noch, jetzt werde ich wieder für die ganze Nacht in Schrecken gejagt wie vor zehn Jahren!
Und ich hörte zu. Sie nickte mit dem Kopf, blickte gerade vor sich hin, als ob sie die Geschichte sich selbst erzählte:
«Ich kam mit Moinel von einem Fest zurück. Es war die

erste Hochzeit, zu der wir beide nach dem Tode unseres armen Ernest gingen; und ich hatte dort meine Schwester Adèle getroffen, die ich vier Jahre nicht gesehen hatte! Ein alter, sehr reicher Freund Moinels hatte ihn zur Hochzeit seines Sohnes auf das Gut Les Sablonnières eingeladen. Wir hatten einen Wagen gemietet, was uns sehr viel kostete. Gegen sieben Uhr morgens kehrten wir auf der Landstraße zurück. Es war mitten im Winter, und die Sonne ging gerade auf. Niemand war weit und breit zu sehen. Was sehe ich da mit einem Mal vor uns auf der Landstraße? Einen kleinen Mann, einen kleinen jungen Mann, schön wie der Tag, der regungslos dastand und uns herankommen sah. Als wir näher kamen, sahen wir sein hübsches Gesicht, so hübsch und so weiß, dass es Furcht erregte! – Ich zitterte wie Espenlaub und ergriff Moinels Arm; ich dachte, es wäre der liebe Gott! Ich sage zu ihm:
‹Schau doch, da ist eine Erscheinung!›
Er antwortet mir ganz leise und wütend:
‹Ich habe es längst gesehen! Schweig, alte Klatschbase!› – Er wusste nicht, was er tun sollte; da blieb das Pferd stehen ... Aus der Nähe gesehen hatte die Erscheinung ein bleiches Gesicht, Schweiß auf der Stirn, eine schmutzige Baskenmütze und lange Hosen. Wir hörten eine zarte Stimme, die sagte: ‹Ich bin kein Mann, ich bin ein Mädchen. Ich bin davongelaufen und kann nicht mehr weiter. Würden Sie, Monsieur, Madame, mich in Ihren Wagen nehmen?›
Wir ließen sie sofort einsteigen. Kaum hatte sie sich gesetzt, fiel sie in Ohnmacht. Und ahnst du, mit wem wir es zu tun hatten? Es war die Braut des jungen Mannes von Les Sablonnières, Frantz de Galais, bei dem wir zur Hochzeit eingeladen waren!»

«Aber wenn die Braut entflohen war», sagte ich, «gab es doch keine Hochzeit?»
«Nein, natürlich nicht», meinte sie, mich verlegen ansehend. «Es fand keine Hochzeit statt. Weil diese arme Irre sich tausend Tollheiten in den Kopf gesetzt hatte, die sie uns nachher erzählte. Sie war eine der Töchter eines armen Webers. Sie war überzeugt, dass so viel Glück unmöglich sei, dass der junge Mann zu jung für sie sei, dass alle Wunder, die er ihr beschrieben hatte, nur in der Einbildung bestanden. Und als Frantz endlich gekommen war, um sie zu holen, hatte Valentine es mit der Angst bekommen. Er ging mit ihr und ihrer Schwester im erzbischöflichen Garten von Bourges spazieren, trotz Kälte und Wind ... Der junge Mann war voller Aufmerksamkeit für die Ältere, sicher aus Zartgefühl und weil er die Jüngere liebte. Da hat sich nun mein verrücktes Mädchen, ich weiß nicht was eingebildet; sie gab vor, ein Tuch zu Hause holen zu wollen; dort zog sie, um vor Verfolgung sicherer zu sein, Männerkleidung an und entfloh zu Fuß auf der Landstraße nach Paris. Ihr Bräutigam erhielt einen Brief von ihr, in dem sie erklärte, sie wolle zu einem jungen Mann gehen, den sie liebe. Und das war nicht wahr ...
‹Das Opfer, das ich gebracht habe, macht mich glücklicher, als wenn ich seine Frau wäre›, sagte sie mir. Ja, mein törichtes Kind, aber er hatte, als er wartete, nicht die geringste Absicht, die Schwester zu heiraten. Er hat sich mit einem Pistolenschuss töten wollen; man entdeckte Blutspuren im Wald, aber die Leiche hat man nie gefunden.»
«Und was habt ihr mit dem armen Mädchen gemacht?»
«Zunächst haben wir ihr einen Schluck eingeflößt, dann haben wir ihr zu essen gegeben, und als wir heimgekommen waren, hat sie am Feuer geschlafen. Sie ist fast den ganzen Winter

bei uns geblieben. Tagsüber, solange es hell war, schneiderte sie; sie nähte Kleider, fertigte Hüte und putzte das ganze Haus mit wahrer Leidenschaft. Sie hat alle die Tapeten, die du hier siehst, geklebt. Und seit sie hier war, nisten die Schwalben draußen. Aber am Abend, bei Einbruch der Nacht, wenn sie mit der Arbeit fertig war, fand sie immer einen Vorwand, in den Hof, den Garten oder vor die Tür zu gehen, selbst wenn es Stein und Bein fror. Und dort fanden wir sie dann, wie sie dastand und herzzerreißend weinte.
‹Nun, was fehlt Ihnen denn? Sagen Sie's doch!›
‹Nichts, Madame Moinel!›
Und dann kam sie wieder herein.
Die Nachbarn sagten:
‹Sie haben da ein recht hübsches kleines Dienstmädchen gefunden, Madame Moinel!›
Im März hat sie trotz all unserer Bitten ihren Weg nach Paris fortsetzen wollen. Ich gab ihr Kleider von mir, die sie für sich zurechtmachte. Moinel kaufte ihr am Bahnhof die Fahrkarte und gab ihr etwas Geld.
Sie hat uns nicht vergessen; sie ist in Paris in der Nähe von Notre Dame Schneiderin. Sie schreibt uns noch, ob wir nichts von Les Sablonnières wüssten. Um sie ein für allemal von dieser Idee abzubringen, habe ich ihr geantwortet, dass das Gut verkauft und die Gebäude niedergerissen seien, dass der junge Mann für immer verschwunden und das Mädchen verheiratet sei. Ich denke auch, dass dies alles stimmt. Seitdem schreibt meine Valentine viel seltener ...»

Was mir Tante Moinel erzählte, war keine Gespenstergeschichte, obwohl ihre hohe, durchdringende Stimme sich ganz gut dazu geeignet hätte; aber trotzdem war mir höchst unbehaglich zumute, denn wir hatten Frantz, dem Bohémien, geschworen, ihm wie Brüder zu dienen – und hier war mir die Gelegenheit dazu gegeben ...

Aber sollte ich jetzt wirklich Meaulnes die Freudenbotschaft, die ich ihm am nächsten Morgen bringen wollte, durch das, was ich eben erfahren hatte, vergällen? Warum ihn in ein schier unmögliches Unternehmen stürzen? Den Aufenthaltsort des Mädchens kannten wir zwar, aber wo sollten wir den in der Welt Umhervagabundierenden suchen? Lassen wir die Irren bei den Irren, dachte ich ... Delouche und Boujardon hatten schon recht. Wie viel Ungelegenheiten hatte uns dieser überspannte Frantz schon bereitet! Und ich beschloss, nicht eher etwas zu sagen, als bis ich die Hochzeit von Augustin Meaulnes und Mademoiselle de Galais erlebt hätte.

Als ich diesen Entschluss gefasst hatte, blieb mir noch das unangenehme Empfinden einer schlimmen Vorahnung – ein Empfinden, das ich mir als töricht bald aus dem Kopf schlug.

Die Kerze war fast heruntergebrannt; eine Mücke summte; aber Tante Moinel saß da, den Kopf unter ihrer Samtkapotte, die sie nur zum Schlafen ablegte, gesenkt, die Ellenbogen auf die Knie gestützt, und begann ihre Geschichte von Neuem ... Manchmal hob sie plötzlich den Kopf und sah mich an, um festzustellen, welchen Eindruck ihre Geschichte auf mich machte, oder vielleicht um zu sehen, ob ich nicht eingeschlafen sei. Schließlich legte ich mich heimlich ins Kopfkissen zurück, schloss die Augen und tat so, als ob ich einschliefe ...

«Aber nein! Du schläfst?», sagte sie mit tieferer Stimme und etwas enttäuscht.

Ich hatte Mitleid mit ihr und beteuerte:

«Nein, Tante, glaube mir!»

«Doch!», entgegnete sie. «Ich verstehe übrigens gut, dass dich das alles nicht interessiert. Ich erzähle dir da von Leuten, die du nicht kennst.»
Und ich Feigling antwortete diesmal nicht.

Viertes Kapitel

Die große Neuigkeit

Als ich am nächsten Morgen auf die Hauptstraße trat, war ein so schönes Ferienwetter, eine so große Ruhe, und über dem ganzen Dorf schwebten so friedliche, vertraute Geräusche, dass ich mich wieder froh fühlte wie einer, der gute Nachricht bringt …

Augustin bewohnte mit seiner Mutter das alte Schulhaus. Beim Tode seines Vaters, der schon lange im Ruhestand gelebt hatte und durch eine Erbschaft wohlhabend geworden war, hatten sie auf Meaulnes' Wunsch das Schulgebäude gekauft, in dem der alte Lehrer zwanzig Jahre hindurch unterrichtet hatte und wo Meaulnes selbst Lesen und Schreiben gelernt hatte. Das große quadratische Haus bot keinen sehr einladenden Anblick und sah aus wie eine Gemeindeverwaltung, was es auch tatsächlich gewesen war. Die Fenster des Erdgeschosses lagen nach der Straße so hoch, dass niemand von außen hineinsehen konnte, und der baumlose Hof dahinter, an dessen Ende eine hohe Pausenhalle die Aussicht auf das Land versperrte, war gewiss der ödeste und traurigste ehemalige Schulhof, den ich je gesehen habe …

In dem winkligen Korridor, auf den vier Türen führten, traf ich Meaulnes' Mutter mit einem großen Pack Wäsche, die sie wohl schon in der frühesten Morgenstunde dieses Ferientages im Garten zum Trocknen aufgehängt hatte. Ihre Frisur war halb aufgelöst, und einige graue Strähnen hingen ihr ins Gesicht. Ihre regelmäßigen Züge unter einer altmodischen Haube sahen geschwollen und müde aus wie nach einer durchwachten Nacht, und sie neigte traurig und nachdenklich den Kopf.

Als sie mich aber bemerkte, erkannte sie mich sofort und lächelte.

«Sie kommen gerade zur rechten Zeit», sagte sie. «Sehen Sie, ich hole die Wäsche herein, die ich für Augustins Abreise habe trocknen lassen. Ich war die ganze Nacht auf, habe alles für ihn zurechtgemacht. Der Zug fährt um fünf Uhr, aber wir werden noch mit allem fertig.»

Sie tat so zuversichtlich, dass man hätte meinen können, der Entschluss zur Reise rühre von ihr; doch wahrscheinlich wusste sie noch nicht einmal, wohin Meaulnes fahren sollte.

«Gehen Sie hinauf, Sie finden ihn in der ‹Gemeindeverwaltung› beim Schreiben.»

Eiligst stieg ich die Treppe hinauf, öffnete die Tür rechts, an der man das Schild mit der Aufschrift ‹Gemeindeverwaltung› hatte hängen lassen, und befand mich in einem großen Raum mit vier Fenstern, von denen zwei zum Dorf, zwei zum Feld hinaus gingen; die Wände waren mit vergilbten Bildern der Präsidenten Grévy und Carnot geschmückt. Auf einem großen Podium, das den ganzen Hintergrund des Zimmers einnahm, standen noch vor einem grün gedeckten Tisch die Stühle der Gemeinderäte. In der Mitte saß in einem alten Lehnstuhl, der für den Bürgermeister bestimmt gewesen war, Meaulnes und schrieb, seine Feder tief in ein altmodisches, herzförmiges Tintenfass aus Steingut tauchend. An diesen Ort, der für irgendeinen Dorfrentner passend schien, zog sich Meaulnes während der langen Ferien zurück, wenn er nicht gerade in der Gegend umherstreifte …

Als er mich erkannte, erhob er sich, aber nicht mit der freudigen Hast, die ich erwartet hatte.
«Seurel!», sagte er nur, tief erstaunt.
Er war der große Bursche mit dem knochigen Gesicht und dem kurz geschorenen Haar geblieben. Ein ungepflegter Schnurrbart begann ihm über den Lippen zu sprießen. Er hatte noch den gleichen offenen Blick; aber über die Glut der vergangenen Jahre schien eine Art Nebelschleier gebreitet, den nur ab und zu seine frühere große Leidenschaft lüftete ...
Mein Anblick schien ihn in Verwirrung zu bringen. Mit einem Satz war ich auf dem Podium. Aber seltsamerweise dachte er nicht einmal daran, mir die Hand zu reichen. Er hatte sich mir zugewandt, stützte sich mit den Händen rückwärts auf den Tisch, mit tief verlegener Miene. Als er mich so anblickte, ohne mich zu sehen, war er schon ganz von dem in Anspruch genommen, was er mir sagen wollte. Als ein Mensch, dem es stets schwer wurde, zum Sprechen anzuheben, so wie es bei Einsamen, Jägern und Abenteurern zu sein pflegt, hatte er einen Entschluss gefasst, ohne sich um die Worte zu kümmern, mit denen er ihn erklären könnte. Und erst jetzt, als ich vor ihm stand, begann er die notwendigen Worte mühsam abzuwägen.
Mittlerweile erzählte ich ihm heiter, wie ich hergekommen war, wo ich die Nacht verbracht hatte und dass ich zu meiner Überraschung gesehen hätte, dass Madame Meaulnes die Abreise ihres Sohnes vorbereitete ...
«Ach, sie hat es dir gesagt?», fragte er.
«Ja, aber ich denke, es wird keine lange Reise sein?»
«Doch, eine sehr lange Reise!»
Für einen Moment war ich fassungslos, in dem Gefühl, dass ich gleich mit einem einzigen Wort diesen mir unbegreiflichen

Entschluss rückgängig machen würde; ich wagte nichts mehr zu sagen und wusste nicht, wo ich mit meiner Botschaft beginnen sollte.

Aber er sprach endlich wie jemand, der sich rechtfertigen will. «Seurel», sagte er, «du weißt, was mein seltsames Abenteuer von Sainte-Agathe für mich bedeutete; es war für mich der Grund, zu leben und zu hoffen. Was sollte ich tun, als ich diese Hoffnung verloren hatte? Konnte ich wie andere Menschen leben? – Und ich habe doch versucht, dort in Paris zu leben, als ich sah, dass alles zu Ende war und dass es zwecklos sei, das verlorene Gut zu suchen … Aber wie sollte ein Mensch, der auch nur einen Augenblick im Paradiese geweilt hat, wieder wie alle anderen leben können? Was für andere Glück bedeutet, erschien mir lächerlich, und als ich mich eines Tages in aller Aufrichtigkeit entschloss, genau wie alle anderen zu leben, da sammelte ich am gleichen Tage Gewissensbisse für lange Zeit in mir an …»

Ich saß auf dem Podium auf einem Stuhl und hörte mit gesenktem Kopf zu, ohne ihn anzusehen, und wusste nicht, wie ich mir diese dunklen Äußerungen erklären sollte.

«Erkläre dich endlich näher, Meaulnes! Weshalb diese lange Reise? Hast du irgendeinen Fehler gutzumachen oder ein Versprechen zu erfüllen?»

«Ja, das wohl!», antwortete er. «Du erinnerst dich jenes Versprechens, das ich Frantz gegeben habe?»

«Ah!», sagte ich erleichtert. «Handelt es sich nur darum?»

«Jawohl! Und vielleicht auch darum, einen Fehler wiedergutzumachen. Beides zugleich …»

Während des nun folgenden Schweigens beschloss ich zu sprechen und legte mir meine Worte zurecht.

Er kam mir zuvor: «Es gibt nur eine Erklärung, an die ich

glaube. Gewiss, ich hätte Mademoiselle de Galais gern noch einmal wiedergesehen, wenigstens wiedergesehen ... Aber als ich das namenlose Gut entdeckte, hatte ich, davon bin ich jetzt überzeugt, eine so hohe Stufe erreicht, einen solchen Grad der Vollkommenheit und Reinheit, wie ich ihn nie wieder erreichen werde. Nur im Tode, wie ich dir einmal schrieb, werde ich vielleicht die Schönheit jener Zeit wiederfinden ...»

Er näherte sich mir und fuhr in unverändertem Ton mit seltsamer Erregung fort:

«Aber höre, Seurel! Diese neue Unternehmung, diese große Reise, der Fehler, den ich begangen habe und den ich wiedergutmachen muss, das alles ist gewissermaßen mein altes Abenteuer, das sich fortsetzt ...»

Eine Weile versuchte er mühsam, seine Erinnerungen wieder zurückzurufen. Ich hatte die vorherige Gelegenheit versäumt; diesmal wollte ich sie um keinen Preis vorübergehen lassen, und ich sprach – zu früh, denn später bereute ich es bitter, sein Bekenntnis nicht angehört zu haben.

Ich sagte also meinen Satz her, den ich für die vorhergehende Gelegenheit vorbereitet hatte, der aber jetzt nicht mehr passte. Ohne eine Bewegung und kaum den Kopf hebend, begann ich:

«Und wenn ich dir jetzt sagte, dass noch nicht alle Hoffnung verloren ist?»

Er sah mich an, dann wandte er plötzlich die Augen ab und errötete, wie ich noch nie jemanden habe erröten sehen: Das Blut stieg ihm so schnell in den Kopf, dass seine Schläfen heftig pochten ...

«Was willst du damit sagen?», fragte er schließlich mit kaum hörbarer Stimme.

Und nun erzählte ich ihm in einem Zuge alles, was ich wusste, was ich getan hatte und dass, wie die Dinge jetzt lagen, es beinahe so aussah, als ob Yvonne de Galais mich zu ihm geschickt habe.

Er war erschreckend blass geworden.

Während meiner ganzen Erzählung hörte er still zu, den Kopf ein wenig eingezogen wie jemand, der überrascht wird und nicht weiß, wie er sich verteidigen, verbergen oder wie er entfliehen soll; er unterbrach mich, soweit ich mich erinnere, nur ein einziges Mal. Ich hatte ganz nebenbei erwähnt, dass man Les Sablonnières ganz abgebrochen hatte und dass das frühere Gut nicht mehr vorhanden war.

«Ah», sagte er, «du siehst» – als ob er eine Gelegenheit gesucht hätte, sein Verhalten und die Verzweiflung, der er sich hingegeben hatte, zu rechtfertigen –, «du siehst, es ist nichts mehr da ...»

Zum Schluss erzählte ich ihm, dass mein Onkel Florentin eine Landpartie veranstalte, zu der Mademoiselle de Galais zu Pferde kommen wolle, und dass er selbst dazu eingeladen sei; ich war überzeugt, dass die Aussicht auf eine so günstige Gelegenheit alles, was von seinem Kummer noch blieb, beseitigen würde. Aber er schien ganz fassungslos zu sein und hüllte sich in Schweigen.

«Du musst gleich deine Reise abblasen. Wir wollen es deiner Mutter sagen!», mahnte ich ungeduldig ...

Als wir beide hinuntergingen, fragte er zögernd:

«Eine Landpartie? Ich muss also wirklich kommen?»

«Aber ich bitte dich! Das versteht sich von selbst!», entgegnete ich. Er sah aus wie jemand, den man bei den Schultern vorwärts schiebt.

Unten angekommen, teilte Augustin Madame Meaulnes mit, dass ich mit ihnen zu Mittag und Abend essen und im Hause

schlafen würde und dass er am anderen Morgen ein Rad leihen wolle, um mit mir nach Le Vieux-Nançay zu fahren.
«Sehr schön!», sagte sie, mit dem Kopf nickend, als hätte diese Nachricht all ihre Vermutungen bestätigt.
Ich setzte mich in das kleine Speisezimmer unter illustrierte Kalender, Damaszenerdolche und sudanesische Kalebassen, die ein Bruder von Monsieur Meaulnes, ein ehemaliger Marineinfanterist, von seinen weiten Reisen mitgebracht hatte.
Augustin ließ mich dort vor dem Essen einen Augenblick allein, und ich hörte, wie er im Nebenzimmer, wo die Mutter sein Gepäck zurechtgemacht hatte, mit etwas gedämpfter Stimme zu ihr sagte, sie möge seinen Koffer noch nicht auspacken – denn seine Reise könne vielleicht nur aufgeschoben sein ...

Fünftes Kapitel

Die Landpartie

Ich konnte Augustin auf der Straße nach Le Vieux-Nançay kaum folgen; er fuhr wie ein Rennfahrer und stieg bei Steigungen nicht ab. Anstelle des unerklärlichen Zauderns vom Vortag beherrschte ihn jetzt ein Fieber, eine nervöse Spannung, der Wunsch, so schnell wie möglich anzukommen, was mich doch etwas erschreckte. Bei meinem Onkel zeigte er dieselbe Ungeduld, er schien unfähig, sich für irgendetwas zu erwärmen, bis zu dem Augenblick, als wir am anderen Tage gegen zehn Uhr morgens alle im Wagen saßen, um ans Ufer des Flusses zu fahren.

Der August war fast vorüber; der Sommer neigte sich seinem Ende zu. Die gelb werdenden Kastanienbäume begannen leere Schalen auf die weiße Landstraße zu streuen. Unsere Fahrt dauerte nicht lange; das am Cher gelegene Gut Les Aubiers, zu dem wir fuhren, war kaum zwei Kilometer von Les Sablonnières entfernt. Ab und zu trafen wir andere Gäste, die im Wagen zum Treffpunkt fuhren, sogar junge Leute zu Pferde, die Florentin kühn im Namen von Monsieur de Galais eingeladen hatte ... Wie damals hatte man Arm und Reich, Gutsbesitzer und Bauern zu mischen versucht. Da sahen wir auch Jasmin Delouche, der durch den Förster Baladier vor Kurzem meinen Onkel kennengelernt hatte, auf seinem Rad ankommen.

Als Meaulnes ihn erblickte, sagte er:

«Der da besaß nun den Schlüssel zu allem, während wir bis nach Paris hin suchten. Es ist zum Verzweifeln!»

Je öfter er ihn ansah, desto mehr wuchs sein Groll; der andere dagegen bildete sich ein, auf unsere Dankbarkeit Anspruch zu haben, und fuhr bis zum Ziel dicht neben uns her. Man sah ihm an, dass er sich bemüht hatte, sich schön anzuziehen, was ihm aber nur kümmerlich gelungen war; die Schöße eines abgetragenen Rockes schlugen gegen das Schutzblech seines Rades ...

Sein ältliches Gesicht vermochte kein Gefallen zu erwecken, trotz des Zwanges, den er sich auferlegte, liebenswürdig zu sein; ich empfand vielmehr ein unbestimmtes Mitleid mit ihm. Aber mit wem hätte ich an diesem Tage nicht Mitleid gehabt?

An jenen Ausflug denke ich immer mit einem unklaren Missvergnügen, einer Art Beklemmung zurück. Ich hatte mich so sehr auf diesen Tag gefreut. Alles schien so trefflich vorbereitet, um uns glücklich zu machen; und wie wenig waren wir es! – Und doch waren die Ufer des Cher so schön! Auf der Seite, wo wir haltmachten, senkte sich das Land zum Fluss hin in einem sanften Hang und war in kleine grüne Wiesen und von Hecken umgebene Weidengehölze gegliedert wie in viele winzige Gärten. Das jenseitige Ufer des Flusses bildeten graue, felsige, schroffe Hügel, auf denen man in der Ferne zwischen Tannen romantische Schlösschen mit einem Türmchen entdeckte. Von Weitem hörte man manchmal die Meute vom Schloss Préveranges bellen.

Wir waren an diesen Ort durch ein Wirrwarr von kleinen Wegen gelangt, die teils mit weißen Kieselsteinen bestreut, teils mit tiefem Sand bedeckt waren und in der Nähe des Ufers durch lebhafte Quellen in Bäche verwandelt wurden. Beim

Vorübergehen hakten sich die Zweige wilder Johannisbeeren an unseren Ärmeln fest. Bald tauchten wir in das erfrischende Dämmerlicht tiefer Gräben, bald wiederum badeten wir, wenn die Hecken aufhörten, in dem das ganze Tal durchflutenden hellen Licht. Als wir uns dem Fluss näherten, sahen wir weit auf dem anderen Ufer einen Mann in den Felsen hängen, der mit langsamen Bewegungen Angelschnüre auslegte. Mein Gott, wie herrlich war das Wetter!

Eine Birkengruppe bot uns ein Refugium, wir ließen uns im Gras nieder. Vor uns lag ein ebener Rasen, der für endlose Spiele Raum zu bieten schien.

Die Wagen wurden abgespannt und die Pferde nach dem Gut Les Aubiers gebracht. Man begann, im Wald die Vorräte auszupacken und auf der Wiese kleine Klapptische aufzustellen, die mein Onkel mitgebracht hatte.

Jetzt wurden Leute gebraucht, die bereit waren, bis zur Abzweigung vom nächsten Hauptweg vorzugehen und die Nachzügler abzupassen, um ihnen zu sagen, wo wir waren. Ich erbot mich sogleich; Meaulnes folgte mir, und wir stellten uns bei der Hängebrücke auf, wo sich mehrere Fußpfade und der Weg, der von Les Sablonnières kam, kreuzten.

Wir gingen auf und ab und warteten, sprachen von vergangenen Zeiten und versuchten uns, so gut es ging, die Zeit zu vertreiben. Aus Le Vieux-Nançay traf noch ein Wagen ein mit Bauern, die wir nicht kannten, mit einem großen, bändergeschmückten Mädchen. Dann nichts mehr. Doch, drei Kinder in einem Eselwagen, die Kinder des früheren Gärtners von Les Sablonnières.

«Ich glaube, die kenne ich», meinte Meaulnes. «Es sind, scheint mir, die Kinder, die mich am ersten Abend des Festes bei der Hand genommen und zu Tisch geführt haben ...»

Aber in diesem Augenblick stiegen die Kinder ab, weil der Esel nicht mehr ziehen wollte, und stachen, zogen und stießen ihn, so sehr sie konnten; da behauptete Meaulnes enttäuscht, er müsse sich wohl geirrt haben ...

Ich fragte, ob sie Monsieur und Mademoiselle de Galais auf der Landstraße begegnet wären. Eines antwortete, es wisse nichts, das andere: «Ich glaube wohl, Monsieur», und so wussten wir auch nicht mehr als vorher. Endlich bewegten sie sich abwärts, auf die Wiese zu, indem die einen das Eselchen am Zaum zogen und die anderen den Wagen schoben. Wir warteten weiter. Meaulnes blickte unausgesetzt auf die Biegung des Weges nach Les Sablonnières und erwartete mit einer Art Furcht das Erscheinen des Mädchens, das er einst so gesucht hatte. Eine sonderbare, fast komische Erregtheit hatte sich seiner bemächtigt, die er an Jasmin ausließ. Von der kleinen Böschung, auf die wir geklettert waren, um den Weg zu überblicken, sahen wir unten auf der Wiese eine Gruppe von Gästen, in deren Mitte Delouche sich bemühte, Eindruck zu machen.

«Sieh nur, wie er sich aufbläst, dieser Dummkopf!», sagte Meaulnes zu mir.

Ich entgegnete:

«Lass ihn doch! Er tut was er kann, der arme Bursche.»

Augustin ließ sich nicht abbringen. Unten schien ein Hase oder ein Eichhörnchen aus dem Dickicht herausgesprungen zu sein. Jasmin nahm, um zu zeigen, was er konnte, die Verfolgung auf.

«So ist's recht! Jetzt rennt er sogar!», sagte Meaulnes in einem Ton, als ob diese Kühnheit alles andere überträfe.

Diesmal konnte ich mich nicht enthalten zu lachen. Auch über Meaulnes' Gesicht glitt ein flüchtiges Lächeln.

Nach einer weiteren Viertelstunde sagte er:

«Wenn sie gar nicht käme?»
Ich antwortete: «Aber sie hat es ja versprochen! Sei doch nicht so ungeduldig!»
Er begann wieder auszuspähen. Endlich aber konnte er das unerträgliche Warten nicht länger aushalten und sagte:
«Höre, ich werde nun mit den anderen hinuntergehen. Ich weiß nicht, was jetzt gegen mich steht, aber ich fühle, wenn ich hierbleibe, wird sie nie kommen – es wäre unmöglich, dass sie gleich am Ende dieses Weges erschiene.»
Er ging zur Wiese hinunter und ließ mich allein zurück. Ich lief einige hundert Meter die Straße entlang, um mir die Zeit zu vertreiben. Und an der ersten Wegbiegung sah ich Yvonne de Galais im Damensitz auf ihrem alten Schimmel, der sich an diesem Morgen so munter gebärdete, dass sie an den Zügeln ziehen musste, um zu verhindern, dass er in Trab fiel. Vorne neben dem Pferd schritt mühsam und still Monsieur de Galais. Sie hatten sich wahrscheinlich unterwegs abgelöst und abwechselnd das Reittier bestiegen.
Als das Mädchen mich ganz allein sah, lächelte sie, sprang behände ab, übergab die Zügel ihrem Vater und ging auf mich, der ich ihr entgegeneilte, zu.
«Ich bin recht froh, Sie allein zu finden», sagte sie, «denn ich möchte niemandem außer Ihnen den alten Bélisaire zeigen und ihn auch nicht bei den anderen Pferden lassen. Erstens ist er zu hässlich und zu alt; und dann fürchte ich immer, dass er von einem anderen Pferd verletzt werden könnte. Aber ich getraue mich nur auf ihm zu reiten; wenn er einmal tot ist, reite ich überhaupt nicht mehr.»
Auch bei Mademoiselle de Galais fühlte ich, wie bei Meaulnes, unter dieser reizenden Lebhaftigkeit, unter dieser scheinbar so ruhigen Anmut Ungeduld und fast Bangigkeit. Sie sprach

schneller als sonst. Trotz rosiger Wangen zeigte sich um ihre Augen und an der Stirn eine starke Blässe, die ihre innere Unruhe verriet.
Wir beschlossen, Bélisaire an einen Baum in dem Wäldchen nahe der Straße anzubinden. Der alte Monsieur de Galais nahm, wortlos wie immer, den Halfter heraus und band das Tier an – ein wenig tief, wie mir schien. Ich versprach, vom Gut bald Heu, Hafer und Stroh schicken zu lassen ...
Und Mademoiselle de Galais kam auf die Wiese herunter, wie sie einst – so stelle ich es mir vor – zum Seeufer herabgekommen war, als Meaulnes sie zum erstenmal sah.
Am Arm ihres Vaters, mit der linken Hand den weiten, leichten Mantel, der sie umhüllte, zur Seite raffend, schritt sie mit ihrer zugleich so ernsten und kindlichen Miene auf die Gäste zu. Ich ging neben ihr. Alle auf der Wiese verstreuten oder entfernt spielenden Gäste standen auf und kamen zusammen, um sie zu empfangen; einen Augenblick, während jeder zusah, wie sie sich näherte, schwieg alles still.
Meaulnes hatte sich zur Gruppe der jungen Männer gesellt, und nur durch seine Größe hätte man ihn von den anderen unterscheiden können; doch es gab auch junge Leute, die fast ebenso groß waren wie er. Er tat nichts, was die Aufmerksamkeit auf ihn lenken konnte, keine Bewegung, keinen Schritt. Ich sah ihn in seinem grauen Aufzug reglos stehen und wie alle anderen starr auf das herankommende, so schöne Mädchen blicken. Schließlich jedoch strich er mit einer unbewussten, verlegenen Handbewegung über seinen unbedeckten Kopf, als ob er inmitten seiner wohlgekämmten Kameraden seinen streng kurz geschorenen Bauernschädel verbergen wollte.
Dann drängte sich die Gruppe um Mademoiselle de Galais. Die Mädchen und Burschen, die sie nicht kannte, wurden

ihr vorgestellt … Jetzt kam mein Kamerad an die Reihe; ich war ebenso ängstlich, wie er es sein mochte, und wollte gerade selbst die Vorstellung übernehmen.

Aber ehe ich etwas sagen konnte, trat das Mädchen mit überraschender Entschlossenheit und Würde auf ihn zu und sagte:

«Da ist ja Augustin Meaulnes!»

Und sie reichte ihm die Hand.

Sechstes Kapitel

Die Landpartie

(Schluss)

Neugekommene drängten sich hinzu, um Yvonne de Galais zu begrüßen, und so wurden die beiden jungen Leute fast sofort getrennt. Ein unglücklicher Zufall wollte, dass sie auch beim Mittagessen nicht an demselben kleinen Tisch saßen. Aber Meaulnes schien wieder Vertrauen und Mut gefasst zu haben. Mehrmals sah ich, der ich isoliert zwischen Delouche und Monsieur de Galais saß, wie mir mein Kamerad von Weitem freundschaftlich zuwinkte.

Erst gegen Ende des Abends, als schon überall Spiele, Baden, Unterhaltungen und Bootsfahrten auf dem nahen See im Gange waren, kam Meaulnes wieder mit dem Mädchen zusammen. Wir plauderten, auf herbeigeholten Gartenstühlen sitzend, mit Delouche, als Yvonne de Galais entschlossen eine Gruppe junger Leute verließ, bei denen sie sich zu langweilen schien, und zu uns kam. Ich erinnere mich, dass sie uns fragte, warum wir nicht wie die anderen auf dem See von Les Aubiers Boot führen.

«Wir sind ein paarmal heute Nachmittag herumgefahren», antwortete ich. «Aber es war ziemlich langweilig, und wir hatten bald genug.»

«Warum rudern Sie denn nicht auf dem Fluss?», fragte sie.

«Die Strömung ist zu stark, wir würden fortgetrieben werden.»

«Wir müssten ein Motorboot oder ein Dampfschiff haben wie damals», meinte Meaulnes.

«Das haben wir nicht mehr», sagte sie mit leiser Stimme, «wir haben es verkauft.»

Ein peinliches Schweigen entstand, das Jasmin benutzte, um zu sagen, er ginge jetzt zu Monsieur de Galais.

«Ich weiß schon, wo ich ihn finde», sagte er.

Wie merkwürdig der Zufall spielt! Diese beiden so vollkommen verschiedenen Menschen hatten aneinander Gefallen gefunden und sich seit dem Morgen kaum getrennt. Monsieur de Galais hatte mich gegen Abend einen Augenblick beiseite genommen, um mir mitzuteilen, ich hätte da einen Freund, der Takt, Ehrerbietung und alle guten Eigenschaften besäße. Vielleicht war er sogar so weit gegangen, ihm das Geheimnis der Existenz Bélisaires und den Ort seines Verstecks anzuvertrauen.

Auch ich dachte daran, mich zu entfernen, aber ich fühlte, dass die beiden jungen Leute, wie sie sich hier gegenübersaßen, so verlegen und ängstlich waren, dass ich es für klüger hielt zu bleiben ...

Jasmins Taktgefühl und meine Vorsicht halfen wenig. Sie begannen zu sprechen. Aber Meaulnes kehrte immer wieder mit einem Eigensinn, der ihm wahrscheinlich selbst nicht zum Bewusstsein kam, auf all die Wunderdinge von damals zurück; und jedes Mal musste das auf die Folter gespannte Mädchen ihm wiederholen, dass alles verschwunden sei: Das alte, so merkwürdige und verwinkelte Gebäude war abgebrochen, der große Teich ausgetrocknet und zugeschüttet; und in alle Winde zerstreut die Kinder in den reizenden Kostümen ...

Meaulnes entgegnete nichts als ein verzweifeltes «Ach!» und tat so, als ob jedes dieser verschwundenen Dinge ihm gegen das Mädchen oder gegen mich recht gäben ...

Wir gingen nebeneinander her ... Vergeblich versuchte ich die Traurigkeit, die uns alle drei überkam, zu verscheuchen. Mit einer plötzlichen Frage gab Meaulnes wieder seiner fixen Idee nach. Er verlangte Auskunft über alles, was er einst gesehen hatte: die kleinen Mädchen, den Kutscher der alten Berline, die Ponys vom Wettrennen ... «Sind die Ponys auch verkauft? Gibt es keine Pferde mehr auf dem Gut?»
Sie antwortete, es gebe keine mehr. Von Bélisaire sprach sie nicht.
Dann erwähnte er die Gegenstände in seinem Zimmer: die Armleuchter, den großen Spiegel, die alte zerbrochene Laute ... Nach all diesen Dingen fragte er mit ungewöhnlicher Leidenschaftlichkeit, als ob er sich überzeugen wollte, dass von seinem schönen Abenteuer gar nichts übrig geblieben war, dass das Mädchen ihm auch nicht ein Überbleibsel bringen konnte, das bewiesen hätte, dass beide nicht geträumt hatten, so wie ein Taucher vom Grunde des Wassers einen Kieselstein und Algen heraufbringt.
Wir beide, Mademoiselle de Galais und ich, konnten uns nicht enthalten, traurig-bitter zu lächeln; endlich entschloss sie sich zu folgender Erklärung für ihn:
«Sie werden das schöne Schloss, das Monsieur de Galais und ich für den armen Frantz hergerichtet hatten, nicht wiedersehen. Wir verbrachten unser Leben damit, das zu tun, was er verlangte. Er war ein so seltsamer, so zauberhafter Mensch! Aber am Abend seiner verfehlten Verlobung ist mit ihm zugleich alles verschwunden. – Monsieur de Galais war damals schon zugrunde gerichtet, ohne dass wir es wussten. Frantz hatte Schulden gemacht, und als seine früheren Kameraden von seinem Verschwinden erfuhren, verlangten sie von uns sofort Bezahlung. Wir sind arm geworden; Madame de Galais starb,

und in wenigen Tagen verloren wir alle unsere Freunde. – Oh käme Frantz doch zurück, falls er nicht tot ist. Könnte er doch seine Freunde und seine Braut wiederfinden, dann würde die unterbrochene Hochzeit gefeiert werden und vielleicht alles wieder so wie einst. Aber kann die Vergangenheit wiedererstehen?»

«Wer weiß!», sagte Meaulnes nachdenklich. Und er stellte keine Frage mehr.

Wir gingen alle drei lautlos auf dem kurzen, schon etwas gelblichen Gras dahin. Augustin hatte zu seiner Rechten das Mädchen, das er für immer verloren geglaubt hatte. Wenn er eine dieser harten Fragen stellte, wandte sie ihm zur Antwort langsam ihr reizendes, beunruhigtes Gesicht zu, und einmal hatte sie, während sie sprach, leicht ihre Hand auf seinen Arm gelegt mit einer Bewegung voller Vertrauen und Schwäche. Warum war der große Meaulnes nun hier wie ein Fremder, wie jemand, der nicht gefunden hat, was er suchte, und dem nun alles andere gleichgültig ist? Drei Jahre früher hätte er dieses Glück nicht ohne Entsetzen, vielleicht auch nicht, ohne wahnsinnig zu werden, ertragen. Woher kam nur diese Leere, dieses Entferntsein, dieses Unvermögen, glücklich zu sein, das ihn in dieser Stunde befiel?

Wir näherten uns dem Wäldchen, in dem Monsieur de Galais am Morgen Bélisaire angebunden hatte; die im Sinken begriffene Sonne verlängerte unsere Schatten auf dem Gras. Vom anderen Ende der Wiese hörten wir, durch die Entfernung gedämpft, wie ein glückliches Summen die Stimmen der Spielenden und der kleinen Mädchen. Wir sprachen nicht mehr in dieser wundervollen Ruhe, als wir auf der anderen Seite des Wäldchens, in der Richtung von Les Aubiers, dem Gut am Wasser, singen hörten. Es war die junge, weit entfernte Stimme von einem, der seine Tiere zur Tränke führt, eine rhythmische

Melodie, eine Art Tanzweise, die der Mann jedoch langsam und gefühlvoll sang wie eine alte traurige Ballade:

Meine Schuhe sind rot ...
Vorbei ist das Lieben ...
Meine Schuhe sind rot ...
In die Ferne getrieben,
Nie kehr' ich zurück!

Meaulnes hatte den Kopf erhoben und lauschte. Es war nichts als eine jener Weisen, die die zurückgebliebenen Bauern am letzten Abend des Festes, als schon alles zusammengebrochen war, auf dem namenlosen Gut gesungen hatten ... Nichts als eine Erinnerung – und welch elende Erinnerung – an jene schönen Tage, die nicht mehr wiederkehren würden.

«Hört ihr ihn?», sagte Meaulnes halblaut. «Oh, ich muss sehen, wer es ist.» Und sofort verschwand er im Gehölz. Fast zu gleicher Zeit verstummte die Stimme; man hörte noch, wie der Mann im Fortgehen kurz seinen Tieren pfiff – und dann nichts mehr ...

Ich sah das junge Mädchen an. Nachdenklich und niedergeschlagen blickte sie starr auf das Dickicht, in dem Meaulnes soeben verschwunden war. Wie oft noch sollte sie später so gedankenvoll auf den Weg schauen, auf dem der große Meaulnes für immer von dannen gehen würde!

Sie wandte sich zu mir:

«Er ist nicht glücklich!», sagte sie schmerzerfüllt und setzte hinzu: «Und vielleicht könnte ich gar nichts für ihn tun?»

Ich zögerte mit der Antwort, weil ich fürchtete, Meaulnes, der flugs das Gut erreicht haben musste und jetzt wohl schon durch das Wäldchen zurückkam, könne uns bei unserem Gespräch überraschen. Aber ich wollte sie trotzdem ermutigen und ihr sagen, sie solle sich nicht scheuen, den großen Burschen vor den Kopf zu stoßen; sicherlich leide er unter irgendeinem Geheimnis und würde sich von selbst weder ihr noch irgendjemandem anvertrauen – als plötzlich auf der anderen Seite des Wäldchens ein Schrei ertönte; dann hörten wir ein Trampeln wie von einem ausschlagenden Pferd und Stimmen, die im Streit durcheinanderredeten ... Ich begriff sofort, dass dem alten Bélisaire etwas zugestoßen war, und lief zu der Stelle, von der all dieser Lärm kam. Mademoiselle de Galais folgte langsam. Von der Wiese aus schien man unsere Bewegung bemerkt zu haben, denn ich hörte, als ich das Wäldchen betrat, die Stimmen herbeieilender Leute.

Der zu tief angebundene Bélisaire war mit einem Vorderbein in seine Leine geraten, hatte sich aber nicht gerührt, bis Monsieur de Galais und Delouche bei ihrem Spaziergang in seine Nähe gekommen waren; erschreckt und durch den ungewohnten Hafer aufgeregt, hatte er wild um sich geschlagen. Die beiden Männer hatten versucht, ihn zu befreien, aber so ungeschickt, dass sie ihn noch mehr in die Leine verwickelten, wobei sie noch Gefahr liefen, von den Hufen gefährlich getroffen zu werden. In diesem Augenblick war Meaulnes, von Les Aubiers zurückkehrend, zufällig hinzugekommen. Wütend über so viel Ungeschick hatte er die beiden Männer fortgestoßen, sodass sie beinahe ins Gebüsch gefallen wären. Vorsichtig, aber im Handumdrehen hatte er Bélisaire befreit – doch zu spät, denn das Unglück war schon geschehen. Das Pferd musste sich etwas verstaucht, vielleicht sogar gebrochen haben, denn es stand kläglich mit gesenktem Kopf da, der Sattel hing halb herunter, und einen Huf hielt es, am ganzen Körper zitternd, unter dem Bauch angewinkelt. Meaulnes bückte sich und betastete es prüfend, ohne ein Wort zu sagen.

Als er den Kopf hob, waren fast alle um ihn versammelt, aber er sah niemanden. Er war ganz rot vor Zorn.
«Ich möchte wissen, wer ihn so angebunden hat?», schrie er. «Und wie kann man ihm den ganzen Tag den Sattel auf dem Rücken lassen! Wer hat es überhaupt gewagt, dies alte Pferd zu satteln? Das kann doch höchstens noch vor einen Wagen gespannt werden!»
Delouche wollte etwas sagen und alles auf sich nehmen.
«Sei still! Daran bist du auch noch schuld! Ich habe gesehen, wie dämlich du an der Leine gezogen hast, um es frei zu bekommen!»
Und er bückte sich wieder, um das Kniegelenk des Pferdes mit der flachen Hand zu massieren.
Monsieur de Galais, der bis dahin nichts gesagt hatte, beging den Fehler, aus seiner Zurückhaltung herauszutreten. Er stammelte:
«Die Marineoffiziere haben die Angewohnheit ... Mein Pferd ...»
«Ach, es gehört Ihnen?», sagte Meaulnes etwas ruhiger und wandte den zornesroten Kopf dem Greis zu.
Ich glaubte, dass er jetzt einen anderen Ton anschlagen, sich entschuldigen würde. Er holte einen Augenblick Atem. Und dann sah ich, wie es ihm ein bitteres und verzweifeltes Vergnügen bereitete, die Lage noch zu verschlimmern und für immer alles zu zerbrechen mit den groben Worten:
«Dazu kann ich Ihnen wirklich nicht gratulieren!»
Jemand schlug vor:
«Vielleicht mit frischem Wasser? Wenn man es in der Furt baden würde ...»
Meaulnes antwortete gar nicht darauf, sondern sagte:
«Man muss dieses alte Pferd, solange es noch laufen kann –

und es ist keine Zeit zu verlieren! – in den Stall bringen und es nie wieder herauslassen.»
Mehrere junge Leute erboten sich sogleich dazu. Aber Mademoiselle de Galais dankte ihnen nachdrücklich. Mit feuerrotem Gesicht, den Tränen nahe, verabschiedete sie sich von allen, sogar von Meaulnes, der, fassungslos, sie nicht anzublicken wagte. Sie nahm das Tier beim Zügel, wie man jemandem die Hand gibt, mehr, um näher bei ihm zu sein, als um es zu führen ... Die Luft wehte auf dem Wege nach Les Sablonnières in diesem Spätsommer so lau, dass man meinen konnte, es wäre Mai, und das Laub der Hecken erzitterte im Südwind ... So sahen wir sie fortgehen, den Arm halb aus dem Mantel gestreckt und in ihrer schmalen Hand den groben ledernen Zügel. Ihr Vater ging mühsam neben ihr her ...
Welch trauriges Ende dieses Abends! Nach und nach suchte jeder seine Sachen zusammen; die Stühle wurden zusammengelegt und die Tische auseinandergenommen. Einer nach dem anderen fuhren die Wagen mit Gepäck und Menschen beladen ab, Hüte und Taschentücher wurden geschwenkt. Wir blieben als Letzte mit Onkel Florentin zurück, der wie wir wortlos seinen Kummer und seine große Enttäuschung in sich bewegte.
Dann fuhren auch wir ab, im gut gefederten Wagen von unserem schönen Fuchs schnell dahingetragen. An der Wegbiegung knirschte das Rad im Sande, und bald sahen Meaulnes und ich vom Hintersitz aus die Einmündung des Seitenweges verschwinden, den der alte Bélisaire und seine Besitzer eingeschlagen hatten ...
Aber da wandte mein Kamerad – der Mensch, der für mich auf der ganzen Welt am unfähigsten ist zu weinen – mir sein von einem unaufhaltsamen Tränenstrom verzerrtes Gesicht zu.
«Bitte, halten Sie an!», sagte er, die Hand auf Florentins

Schulter legend. «Kümmern Sie sich nicht um mich. Ich komme ganz allein zu Fuß zurück.»
Und mit einem Satz, die Hand am Kotschutz des Wagens, sprang er ab. Zu unserem größten Erstaunen machte er kehrt, begann zu laufen und lief bis zu dem kleinen Weg, an dem wir eben vorbeigefahren waren, dem Weg nach Les Sablonnières. Er musste durch jene Tannenallee zum Gut gelangen, der er einst gefolgt war und wo er, wie ein Landstreicher hinter Zweigen versteckt, die geheimnisvolle Unterhaltung der schönen unbekannten Kinder belauscht hatte ...
Und an jenem Abend hielt er schluchzend um Mademoiselle de Galais an.

Siebentes Kapitel

Der Hochzeitstag

Ein Donnerstag Anfang Februar, ein schöner, klar-kalter Donnerstagabend, durchweht von starkem Wind. Es ist halb vier, vier Uhr ... Auf den Hecken nahe den Dörfern ist seit Mittag die Wäsche ausgebreitet und trocknet im Wind. In jedem Haus lässt das Kaminfeuer im Esszimmer eine ganze Reihe glänzender Spielsachen aufleuchten. Vom Spiel ermüdet, sitzt das Kind neben seiner Mutter und lässt sich von ihrem Hochzeitstag erzählen ...

Wer nicht glücklich sein will, braucht nur auf den Dachboden des Hauses zu steigen; dort kann er es bis zum Abend pfeifen und ächzen hören wie bei einem Schiffbruch; er braucht nur hinauszugehen auf die Landstraße, und der Wind wird ihm das Halstuch auf den Mund pressen wie einen plötzlichen heißen Kuss, der ihn zum Weinen bringt. Aber für den, der das Glück liebt, steht am Rande eines schlammigen Weges das Haus Les Sablonnières, in das mein Freund Meaulnes mit Yvonne de Galais zurückgekehrt ist, die seit heute Mittag seine Frau ist.

Die Verlobungszeit hat fünf Monate gedauert. Sie war friedlich, ebenso friedlich, wie das erste Zusammentreffen bewegt war. Meaulnes kam sehr oft nach Les Sablonnières, mit dem Rad oder im Wagen. Mehr als zweimal wöchentlich sah Mademoiselle de Galais, wenn sie am großen Fenster, wo man auf Heide und Wald blickt, nähte oder las, plötzlich seine hohe

Gestalt hinter dem Vorhang vorbeieilen; denn er kommt immer durch die versteckte Allee, die er damals genommen hat. Das ist aber auch die einzige – stillschweigende – Anspielung auf die Vergangenheit. Das Glück scheint seine seltsame Qual eingeschläfert zu haben.

Kleine Ereignisse haben sich während dieser fünf stillen Monate zugetragen. Ich bin zum Lehrer im Weiler Saint-Benoist-des-Champs ernannt worden. Saint-Benoist ist kein Dorf. Es sind über das Land verstreute Bauernhöfe, und das Schulhaus liegt ganz allein auf einem Hang an der Landstraße. Ich führe ein recht einsames Leben; aber wenn ich über die Felder gehe, bin ich in einer Viertelstunde in Les Sablonnières.

Delouche ist jetzt bei seinem Onkel, dem Maurermeister in Le Vieux-Nançay, und wird bald selbst das Geschäft führen. Er besucht mich oft. Auf Mademoiselle de Galais' Bitten ist Meaulnes jetzt recht liebenswürdig zu ihm.

So erklärt es sich, dass wir beide noch gegen vier Uhr nachmittags dort draußen herumstreifen, während alle Hochzeitsgäste schon abgefahren sind.

Die Trauung fand in größter Stille um zwölf Uhr in der alten Kapelle von Les Sablonnières statt, die nicht mit abgebrochen wurde und, in Tannen halb versteckt, am Abhang des nahen Hügels liegt. Nach einem kurzen Mittagessen sind Meaulnes' Mutter, Monsieur Seurel und Millie, Florentin und die anderen wieder in ihre Wagen gestiegen. Nur Jasmin und ich sind geblieben ...

Wir gehen planlos am Rande des hinter dem Hause gelegenen Waldes entlang, neben einem großen brachliegenden Stück Land, auf dem einst das jetzt abgebrochene Gutshaus stand. Beide sind wir von einer inneren Unruhe erfüllt, ohne es uns eingestehen zu wollen und ohne den Grund zu wissen.

Vergeblich versuchen wir, diese Gedanken zu zerstreuen und uns über unsere Angst hinwegzutäuschen, indem wir uns bei unserem Herumstreifen auf Hasenlöcher und frische Spuren, wo Kaninchen eben noch im Sand scharrten, auf eine Schlinge oder die Spur eines Wilddiebes aufmerksam machen ... Aber immer wieder kehren wir an den Rand des Wäldchens zurück, von wo aus man das stille, verschlossene Haus sehen kann ...
Unter dem großen Fenster, aus dem man auf den Wald blickt, ist ein Holzbalkon, den Wucherpflanzen erobert haben, die der Wind niederdrückt. Ein Schein wie von einem brennenden Feuer spiegelt sich in den Fensterscheiben wider. Ab und zu gleitet ein Schatten vorüber. Ringsumher, auf den umliegenden Feldern, im Gemüsegarten, in dem einzigen Hof, der noch von den alten Nebengebäuden geblieben ist, herrscht Einsamkeit und Schweigen. Die Pächter sind ins Dorf gegangen, um das Glück ihrer Herrschaft zu feiern.
Von Zeit zu Zeit benetzt ein feuchter Windstoß fast wie Regen unser Gesicht und trägt verlorene Töne eines Klaviers zu uns herüber. Dort im verschlossenen Hause spielt jemand. Ich bleibe einen Augenblick stehen, um still zuzuhören. Erst klingt es wie eine zitternde Stimme, die in weiter Ferne kaum wagt, ihre Freude zu singen, dann wie das Lachen eines kleinen Mädchens, das aus seinem Zimmer all sein Spielzeug geholt hat und es nun vor seinem Freund ausbreitet ... Ich denke auch an die noch bange Freude einer Frau, die ein schönes Kleid angelegt hat und es vorzeigt und nicht weiß, ob es gefallen wird ... Die Weise, die ich nicht kenne, ist auch ein Gebet, ein Flehen an das Glück, nicht zu grausam zu sein, ein Gruß und wie ein Niederknien vor dem Glück ...
Ich denke: «Endlich sind sie glücklich. Meaulnes ist dort bei ihr.»

Und das sicher zu wissen genügt zur vollkommenen Zufriedenheit des guten Kindes, das ich bin.
In diesem Augenblick, ganz versunken, das Gesicht vom Wind der Ebene wie von Meeresgischt benetzt, spüre ich, wie mich jemand an der Schulter berührt:
«Horch!», sagt Jasmin ganz leise.
Ich sehe ihn an. Er macht mir ein Zeichen, mich nicht zu rühren; und er selbst, den Kopf geneigt, horcht mit gerunzelter Stirn …

Achtes Kapitel

Frantz ruft

«Huh–hu!»
Diesmal habe ich es gehört. Es ist ein Signal, ein Ruf mit einer hohen und einer tiefen Note, den ich früher schon einmal gehört habe ... Ah! Ich erinnere mich: Es ist der Schrei des großen Komödianten, mit dem er seinen jungen Gefährten am Zaun der Schule rief. Es ist der Ruf, auf den zu kommen Frantz uns hatte schwören lassen, ganz gleich wo und wann. Aber was will er denn, heute und hier?
«Das kommt aus dem großen Tannenwald links!», sagte ich leise. «Es ist sicher ein Wilderer.»
Jasmin schüttelt den Kopf:
«Nein, und das weißt du doch wohl.»
Dann leiser:
«Sie sind seit heute früh beide in der Gegend. Ich habe Ganache um elf Uhr überrascht, wie er in einem Feld nahe der Kapelle auf der Lauer lag. Als er mich sah, türmte er. Sie sind von weither gekommen, wahrscheinlich mit dem Rad, denn er war bis zur Mitte des Rückens mit Schmutz bespritzt ...»
«Aber was suchen sie hier?»
«Ich weiß nicht. Aber auf jeden Fall müssen wir sie von hier verjagen. Sie dürfen sich nicht in der Umgebung herumtreiben, sonst fangen alle diese Torheiten wieder an ...»
Ich bin der gleichen Meinung, ohne es zu gestehen.

«Am besten», sage ich, «wäre es, mit ihnen zu sprechen, zu hören, was sie wollen, und ihnen Vernunft beizubringen.»
Langsam und leise gleiten wir nun gebückt durch das Unterholz bis zu dem großen Tannendickicht, aus dem in regelmäßigen Abständen der lang gezogene Ruf dringt, der an sich nicht trauriger ist als irgendetwas anderes, aber uns beiden von verhängnisvoller Vorbedeutung zu sein scheint.
Es ist schwer, in diesem Teil des Tannenwaldes mit seinen überblickbar regelmäßig stehenden Stämmen jemanden zu überraschen oder sich zu nähern, ohne gesehen zu werden. Wir versuchen es gar nicht erst. Ich bleibe an der Waldecke stehen ... Jasmin geht an die gegenüberliegende Ecke, sodass wir von außen je zwei Seiten des Rechtecks überblicken und verhindern können, dass einer der Komödianten entflieht, ohne angerufen zu werden. Nach diesen Vorbereitungen beginne ich meine Rolle als friedlicher Kundschafter zu spielen und rufe:
«Frantz! ... Frantz! Fürchten Sie nichts! Ich bin es, Seurel! Ich möchte mit Ihnen sprechen!»
Einen Augenblick Stille; ich will gerade von Neuem rufen, als mitten aus dem Tannendickicht, in das mein Blick nicht hineindringen kann, eine Stimme befiehlt:
«Bleiben Sie, wo Sie sind, er kommt zu Ihnen!»
Allmählich erkenne ich zwischen den Tannen, die in der Entfernung dichter zu stehen scheinen, die Umrisse des jungen Mannes, der näher kommt. Er ist mit Schmutz bedeckt und schlecht gekleidet; die Hose wird unten von Klammern zusammengehalten, und auf sein zu langes Haar hat er eine alte Mütze gedrückt mit einem Anker darauf; ich erkenne jetzt sein abgemagertes Gesicht ... Er scheint geweint zu haben.
Als er bei mir ist, fragt er in entschlossenem, trotzigem Ton:
«Was wollen Sie von mir?»

«Und Sie, Frantz, was machen Sie hier? Warum wollen Sie die Glücklichen stören? Was wünschen Sie? Sagen Sie es!»

Als ich ihn so geradezu frage, errötet er ein wenig, stammelt etwas und antwortet nichts als:

«Ich bin unglücklich, ich bin so unglücklich!»

Dann beginnt er, den Arm um seinen Kopf, an einen Baumstamm gelehnt, bitterlich zu schluchzen. Wir sind einige Schritte in den Wald hineingegangen. Hier herrscht vollkommene Stille; selbst die Stimme des Windes wird von den großen, am Waldrand stehenden Tannen abgehalten. Zwischen den gleichmäßig gewachsenen Stämmen hallt das erstickte Schluchzen des jungen Mannes wider und beruhigt sich dann. Ich warte, bis der Anfall vorüber ist, lege die Hand auf seine Schulter und sage:

«Frantz, Sie kommen mit mir. Ich will Sie zu ihnen bringen. Sie werden Sie aufnehmen wie ein verlorenes Kind, das man wiedergefunden hat, und alles wird vorbei sein.»

Aber er wollte nichts hören. Mit tränenerstickter Stimme, unglücklich, trotzig und zornig begann er wieder:

«Also, Meaulnes kümmert sich nicht mehr um mich? Warum antwortet er nicht, wenn ich ihn rufe? Warum hält er sein Versprechen nicht?»

«Aber Frantz! Die Zeit der Schattenspiele und Kindereien ist vorbei. Stören Sie doch nicht mit Ihrer Tollheit das Glück derer, die Sie lieben, Ihrer Schwester und Augustin Meaulnes'!»

«Aber nur er kann mich retten, das wissen Sie doch. Er allein ist imstande, die Spur, die ich suche, wieder aufzufinden. Nun durchsuchen Ganache und ich schon drei Jahre lang ergebnislos ganz Frankreich. Ich hatte zu niemandem mehr Vertrauen als zu Ihrem Freund. Und jetzt antwortet er nicht mehr. Er hat seine Liebe wiedergefunden, warum denkt er jetzt nicht an mich? Er muss sich jetzt auf den Weg machen; Yvonne wird ihn sicher gehen lassen ... Sie hat mir niemals etwas abgeschlagen.»

Er zeigte mir ein Gesicht, in dem die Tränen in Staub und Schmutz dunkle Furchen gezogen hatten, das Gesicht eines alten, erschöpften und geprügelten Jungen. Seine Augen waren von Sommersprossen umgeben, das Kinn schlecht rasiert, sein zu langes Haar hing auf einen schmutzigen Kragen herunter. Er hatte die Hände in den Taschen und zitterte vor Kälte. Es war nicht mehr dieses königliche, in Lumpen gekleidete Kind der vergangenen Jahre. Im Herzen war er sicherlich mehr Kind als jemals: gebieterisch, launenhaft und beim geringsten Anlass verzweifelt; aber dieses Kindliche war peinlich anzusehen bei dem schon etwas gealterten jungen Burschen ... Einst war in ihm so viel ehrgeizige Jugend gewesen, dass ihm jede nur mögliche Torheit erlaubt schien. Jetzt war man zunächst geneigt, ihn zu beklagen, weil er es im Leben zu nichts gebracht hatte; dann aber ihm Vorwürfe zu machen wegen dieser albernen Rolle eines jungen romantischen Helden, in die er sich verbohrte ... Und schließlich dachte ich wider Willen daran, dass unser schöner Frantz mit der großen Liebe gewiss hatte stehlen müssen, um leben zu können, ganz wie sein Kamerad Ganache ... Dahin hatte ihn sein Hochmut geführt!

Schließlich sagte ich nach einigem Überlegen: «Wenn ich Ihnen verspreche, dass Meaulnes in wenigen Tagen auf die Suche gehen wird, nur für Sie?»

«Er wird Erfolg haben, nicht wahr? Sie sind sicher?», fragte er zähneklappernd.

«Ich denke doch. Mit ihm wird das Unmögliche möglich!»

«Und wie werde ich es erfahren? Wer wird es mir sagen?»

«Sie werden genau in einem Jahr, zur selben Stunde, wieder hierher kommen, und Sie werden das Mädchen, das Sie lieben, hier vorfinden.»
Und indem ich dies sagte, dachte ich, nicht die Jungvermählten aufzustören, sondern mich bei Tante Moinel zu erkundigen und mich selbst zu beeilen, das Mädchen zu finden.
Der Vagabund sah mir mit einem wahrhaft bewunderungswürdigen Willen zum Vertrauen in die Augen. Er schien noch und trotz allem fünfzehn Jahre alt. – Fünfzehn Jahre! Das Alter, das wir in Sainte-Agathe an jenem Abend beim Klassenkehren hatten, als wir alle drei jenen furchtbaren kindlichen Schwur leisteten.
Die Verzweiflung überkam ihn wieder, als er sagen musste:
«Gut, wir wollen jetzt gehen!»
Sicher presste es ihm das Herz zusammen, als er noch einmal auf die Wälder der Umgebung schaute, die er nun wieder verlassen sollte.
«In drei Tagen», sagte er, «werden wir auf den Landstraßen Deutschlands sein. Wir haben unsere Wagen weit von hier stehen gelassen, und dreißig Stunden sind wir ohne Ruhepause auf den Beinen. Wir glaubten noch rechtzeitig anzukommen, um Meaulnes vor der Hochzeit mitzunehmen und mit ihm meine Braut zu suchen, so wie er das Gut Les Sablonnières gesucht hat.»
Dann verfiel er wieder in seine schreckliche Kinderei: «Rufen Sie Ihren Delouche!», sagte er im Weggehen. «Es wäre abscheulich, wenn ich ihm begegnete.»
Allmählich sah ich seine grauen Umrisse zwischen den Tannen verschwinden ... Ich rief Jasmin, und wir wollten gerade unsere Wache wieder aufnehmen, als wir fast gleichzeitig bemerkten, wie Augustin drüben die Fensterläden schloss. Sein seltsames Verhalten beunruhigte uns.

Neuntes Kapitel

Die Glücklichen

Später erfuhr ich in den kleinsten Einzelheiten alles, was dort geschehen war ...

Vom frühen Nachmittag an sind Meaulnes und seine Frau, die ich noch Mademoiselle de Galais nenne, im Salon von Les Sablonnières ganz allein. Als alle Gäste fort waren, hat der alte Monsieur de Galais die Tür geöffnet, sodass einen Augenblick lang der starke Wind das Haus mit seinem Seufzen erfüllte; dann ist er nach Le Vieux-Nançay gegangen und wird erst zum Abendessen wiederkommen, um alle Türen zu schließen und den Pächtern Weisungen zu geben. Von draußen dringt jetzt kein Geräusch mehr zu den jungen Leuten, nur ein entblätterter Rosenzweig schlägt ab und zu gegen das Fenster zur Heide hin. Wie zwei Insassen eines dahintreibenden Bootes sind die beiden Liebenden, während der Winterwind braust, eingeschlossen mit ihrem Glück.

«Das Feuer droht auszugehen», sagte Mademoiselle de Galais und wollte ein neues Scheit aus dem Kasten nehmen.

Aber Meaulnes eilte hinzu und legte selbst Holz ins Feuer.

Dann nahm er die ausgestreckte Hand des Mädchens, und so blieben sie einer vor dem anderen stehen, wie überwältigt von einer großen, neuen, unaussprechlichen Botschaft.

Der Wind brauste gleich einem über die Ufer getretenen Strom. Ab und zu lief, wie am Fenster eines Zuges, ein Wassertropfen schräg über die Scheibe.

Das Mädchen löste sich los, öffnete die Tür zum Gang und verschwand mit einem geheimnisvollen Lächeln. Einen Augenblick blieb Augustin allein im Halbdunkel ... Das Ticken einer kleinen Standuhr rief ihm das Esszimmer von Sainte-Agathe ins Gedächtnis ... Er mochte wohl denken: Ist dies hier das so ersehnte Haus? Der Korridor, der einst voll Flüstern und seltsamer Durchgänge war? ...

In diesem Augenblick musste er Frantz' ersten Schrei, ganz nahe am Haus, gehört haben. – Mademoiselle de Galais sagte mir später, auch sie hätte ihn gehört.

Von nun an nützte es nichts mehr, dass die junge Frau ihm all die wunderschönen Dinge zeigte, die sie mit ins Zimmer brachte: ihr Spielzeug, mit dem sie als kleines Mädchen gespielt hatte, alle ihre Kinderfotografien: sie als Marketenderin, sie und Frantz auf dem Schoß ihrer schönen Mutter – dann alles, was sie von ihren niedlichen Kinderkleidern noch besaß: «bis zu dem, das ich damals trug, als Sie mich bald kennenlernen sollten, als Sie, glaube ich, in den Kursus von Sainte-Agathe eintraten ...» Meaulnes sah und hörte nichts mehr.

Einen Augenblick zwar schien er wieder von dem Gedanken an sein außerordentliches, unausdenkbares Glück ergriffen zu sein, als er mit dumpfer Stimme, wie wenn das Sprechen allein ihm schon den Sinn verwirrte, sagte:

«Sie sind hier, Sie gehen am Tisch vorbei, Ihre Hand legt sich einen Augenblick darauf ...»

Und weiter:

«Als meine Mutter jung war, beugte sie sich auch so leicht nach vorn, um mit mir zu sprechen ... Und wenn sie sich ans Klavier setzte ...»

Hierauf schlug Mademoiselle de Galais vor, zu spielen, ehe es ganz dunkel würde. Aber in dieser Ecke des Zimmers war

es schon finster, und man musste eine Kerze anzünden. Das Licht fiel durch den roten Lampenschirm auf das Gesicht des jungen Mädchens und verstärkte das Rot ihrer Wangen, das ein Zeichen großer innerer Unruhe war.
Draußen am Waldrand begann ich jene zitternde Melodie zu hören, die uns der Wind zutrug und die bald vom zweiten Schrei der beiden Narren, die sich uns zwischen den Tannen genähert hatten, zerrissen wurde.
Lange hörte Meaulnes dem Mädchen zu, dabei still aus einem Fenster blickend. Mehrmals wandte er sich dem lieben Gesicht zu, das von Schwäche und Angst gezeichnet war. Dann trat er zu Yvonne und legte ganz leicht die Hand auf ihre Schulter. Sie fühlte den sanften Druck der Liebkosung an ihrem Hals, auf die sie die Antwort hätte wissen müssen.
«Es wird Abend», sagte er endlich. «Ich werde die Läden schließen. Aber spielen Sie weiter ...»
Was ging jetzt in diesem dunklen, wilden Herzen vor? Ich habe mich oft danach gefragt und habe es erst erfahren, als es zu spät war. Unbewusste Gewissensbisse? Unerklärliche Reue? Furcht, das unerhörte Glück, das er so fest hielt, unter den Händen zerrinnen zu sehen? Und nun die furchtbare Versuchung, dieses Wunderbare, das er sich erobert hatte, unwiderruflich, jetzt sofort, von sich zu werfen?
Er blickte seine junge Frau noch einmal an und ging dann langsam, wortlos hinaus. Vom Waldrand aus sahen wir, wie er zunächst zögernd einen Fensterladen schloss, dann in unsere Richtung herüberblickte, einen weiteren Laden schloss und plötzlich in größter Hast auf uns zugestürzt kam. Er war bei uns, ehe wir überhaupt daran hätten denken können, uns besser zu verstecken. Als er gerade über eine kleine, neu gepflanzte Hecke springen wollte, die den Abschluss einer Wiese bildete,

bemerkte er uns. Er wich aus. Ich erinnere mich, wie verstört er aussah, wie ein gehetztes Wild ... Er schien umkehren zu wollen, um bei dem kleinen Bach wieder über die Hecke zu springen, als ich ihn anrief:

«Meaulnes! ... Augustin! ...»

Aber er wandte nicht einmal den Kopf. Da rief ich, überzeugt, dass nur dies eine ihn zurückhalten könne:

«Frantz ist hier! Bleib!»

Er blieb endlich stehen. Keuchend und ohne mir Zeit zu lassen, meine Worte zurechtzulegen, sagte er:

«Er ist da? Was will er?»

«Er ist unglücklich», entgegnete ich. «Er will dich um Hilfe bitten, um wiederzufinden, was er verloren hat.»

«Ach!», seufzte er, den Kopf senkend. «Das ahnte ich wohl. Es war vergebens, den Gedanken daran einschläfern zu wollen. Aber wo ist er? Sag schnell!»

Ich erzählte ihm, Frantz sei soeben fortgegangen und wir könnten ihn jetzt wohl kaum mehr einholen. Für Meaulnes war das eine große Enttäuschung. Er machte zögernd einige Schritte und blieb stehen. Seine Unentschlossenheit und sein Kummer schienen aufs Höchste gestiegen. Ich sagte ihm, was ich in seinem Namen dem jungen Mann versprochen hatte und dass ich ihn zu einem Treffen in einem Jahr an die gleiche Stelle bestellt hatte.

Augustin, der sonst so ruhig war, geriet jetzt in einen Zustand ungewöhnlicher Erregung und Ungeduld:

«Warum hast du das getan?», rief er. «Aber ja doch, ich kann ihn sicher retten. Aber es muss gleich sein. Ich muss ihn sehen, ihn sprechen, damit er mir verzeiht und ich alles gutmachen kann ... Sonst kann ich mich dort nicht mehr sehen lassen ...»

Und er blickte nach Les Sablonnières.

«So willst du für ein kindisches Versprechen, das du ihm gegeben hast, dein Glück zerstören?», sagte ich.

«Ach, wenn es nur dies Versprechen wäre ...»

Und jetzt begriff ich, dass noch etwas anderes die beiden jungen Männer verband, ohne aber ahnen zu können, um was es sich handelte.

«Jedenfalls aber hat es keinen Zweck mehr, hinterherzulaufen», sagte ich. «Sie sind jetzt nach Deutschland unterwegs.»

Er wollte gerade antworten, als eine Gestalt mit wirrem Haar und verstörtem Blick zwischen uns auftauchte. Es war Mademoiselle de Galais. Sie war wohl gerannt, denn ihr Gesicht war in Schweiß gebadet. Auch musste sie gefallen sein und sich verletzt haben, denn sie hatte über dem rechten Auge einen Riss und geronnenes Blut im Haar.

Ich war in den Armenvierteln von Paris einmal überraschend Zeuge, wie Eheleute, die man für glücklich, einig und anständig hielt, von Schutzleuten, die in ihren Streit eingegriffen und sie voneinander getrennt hatten, auf die Straße gebracht wurden. Der Skandal ist ganz plötzlich ausgebrochen, irgendwann, als man sich zu Tisch setzte, am Sonntag vor dem Ausgehen, bei der Geburtstagsfeier des Jüngsten – und nun ist alles vergessen, alles durcheinander. Mann und Frau sind mitten im Tumult nichts mehr als zwei erbarmungswürdige Teufel, und die weinenden Kinder werfen sich zwischen sie, klammern sich an sie und flehen sie an, zu schweigen und sich nicht mehr zu schlagen.

Als Mademoiselle de Galais Meaulnes erreichte, erinnerte sie mich an eines der Kinder dort, eines dieser armen, geängstigten Kinder. Ich glaube, wenn alle ihre Freunde, ein ganzes Dorf, eine große Menge Leute ihr dabei zugesehen hätten, sie wäre trotzdem herbeigelaufen und wäre genauso hingefallen, zerzaust, weinend und beschmutzt.

Aber als sie begriffen hatte, dass Meaulnes da war, dass er sie wenigstens diesmal nicht verließ, da schob sie ihren Arm unter den seinen und konnte nicht anders, als unter Tränen lachen wie ein kleines Kind. Keiner von beiden sagte etwas. Aber als sie ihr Taschentuch herauszog, nahm Meaulnes es ihr sanft aus der Hand. Vorsichtig und sorgfältig entfernte er die Blutflecken aus dem Haar des Mädchens.

«Wir müssen jetzt heimgehen», sagte er.

Und ich ließ beide gehen; der schöne, starke Wind des Winterabends peitschte ihnen ins Gesicht: ihm, der ihr an der Hand über schwierige Stellen half, ihr, die lächelte und sich eilte – um wieder in ihr für einen Augenblick verlassenes Heim zu gelangen.

Zehntes Kapitel

«Frantz' Haus»

Kaum beruhigt, von einer dumpfen Besorgnis gequält, die der glückliche Ausgang der Aufregung vom Vortag nicht zu verscheuchen vermocht hatte, musste ich den ganzen nächsten Tag in der Schule ausharren. Gleich nach der auf den Nachmittagsunterricht folgenden «Übstunde» ging ich nach Les Sablonnières. Es dunkelte bereits, als ich die Tannenallee erreichte, die zum Haus führt. Alle Läden waren schon geschlossen. Ich fürchtete, ungelegen zu kommen, wenn ich mich am Tag nach einer Hochzeit zu so später Stunde einfände. So streifte ich noch lange am Rande des Gartens und auf den angrenzenden Feldern herum, in der Hoffnung, jemanden aus dem Hause kommen zu sehen – aber meine Hoffnung wurde enttäuscht. Auch im benachbarten Pachthof regte sich nichts. Und ich musste, von den düstersten Vorstellungen geplagt, unverrichteter Dinge heimkehren.

Am nächsten Tag, einem Sonnabend, die gleiche Ungewissheit. Am Abend nahm ich eiligst Umhang, Stock und ein Stück Brot für unterwegs und kam bei Einbruch der Nacht in Les Sablonnières an, wo ich wie am Abend zuvor alles verschlossen fand ... Ein schwacher Lichtschimmer im ersten Stock, aber kein Geräusch, keine Bewegung ... Doch diesmal sah ich vom Hof der Meierei aus die Tür des Bauernhauses offen stehen, in der großen Küche brannte Feuer, und ich hörte die für die Abendessenszeit typischen Stimmen und Schritte;

das beruhigte mich etwas, ohne dass ich mehr erfahren hätte, denn ich konnte diesen Leuten nicht gut etwas sagen oder sie fragen. Und so ging ich wieder an meinen alten Platz, um Ausschau zu halten; ich wartete vergeblich in der Hoffnung, die Tür sich öffnen und endlich die hohe Gestalt Augustins auftauchen zu sehen.

Erst am Sonntagnachmittag entschloss ich mich, an der Tür von Les Sablonnières zu läuten. Als ich die kahlen Hügel hinaufstieg, hörte ich in der Ferne die winterlichen Sonntagsvesperglocken läuten. Ich fühlte mich einsam und betrübt; irgendeine traurige Vorahnung überkam mich. Und ich war nicht sehr überrascht, als auf mein Läuten Monsieur de Galais allein erschien und mir mit leiser Stimme erzählte, dass Yvonne de Galais mit heftigem Fieber zu Bett liege; Meaulnes habe am Freitagmorgen eine lange Reise antreten müssen, und man wisse nicht, wann er wiederkomme …

Und da der Greis, der sehr verlegen und traurig schien, mich nicht aufforderte hereinzukommen, verabschiedete ich mich gleich. Als sich die Tür geschlossen hatte, blieb ich noch einen Augenblick bekümmert und vollständig verwirrt auf der Vortreppe stehen und betrachtete, ohne zu wissen warum, einen verwelkten Glyzinienzweig, der, von einem Sonnenstrahl getroffen, im Winde traurig hin und her schwankte.

So hatte also diese heimliche Gewissensqual, die Meaulnes seit seinem Aufenthalt in Paris mit sich herumtrug, doch schließlich die Oberhand gewonnen. Es hatte wohl so kommen müssen, dass mein großer Gefährte nun doch seinem beharrlichen Glück entfloh …

Jeden Donnerstag und jeden Sonntag kam ich, um mich nach dem Befinden Yvonne de Galais' zu erkundigen, bis ihre Genesung endlich so weit fortgeschritten war, dass sie mich eines

Abends hereinbitten ließ. Ich fand sie im Salon, dessen großes Fenster nach den Feldern und dem Walde ging, am Feuer sitzend. Sie war nicht blass, wie ich gedacht hatte, sondern ihr Gesicht war ganz fiebrig mit hektisch roten Flecken unter den Augen, und sie schien äußerst erregt. Obwohl sie noch sehr schwach erschien, war sie wie zum Ausgehen gekleidet. Sie sagte wenig, aber jeden Satz sprach sie mit einer außergewöhnlichen Lebhaftigkeit, als ob sie sich selbst hätte einreden wollen, dass das Glück noch nicht ganz entschwunden sei ... Ich erinnere mich nicht mehr an das, was wir gesprochen haben. Ich weiß nur noch, dass ich schließlich zögernd fragte, wann Meaulnes wohl zurückkehren würde.

«Ich weiß nicht, wann er wiederkommt», antwortete sie rasch.

In ihren Augen lag ein Flehen, sodass ich nicht weiter zu fragen wagte.

Oft besuchte ich sie. Oft plauderte ich mit ihr nahe am Feuer in diesem niedrigen Raum, in dem es schneller dunkel wurde als andernorts. Niemals sprach sie von sich oder ihrem verborgenen Kummer. Aber sie konnte sich nicht genug bis in alle Einzelheiten unser Schülerleben in Sainte-Agathe schildern lassen.

Ernst, zärtlich, mit einer fast mütterlichen Anteilnahme hörte sie zu, wenn ich ihr die Leiden von uns großen Kindern erzählte. Nie schien sie überrascht, selbst nicht von unseren tollsten und gefahrvollsten Kindereien. Diese liebevolle Aufmerksamkeit, ein Erbteil ihres Vaters, war ihr auch durch die bejammernswürdigen Abenteuer ihres Bruders nicht genommen worden. Der einzige Kummer, den sie wegen der Vergangenheit empfand, war, glaube ich, dass sie ihrem Bruder keine so nahe Vertraute gewesen war, denn er hatte ihr im Augenblick seines großen Zusammenbruchs nichts mitzuteilen gewagt und sich für rettungslos verloren gehalten. Wenn ich es recht bedenke, war es doch eine schwere Aufgabe, die die junge Frau auf sich genommen hatte – eine gefährliche Aufgabe, einem so wunderlichen Menschen wie ihrem Bruder zu helfen; eine erdrückende Aufgabe, als es sich darum handelte, sich mit dem abenteuerlichen Herzen meines Freundes, des großen Meaulnes, zu verbinden.

Eines Tages gab sie mir den rührendsten, fast möchte ich sagen geheimnisvollsten Beweis der Treue, mit der sie an den kindlichen Träumen ihres Bruders hing – und der Mühe, die sie aufwandte, um wenigstens Bruchstücke jenes Traumes, in dem er bis zu seinem zwanzigsten Jahre gelebt hatte, für ihn zu bewahren.

Es war an einem Aprilabend, der trostlos wie im Spätherbst erschien. Seit ungefähr einem Monat hatten wir einen vorzeitig milden Frühling, und die junge Frau hatte gemeinsam mit Monsieur de Galais die langen Spaziergänge, die sie so sehr liebte, wieder aufgenommen. An jenem Tage aber war der Greis zu müde, und da ich selbst frei war, bat sie mich, sie trotz des drohenden schlechten Wetters zu begleiten. Als wir, mehr als eine halbe Meile von Les Sablonnières entfernt, den See entlang gingen, wurden wir von einem Gewitter mit Regen und Hagel überrascht. In dem Schuppen, in den wir uns vor dem unaufhörlichen Regen geflüchtet hatten, ließ uns der kalte Wind erstarren; wir standen nachdenklich nahe beieinander und blickten in die verdunkelte Landschaft. Ich sehe sie noch vor mir, blass und aufgeregt in ihrem hübschen einfachen Kleid.

«Wir müssen heimkehren», sagte sie. «Wir sind schon so lange fort. Was kann nicht alles inzwischen geschehen sein?»

Aber zu meinem Erstaunen ging die junge Frau, als wir endlich unseren Zufluchtsort verlassen konnten, geradeaus weiter, statt den Weg nach Les Sablonnières einzuschlagen, und bat mich, ihr zu folgen. Nachdem wir lange gegangen waren, kamen wir zu einem Haus, das ich nicht kannte und das einsam an einem ausgefahrenen Weg lag, der wohl nach Préveranges führte. Es war ein kleines schiefergedecktes Bürgerhaus, das sich in nichts von der in dieser Gegend üblichen Art unterschied, es sei denn durch seine Einsamkeit und Abgelegenheit.

Wenn man Yvonne de Galais zusah, konnte man meinen, das Haus gehöre uns und wir hätten es für eine lange Reise verlassen. Sie bückte sich, öffnete ein kleines Gittertor und sah sich mit unruhiger Hast an dem einsamen Ort um. Ein großer, grasbewachsener Hof, der aussah, als ob Kinder ihn aufgesucht hätten, um dort an den langen Spätwinternachmittagen zu spielen, war durch das Unwetter von Regenbächen durchzogen; ein Trudelreifen lag in einer Wasserpfütze. In den von den Kindern mit Blumen und Erbsen bepflanzten Gärtchen hatte der starke Regen alles weggewaschen und nur den weißen Kies gelassen. Und schließlich entdeckten wir, an die Schwelle einer der durchnässten Türen gedrückt, eine ganze Brut von Küken, die der eisige Regen erschlagen hatte. Fast alle waren unter den erstarrten Flügeln und zerzausten Federn der Mutter verendet.

Bei diesem traurigen Anblick stieß die junge Frau einen erstickten Schrei aus. Sie beugte sich nieder, und, ohne sich um Nässe und Schlamm zu kümmern, trennte sie die noch lebenden Küken von den toten und setzte sie in eine Falte ihres Mantels. Wir gingen nun ins Haus, zu dem sie den Schlüssel besaß. Vier Türen führten auf einen engen Gang, in den der Wind pfeifend hineinfuhr. Yvonne de Galais öffnete die erste Tür zur Rechten und ließ mich in ein dunkles Zimmer eintreten, in dem ich nach kurzem Zögern einen großen Spiegel und ein kleines, nach ländlicher Sitte mit einer rotseidenen Daunendecke versehenes Bett bemerkte. Sie kam, nachdem sie kurz in dem übrigen Haus etwas gesucht hatte, zurück und trug die ganze kranke Brut in einem mit einem Daunenkissen ausgelegten Korb, den sie vorsichtig unter das Deckbett schob. Während ein matter Sonnenstrahl, der erste und letzte des Tages, unsere Gesichter noch blasser und den Einbruch der Nacht noch dunkler erscheinen ließ, standen wir frierend und angstvoll in diesem seltsamen Haus!

Alle Augenblicke untersuchte sie das fiebernde Nest und nahm ein eben verendetes Küken heraus, um zu verhindern, dass die anderen dadurch stürben. Und jedes Mal schien es uns, als ob sich bei einem Windstoß durch die zerbrochenen Fenster des Dachbodens, wie ein geheimnisvoller Kummer unbekannter Kinder, eine lautlose Klage erhöbe.

«Dies hier», sagte endlich meine Begleiterin, «war Frantz' Haus, als er klein war. Er wollte ein Haus ganz für sich allein haben, fern von allen Menschen, in das er gehen konnte, wenn es ihm gefiel, um dort zu spielen, sich zu vergnügen und zu wohnen. Mein Vater fand diesen fantastischen Wunsch so außerordentlich, so lustig, dass er ihn ihm nicht verwehrte. Und wann es ihm gefiel, an einem Donnerstag, einem Sonntag oder an irgendeinem anderen Tage, zog Frantz aus, um sein Haus wie ein Erwachsener zu bewohnen. Die Kinder der benachbarten Bauernhöfe kamen, um mit ihm zu spielen, ihm beim Haushalt zu helfen und im Garten zu arbeiten. Es war ein herrliches Spiel! Und wenn dann der Abend kam, hatte er keine Furcht, allein zu schlafen. Wir bewunderten ihn so sehr, dass wir nicht einmal daran dachten, uns zu beunruhigen.»

«Jetzt», fügte sie mit einem Seufzer hinzu, «steht das Haus

seit langer Zeit leer. Monsieur de Galais hat, von Alter und Kummer gebeugt, nicht das Geringste unternommen, um meinen Bruder zu finden oder zurückzurufen. Was sollte er auch versuchen?

Ich komme recht oft hierher. Die Bauernkinder aus der Nachbarschaft spielen auf dem Hof wie früher. Und ich liebe es, mir vorzustellen, dass es alte Spielkameraden von Frantz sind, dass er selbst noch ein Kind ist und dass er bald mit der erwählten Braut zurückkommen wird. Die Kinder hier kennen mich gut; ich spiele mit ihnen. Diese kleinen Hühner gehörten uns ...»

So mussten dieses Unwetter und die Reste einer zerstörten Kindheit sie dazu bringen, mir all den großen Kummer anzuvertrauen, von dem sie niemals gesprochen hatte, und diesen großen Schmerz, den sie um den Verlust ihres so närrischen, liebenswürdigen und bewunderten Bruders empfand. Und ich hörte ihr, ohne ein Wort zu sagen, mit kummervollem Herzen zu, dem Schluchzen nahe ...

Als Türen und Gitter geschlossen und die Küken in die hinter dem Haus gelegene Bretterhütte gebracht waren, nahm sie traurig meinen Arm, und ich geleitete sie heim ...

So vergingen Wochen und Monate. Längst vergangene Zeit! Verlorenes Glück! Mir war es vorbehalten, ihr, die Fee, Prinzessin und geheimnisvolle Liebe unserer ganzen Jugend gewesen war, den stützenden Arm zu leihen und ihr alles zu sagen, was ihren Kummer mildern konnte, während mein Gefährte geflohen war. Was könnte ich heute wohl noch sagen von jener Zeit, von jenen Unterhaltungen, die ich abends nach meinem Unterricht auf dem Hügel von Saint-Benoist-des-Champs mit ihr führte, von jenen Spaziergängen, bei denen der einzige Gegenstand, von dem wir hätten sprechen müssen, der einzige war, über den wir zu schweigen entschlossen waren? Nur eine Erinnerung ist mir geblieben, auch diese schon halb entschwunden, an ein schönes, abgemagertes Antlitz, an zwei Augen, deren Lider sich bei meinem Anblick langsam senkten, als ob sie schon nur noch eine innere Welt sähen.

Und ich war ihr treuer Gefährte – Gefährte einer Erwartung, von der wir nicht sprachen – einen ganzen nie wiederkehrenden Frühling und Sommer hindurch. Einige Male gingen wir nachmittags wieder zu Frantz' Haus. Sie öffnete die Türen, um zu lüften, damit nichts vermodert wäre, wenn das junge Paar zurückkam. Sie sorgte für das halb wilde Geflügel auf dem Hühnerhof. Und donnerstags oder sonntags feuerten wir die Bauernkinder aus der Nachbarschaft bei ihren Spielen an. Ihr Geschrei und Gelächter an diesem einsamen Ort ließen das verlassene Häuschen noch öder und leerer erscheinen.

Elftes Kapitel

Unterhaltung im Regen

Im August, als die Ferien begannen, musste ich mich von Les Sablonnières und der jungen Frau trennen, um die zwei Monate meines Urlaubs in Sainte-Agathe zu verbringen. Ich fand den großen Hof trocken, die Pausenhalle und das Schulzimmer leer … Alles erinnerte mich an den großen Meaulnes; alles steckte voller Erinnerungen an unsere schon verflossene Jugend. Während dieser langen, vergilbten Tage schloss ich mich, wie einst vor Meaulnes' Ankunft, im Archivzimmer oder in einer leeren Klasse ein. Ich las, schrieb, dachte zurück … Mein Vater war weit weg zum Angeln gegangen. Millie nähte im Salon oder spielte Klavier wie früher … Und in der absoluten Stille des Schulzimmers, in dem die zerrissenen grünen Papierkränze, die leeren Umschläge der als Preise verteilten Bücher, die abgewischte Tafel davon kündeten, dass das Schuljahr zu Ende war, die Belohnungen verteilt und alles auf den Herbst, den Wiederbeginn im Oktober und den neuen Lerneifer wartete – da saß ich und dachte daran, dass unsere Jugend verflossen und das Glück verpasst war; auch ich wartete auf die Rückkehr nach Les Sablonnières und die Wiederkunft Augustins, der vielleicht nie zurückkehren würde …

Eine gute Nachricht konnte ich jedoch Millie bringen, als sie sich entschloss, mich über die Neuvermählte zu befragen. Ich fürchtete ihre Fragen, ihre sehr unschuldige und dabei etwas boshafte Art, einen plötzlich in Verlegenheit zu bringen, indem sie den Finger auf den geheimsten Gedanken legte, den man hegte. Ich verhinderte alle weiteren Fragen dadurch, dass ich ihr sagte, die junge Frau meines Freundes Meaulnes würde im Oktober Mutter sein.

Ich selbst dachte an den Tag, an dem Yvonne de Galais mir die große Nachricht angedeutet hatte. Zunächst herrschte Schweigen; auf meiner Seite die leichte Verlegenheit eines jungen Mannes. Um sie zu überwinden, hatte ich unbesonnen gleich herausgesagt:

«Sie müssen sehr glücklich sein!»

Der Gedanke daran, dass ich mit dieser Äußerung das ganze Drama wieder aufrührte, kam mir zu spät.

Aber sie erwiderte ohne jeden Hintergedanken, ohne Kummer, Vorwurf oder Groll mit einem schönen, glückverklärten Lächeln:

«Ja, sehr glücklich!»

Während der letzten Ferienwoche, die gewöhnlich die schönste und romantischste ist, die Woche der Regengüsse, die Woche, in der man Kaminfeuer zu entfachen beginnt und die ich sonst meist auf der Jagd in den dunklen, feuchten Tannenwäldern von Le Vieux-Nançay verbrachte, traf ich alle Vorbereitungen, um ohne Umwege nach Saint-Benoist-des-Champs zurückzukehren. Firmin, Tante Julie und meine Cousinen in Le Vieux-Nançay hätten zu viele Fragen gestellt, die ich nicht beantworten wollte. So verzichtete ich dieses Mal darauf, für eine Woche das berauschende Leben eines ländlichen Jägers zu führen, und traf vier Tage vor Wiederbeginn des Unterrichts in meinem Schulhaus ein.

Ich kam vor Einbruch der Nacht auf dem schon mit gelben Blättern bedeckten Hof an. Als der Kutscher abgefahren war, packte ich im hallenden und ‹dumpfigen› Esszimmer traurig das Paket mit Lebensmitteln aus, das mir meine Mutter mitgegeben hatte ... Ungeduldig und ängstlich aß ich nur wenig davon, dann nahm ich meinen Umhang und trat einen fieberhaften Spaziergang an, der mich geradewegs nach Les Sablonnières führte.

Ich wollte nicht gleich am ersten Abend meiner Rückkehr als Eindringling erscheinen. Aber kühner als damals im Februar überstieg ich, nachdem ich um das ganze Gut herumgegangen war, in dem nur aus dem Fenster der jungen Frau Licht drang, hinter dem Haus den Gartenzaun und setzte mich in der beginnenden Dunkelheit auf eine Bank vor der Hecke; einfach glücklich, da sein zu können, ganz nahe bei dem, was mich am meisten auf der Welt erregte und beunruhigte.

Die Nacht kam. Ein feiner Regen begann niederzurieseln. Mit gesenktem Kopf betrachtete ich gedankenlos meine Schuhe, wie sie immer nasser wurden und das Wasser auf ihnen glänzte. Das Dunkel hüllte mich langsam ein und die Kühle erreichte mich, aber nichts vermochte mich in meiner Träumerei zu stören. Zärtlich und traurig dachte ich halb träumend an Sainte-Agathe, an seine schlammigen Wege heute an diesem Septemberabend; ich stellte mir den im Nebel liegenden Marktplatz vor, den Schlächtergesellen, der pfeifend zum Brunnen geht, das erleuchtete Café, die fröhliche Wagenladung mit ihrem Schild offener Schirme, die zum Ferienende bei Onkel Florentin eintraf ... Und ich sagte mir traurig: Was hat all dies Glück für einen Sinn, wenn mein Kamerad Meaulnes und seine junge Frau nicht dabei sein können?

Als ich in diesem Augenblick den Kopf hob, sah ich sie zwei Schritte entfernt vor mir. Ich hatte den leichten Tritt ihrer Schuhe auf dem Sand für auf die Hecke fallende Regentropfen gehalten. Um Kopf und Schultern trug sie einen großen Schal aus schwarzer Wolle, und der feine Regen hatte ihre Stirnhaare benetzt. Sie hatte mich wohl von ihrem Zimmer aus durch das nach dem Garten gehende Fenster bemerkt und war zu mir gekommen. So wie einst meine Mutter, wenn sie voller Unruhe mich suchte, um mir zu sagen: «Du musst hineingehen», aber dann Gefallen am Spaziergang im Regen und in der Nacht fand und nur sanft sagte: «Du wirst dich erkälten», um dann noch lange plaudernd bei mir zu bleiben …

Yvonne de Galais reichte mir eine heiße Hand, und statt mich mit ins Haus zu nehmen, setzte sie sich auf die moosbewachsene, grünspanüberzogene Bank auf die am wenigsten feuchte Stelle, während ich stand, das Knie auf die gleiche Bank gestützt, und mich zu ihr beugte, um ihr zuzuhören.

Zunächst machte sie mir freundschaftliche Vorwürfe, weil ich meine Ferien so abgekürzt hatte.

«Ich musste doch so bald wie möglich kommen, um Ihnen Gesellschaft zu leisten», antwortete ich.

«Es ist wahr», sagte sie ganz leise mit einem Seufzer. «Ich bin noch allein. Augustin ist noch nicht zurückgekommen …»

Ich hielt diesen Seufzer für ein Bedauern, einen unterdrückten Vorwurf und begann langsam zu sagen:

«Wie kann ein so edler Geist solche Tollheiten begehen? Vielleicht war der Hang zum Abenteuer stärker als alles …»

Aber die junge Frau unterbrach mich. Und hier, an diesem Abend sprach sie zum ersten und letzten Mal mit mir über Meaulnes.

«Sprechen Sie nicht so, François Seurel, mein Freund», sagte sie sanft. «Nur wir – nur ich bin schuld. Denken Sie daran, was wir getan haben …

Wir haben zu ihm gesagt: Hier ist das Glück, hier ist das, was du während deiner ganzen Jugend gesucht hast, hier ist das Mädchen, das Ziel aller deiner Träume war!
Wie sollte ihn, den wir so an den Schultern vorwärts stießen, nicht Zaudern, dann Furcht, dann Entsetzen packen, und wie hätte er nicht schließlich der Versuchung zur Flucht nachgeben sollen?»
«Yvonne», sagte ich ganz leise, «Sie wissen sehr wohl, dass Sie dieses Glück, dieses Mädchen waren ...»
«Ach», seufzte sie. «Wie konnte ich auch nur einen Augenblick solch einen ehrgeizigen Gedanken haben. Gerade dieser Gedanke ist an allem schuld.
Ich sagte Ihnen: ‹Vielleicht kann ich nichts für ihn tun› – und innerlich dachte ich: ‹Da er mich so gesucht hat und ich ihn liebe, muss ich für ihn das Glück sein.› – Aber als ich ihn dann bei mir hatte, mit seiner ganzen Fieberhaftigkeit, seiner Ungeduld, seiner geheimnisvollen Reue, da begriff ich, dass ich nur eine arme Frau war wie alle anderen ...
‹Ich bin Ihrer nicht würdig›, wiederholte er, als am Ende unserer Hochzeitsnacht der Morgen graute.
Ich versuchte, ihn zu trösten, zu beruhigen. Nichts konnte seine Angst lindern. Und da sagte ich ihm: ‹Wenn Sie fortgehen müssen, wenn ich in dem Augenblick zu Ihnen gekommen bin, wo nichts Sie glücklich machen konnte; wenn es sein muss, dass Sie mich für eine Zeit verlassen, um dann beruhigt wieder zu mir zurückzukehren, so bitte ich selbst Sie, fortzugehen› ...»
In der Dunkelheit sah ich, dass sie die Augen auf mich richtete. Es war, als ob sie mir gebeichtet hätte und nun angstvoll wartete, ob ich sie losspräche oder verdammte. Aber was konnte ich sagen? Gewiss, ich sah innerlich den großen Meaulnes von

einst vor mir, linkisch und wild, der sich lieber bestrafen ließ, als sich zu entschuldigen oder eine Erlaubnis zu erbitten, die man ihm sicher gewährt hätte. Sicherlich wäre es richtiger gewesen, wenn Yvonne de Galais heftig geworden wäre, seinen Kopf in die Hände genommen und zu ihm gesagt hätte: «Es ist ja ganz gleichgültig, was Sie getan haben. Ich liebe Sie! Sind nicht alle Menschen Sünder?» Sicherlich hatte sie unrecht daran getan, ihn aus Edelmut, aus Opfergeist wieder auf die Straße des Abenteuers zu werfen. Aber wie hätte ich so viel Güte, so viel Liebe tadeln können?

Ein langes Schweigen folgte; wir hörten, beide bis auf den Grund des Herzens erschüttert, den kalten Regen auf Hecken und Zweige tropfen.

«So ist er denn früh am Morgen davongegangen», fuhr sie fort. «Von nun an trennte uns nichts mehr. Und er hat mich noch einmal geküsst, ganz natürlich wie ein Mann, der seine junge Frau beim Antritt einer langen Reise verlässt ...»

Sie stand auf. Ich nahm ihre fieberheiße Hand, dann ihren Arm, und wir gingen in der tiefen Dunkelheit die Allee zurück.

«Und doch hat er Ihnen niemals geschrieben?», fragte ich.

«Niemals», antwortete sie.

Und in dem Augenblick kam uns beiden der Gedanke an das abenteuerliche Leben, das er jetzt auf den Straßen Frankreichs oder Deutschlands führte, und wir begannen von ihm zu sprechen, wie wir es noch nie vorher getan hatten. Vergessene Einzelheiten, alte Eindrücke kamen uns wieder ins Gedächtnis, während wir langsam zum Haus zurückkehrten und nach jedem Schritt lange stehen blieben, um unsere Erinnerungen besser austauschen zu können. Lange – bis zum Gartenzaun – hörte ich im Dunkeln die mir teure leise Stimme der jungen

Frau; und ich selbst, von meiner alten Begeisterung wieder gepackt, sprach ihr unermüdlich und mit tiefer Freundschaft von dem, der uns verlassen hatte …

Zwölftes Kapitel

Die Last

Die Schule sollte am Montag wieder beginnen. Am Samstagabend gegen fünf Uhr kam eine Frau vom Gut auf den Schulhof, wo ich gerade Holz für den Winter sägte. Sie brachte mir die Nachricht, dass ein kleines Mädchen in Les Sablonnières zur Welt gekommen sei. Die Niederkunft sei sehr schwer gewesen. Um neun Uhr abends habe man die Hebamme von Préveranges holen müssen. Um Mitternacht wurde von Neuem angespannt, um den Arzt aus Vierzon zu holen. Er hatte die Zange anwenden müssen. Das Kind sei am Kopf verletzt und schreie viel, scheine aber ganz lebenskräftig zu sein. Yvonne de Galais sei jetzt sehr entkräftet, habe aber alle Leiden mit außerordentlicher Standhaftigkeit ertragen.

Ich ließ meine Arbeit liegen, zog mir schnell einen anderen Überzieher an und folgte der guten Frau nach Les Sablonnières, im Grunde ganz zufrieden mit diesen Nachrichten. Vorsichtig und leise, falls etwa eine der beiden Verletzten schliefe, stieg ich die enge Holztreppe zum ersten Stock empor. Und dort empfing mich mit ermüdetem, aber glücklichem Gesicht Monsieur de Galais und führte mich in das Zimmer, in das man vorläufig die von Vorhängen umgebene Wiege gestellt hatte.

Ich war noch niemals in einem Haus gewesen, in dem am gleichen Tag ein Kind geboren war. Wie seltsam, geheimnisvoll und wunderbar mir das erschien! Der Abend war so schön – ein richtiger Sommerabend –, dass Monsieur de Galais keine

Bedenken trug, das Fenster zum Hof zu öffnen. Neben mir, auf die Fensterbrüstung gelehnt, erzählte er mir, abgespannt und glücklich, das Drama der vergangenen Nacht. Und ich hatte, während ich ihm zuhörte, in mir das dunkle Gefühl, als ob irgendein Fremder mit uns im Zimmer sei …

Aus den Vorhängen der Wiege drang ein schriller, lang gezogener Schrei … Monsieur de Galais sagte leise:

«Die Wunde am Kopf lässt sie so schreien.»

Mechanisch begann er das kleine Bündel Vorhänge zu wiegen – man merkte, dass er dies seit dem frühen Morgen getan hatte und dass es ihm schon zur Gewohnheit geworden war.

«Sie hat schon gelacht», sagte er, «und sie greift nach dem Finger. Aber Sie haben sie noch gar nicht gesehen?»

Er öffnete die Vorhänge, und ich sah ein rotes, geschwollenes Gesichtchen, einen kleinen Schädel, der durch die Zange langgezogen und entstellt war.

«Das macht nichts», sagte Monsieur de Galais. «Der Arzt hat gesagt, das käme alles von selbst wieder in Ordnung. Geben Sie ihr den Finger, sie wird ihn drücken.»

Ich entdeckte hier etwas, was für mich wie eine unbekannte Welt war, und fühlte, wie mein Herz von einer seltsamen Freude erfüllt wurde, die es vorher nicht gekannt hatte …

Monsieur de Galais öffnete vorsichtig ein klein wenig die Tür zum Zimmer der jungen Frau. Sie schlief nicht.

«Sie können eintreten», sagte er.

Sie lag lang ausgestreckt, das fiebrige Gesicht von ihrem aufgelösten blonden Haar umgeben, und streckte mir mit müdem Lächeln die Hand entgegen. Ich beglückwünschte sie zu ihrer Tochter. Mit etwas heiserer Stimme und ungewohnter Schärfe, der Schärfe, wie sie ein aus dem Kampf Zurückkehrender hat – sagte sie lächelnd:

«Ja, aber man hat sie mir beschädigt.»
Ich musste dann bald fortgehen, um sie nicht zu ermüden.

Am anderen Tag, einem Sonntag, machte ich mich nachmittags mit fast freudiger Hast nach Les Sablonnières auf. Ein mit Nadeln an der Tür befestigtes Schild ließ mich in der Handbewegung, die ich schon ausführen wollte, innehalten:

Bitte nicht läuten.

Ich kam nicht auf den Gedanken, worum es sich handelte, und klopfte ziemlich laut. Ich hörte, wie innen jemand mit gedämpften Schritten herbeieilte. Eine Person, die ich nicht kannte – es war der Arzt aus Vierzon –, öffnete.
«Nun, was gibt es?», fragte ich schnell.
«Pst! Pst!», antwortete er ganz leise und erzürnt. «Das kleine Mädchen wäre heute Nacht beinahe gestorben, und der Mutter geht es sehr schlecht.»
Vollständig fassungslos folgte ich ihm auf Zehenspitzen in den ersten Stock. Das kleine Mädchen war in seiner Wiege eingeschlafen und sah ganz bleich, ganz weiß aus, wie ein totes Kind. Der Arzt meinte sie retten zu können. Was die Mutter anlange, so könne er nichts sagen ... Er gab mir als dem einzigen Freund der Familie lange Erläuterungen, sprach von Blutandrang in den Lungen, Embolie. Er zögerte, war sich nicht sicher ... Monsieur de Galais, der in den zwei Tagen schrecklich gealtert war, trat verstört und zitternd ein.
Ohne recht zu wissen, was er tat, führte er mich ins Nebenzimmer.
«Sie darf nicht erschreckt werden», sagte er ganz leise. «Der Arzt hat angeordnet, man müsse ihr einreden, dass es gut gehen werde.»

Alles Blut im Gesicht, lag Yvonne de Galais da wie am Abend zuvor, lang ausgestreckt und den Kopf zurückgelegt. Wangen und Stirn waren dunkelrot und die Augen manchmal wie bei einem Erstickenden verdreht, so rang sie mit unbeschreiblichem Mut und Seelenruhe zugleich mit dem Tod.

Sie konnte nicht sprechen, aber sie reichte mir ihre glühende Hand mit solchem Ausdruck von Freundschaft, dass ich fast laut geschluchzt hätte.

«Nun, sehen Sie», sagte Monsieur de Galais sehr laut, mit erschreckender, wie Wahnsinn anmutender Heiterkeit, «für eine Kranke sieht sie gar nicht schlecht aus.»

Und ich wusste nicht, was ich antworten sollte, aber ich behielt die entsetzlich heiße Hand der jungen Sterbenden in der meinen ...

Sie strengte sich an, um mich etwas zu fragen, mir irgendetwas zu sagen; sie wandte die Augen erst zu mir, dann zum Fenster, als ob sie mir ein Zeichen geben wolle, jemanden draußen zu suchen. Aber dann bekam sie einen schrecklichen Erstickungsanfall; ihre schönen blauen Augen, die mich einen Moment so tragisch gerufen hatten, verdrehten sich, Wangen und Stirn wurden dunkel; sie kämpfte sachte und versuchte bis zum Ende ihre Verzweiflung und Furcht zu verbergen. Verschiedene Personen, der Arzt und Frauen, stürzten herbei mit Sauerstoffflasche, Tüchern und Fläschchen, während der Greis sich über sie beugte und mit seiner rauen, zitternden Stimme rief – rief, als ob sie schon weit von ihm entfernt sei:

«Hab keine Furcht, Yvonne! Es ist nichts! Du brauchst keine Furcht zu haben!»

Dann ließ die Krise nach. Sie konnte etwas Atem schöpfen, aber sie rang weiter mit Erstickungsanfällen, das Weiße der Augen war sichtbar, der Kopf zurückgeworfen, und sie war unfähig, mich auch nur einen Augenblick anzusehen, mit mir zu sprechen und aus dem Abgrund, in den sie schon gestürzt war, wieder herauszukommen.

... Und da ich zu nichts nütze war, musste ich mich entschließen fortzugehen. Gewiss, ich hätte noch einen Augenblick bleiben können; und wenn ich daran denke, drückt es mir fast das Herz ab. Aber ich hoffte ja noch! Ich redete mir ein, dass alles noch nicht so weit wäre.

Als ich am Rande des Waldes hinter dem Haus ankam, dachte ich an den zum Fenster gerichteten Blick der jungen Frau. Mit der Aufmerksamkeit einer Schildwache oder eines Menschenjägers durchforschte ich die Tiefe dieses Waldes, durch den Augustin einst gekommen war und durch den er im letzten Winter geflohen war. Ach! Nichts rührte sich. Kein verdächtiger Schatten; kein Zweig bewegte sich. Aber nach einer Weile hörte ich von der Allee nach Préveranges her den hellen Ton eines Glöckchens; bald erschien an der Wegbiegung ein Kind mit roter Kappe und Schülerkittel, von einem Priester gefolgt ... Und ich ging von dannen, meine Tränen hinunterwürgend.

Am anderen Tage war Schulanfang. Um sieben Uhr waren schon zwei oder drei Jungen auf dem Schulhof. Ich zögerte lange, herauszukommen und mich zu zeigen. Und als ich endlich erschien, um das seit zwei Monaten verschlossene, muffig riechende Klassenzimmer zu öffnen, trat das ein, was ich am meisten auf der Welt befürchtet hatte: Ich sah, wie der größte Schüler sich von der spielenden Gruppe unter dem Pausendach löste und zu mir kam, um mir zu sagen, dass «die junge Dame von Les Sablonnières gestern bei Anbruch der Nacht gestorben ist».

Alles verwirrt sich in mir, alles wird von diesem Schmerz

überflutet. Mir scheint jetzt, dass ich nie wieder den Mut haben werde, meinen Unterricht aufzunehmen. Schon das Überqueren des trockenen Schulhofes ist für mich eine Anstrengung, die mir die Knie lähmt. Alles ist schmerzlich, alles ist bitter, da sie tot ist. Die Welt ist leer, die Ferien sind vorbei. Vorbei sind die langen, einsamen Fahrten im Wagen; vorbei das geheimnisvolle Fest. Alles ist wieder so mühevoll wie früher.
Ich habe den Kindern gesagt, dass heute die Schule ausfiele. Sie gehen in kleinen Gruppen fort, um die Nachricht den anderen über das Land zu bringen. Ich jedoch nehme meinen schwarzen Hut, eine gesäumte Jacke, die sich findet, und gehe mit elendem Gefühl nach Les Sablonnières ...
Nun stehe ich vor dem Haus, das wir vor drei Jahren so gesucht hatten! In diesem Haus ist Yvonne de Galais, die Madame Augustin Meaulnes', gestern Abend gestorben. Ein Fremder könnte das Haus für eine Kapelle halten, so still ist es seit gestern an diesem trostlosen Ort geworden.
Das also hatte uns der schöne Morgen des Ferienendes vorbehalten; wie verlogen erschien mir die unter den Zweigen hervorschimmernde Herbstsonne. Wie sollte ich gegen diese fürchterliche Empörung, diese erstickend aufsteigenden Tränen kämpfen! Wir hatten das schöne Mädchen wiedergefunden. Wir hatten sie erobert. Sie war die Frau meines Gefährten, und ich liebte sie mit jener tiefen, heimlichen Freundschaft, von der man nie spricht. Ich sah sie an und war zufrieden wie ein kleines Kind. Vielleicht hätte ich eines Tages ein anderes Mädchen geheiratet, und dann hätte ich ihr als erster die große geheime Nachricht anvertraut ...
Neben der Klingel in der Türecke hat man das Schild von gestern hängen lassen. Der Sarg steht schon unten in der Vorhalle. Im Zimmer des ersten Stockes empfängt mich die Amme des

Kindes; sie erzählt mir das Ende und öffnet leise die Tür ... Hier liegt sie. Kein Fieber, kein Kampf mehr. Keine Röte, keine Erwartung ... Nur Stille und ein hartes, gefühlloses, weißes, von Watte umgebenes Gesicht, eine tote Stirn, aus der dichtes hartes Haar quillt.

Monsieur de Galais kauert in einer Ecke, den Rücken uns zugewandt; er ist in Strümpfen, ohne Schuhe und wühlt mit einer furchterregenden Beharrlichkeit in ungeordneten Schubfächern, die er aus einem Schrank herausgerissen hat. Von Zeit zu Zeit zieht er unter heftigem Schluchzen, das ihm die Schultern wie bei einem Lachanfall erschüttert, eine alte, schon vergilbte Fotografie seiner Tochter hervor.

Die Beerdigung soll mittags stattfinden. Der Arzt fürchtet eine schnelle Zersetzung, wie oft nach Embolien. Deshalb ist auch das Gesicht wie übrigens der ganze Körper in phenolgetränkte Watte gehüllt.

Als das Ankleiden beendet ist – man hat ihr das wunderschöne dunkelblaue, mit kleinen Silbersternen besäte Samtkleid angezogen, aber dabei sind die schönen, jetzt aus der Mode gekommenen Puffärmel flach gedrückt und zerknittert worden –, hat man in dem Augenblick, als man den Sarg hinauftragen wollte, bemerkt, dass er in dem zu engen Korridor nicht zu wenden sei. Man müsste ihn mit einem Strick außen am Fenster hochziehen und ihn auf dieselbe Weise wieder herunterlassen ... Aber Monsieur de Galais, der immer noch über die alten Sachen gebeugt ist, unter denen er irgendwelche verlorenen Erinnerungsstücke sucht, greift jetzt mit beängstigender Heftigkeit ein:

«Ehe ich etwas so Furchtbares geschehen lasse», sagt er mit vor Tränen und Zorn erstickter Stimme, «nehme ich sie selbst und trage sie auf meinen Armen hinunter.»

Und er hätte es getan, auf die Gefahr hin, vor Schwäche auf halbem Wege zu stürzen und mit ihr zusammenzubrechen! Aber da trete ich vor und tue das einzig Mögliche: Mit Hilfe des Arztes und einer Frau nehme ich sie, einen Arm unter dem Rücken der Toten ausgestreckt, den anderen unter ihren Beinen, und drücke sie gegen meine Brust. Auf meinem linken Arm sitzend, die Schultern gegen meinen rechten Arm gestützt, ihr zurückfallender Kopf unter meinem Kinn liegend, lastet sie schrecklich auf meinem Herzen. Ich steige langsam Stufe für Stufe die lange, steile Treppe hinab, während man unten alles vorbereitet. Bald schmerzen mich beide Arme vor Anstrengung. Bei jeder Stufe komme ich mit diesem Gewicht auf der Brust immer mehr außer Atem. Ich drücke den leblosen, schweren Leichnam fester und neige den Kopf auf den Kopf derjenigen, die ich davontrage; mein Atem geht schwer, und ihre vom Hauch bewegten blonden Haare dringen mir in den Mund, tote Haare, die nach Erde schmecken. Dieser Geschmack nach Erde und Tod, dieses Gewicht auf dem Herzen, das ist alles, was für mich bleibt von dem großen Abenteuer und von Ihnen, Yvonne de Galais, junge, so sehr ersehnte, so heiß geliebte Frau …

Dreizehntes Kapitel

Das Aufsatzheft

In dem Haus voll trauriger Erinnerungen, in dem tagsüber Frauen ein winziges krankes Kind wiegten und trösteten, dauerte es nicht lang, bis Monsieur de Galais bettlägerig wurde. In den ersten Tagen strenger Winterkälte ging er friedlich hinüber. Ich konnte die Tränen nicht zurückhalten, als ich am Totenbett dieses liebenswerten alten Mannes stand, dessen Nachsicht und Einbildungskraft zusammen mit der seines Sohnes die Ursache unseres ganzen Abenteuers gewesen waren. Glücklicherweise hatte er alles, was sich ereignet hatte, überhaupt nicht begriffen; er starb übrigens in fast vollständiger Ruhe. Da er seit langer Zeit weder Verwandte noch Freunde in dieser Gegend Frankreichs besaß, hatte er mich testamentarisch zu seinem Universalerben eingesetzt, bis zur Rückkehr Meaulnes', dem ich über alles Rechenschaft abzulegen hatte, falls er jemals zurückkäme … Und von nun an wohnte ich in Les Sablonnières. Nach Saint-Benoist ging ich nur zum Unterricht. Ich brach früh am Morgen auf, aß zu Mittag eine auf dem Gut vorbereitete Mahlzeit, die ich auf dem Ofen wärmte, und kehrte am Abend gleich nach der Übungsstunde zurück. So konnte ich das Kind, das die Mägde des Pachthofes warteten, bei mir behalten. Vor allem aber hatte ich so mehr Aussicht, Augustin zu treffen, wenn er eines Tages nach Les Sablonnières zurückkehren sollte.

Ich gab übrigens die Hoffnung nicht auf, in den Möbeln oder

Schubfächern im Haus schließlich doch irgendein Schriftstück, irgendeinen Hinweis darauf zu finden, wie er während des langen Schweigens der vorhergehenden Jahre seine Zeit verbracht hatte – und vielleicht so den Grund zu seiner Flucht zu verstehen oder wenigstens seine Spur zu finden ... Ich hatte schon vergeblich wer weiß wie viele Wandschränke und Spinde durchsucht und in den Abstellkammern eine Menge alter Pappschachteln in allen Formen geöffnet; sie waren teils mit Bündeln alter Briefe und vergilbter Fotografien der Familie de Galais angefüllt, teils vollgestopft mit künstlichen Blumen, Federn, Federbüschen und altmodischen Vögeln. Den Schachteln entströmte ein unbestimmbarer welker Geruch, ein verwehter Duft, der in mir plötzlich für den ganzen Tag schmerzliche Erinnerungen hervorrief und mich meine Nachforschungen einstellen ließ ...

An einem Urlaubstag endlich entdeckte ich auf dem Boden einen kleinen länglichen, flachen Koffer, der mit einem halb abgeschabten, borstigen Schweinsfell überzogen war und in dem ich Augustins Schülerkoffer wiedererkannte. Ich bedauerte, nicht gleich hier mit dem Suchen begonnen zu haben. Das verrostete Schloss konnte ich leicht sprengen. Der Koffer war bis zum Rande mit Heften und Büchern von Sainte-Agathe gefüllt: Arithmetik, Aufgabenhefte und was weiß ich ... Mehr aus Rührung als aus Neugier begann ich zu blättern und las die alten Diktate wieder, die ich noch auswendig wusste, so oft hatten wir sie immer wieder abschreiben müssen! «Der Aquädukt» von Rousseau, «Ein Abenteuer in Kalabrien» von P.-L. Courier, «Brief George Sands an ihren Sohn» ...

Auch ein Schulaufsatzheft war dabei, was mich überraschte, weil diese Hefte stets in der Schule blieben und niemals von den Schülern mitgenommen wurden. Es war ein grünes Heft mit ganz vergilbten Rändern. Der Name des Schülers, Augustin Meaulnes, stand in wunderschöner Rundschrift auf dem Umschlag. Ich öffnete das Heft. Am Datum der Aufsätze, April 189…, sah ich, dass Meaulnes es wenige Tage vor dem Verlassen von Sainte-Agathe begonnen hatte. Die ersten Seiten waren mit der heiligen Sorgfalt geschrieben, die wir anwandten, wenn wir in diesem Schulaufsatzheft arbeiteten. Aber nur drei Seiten waren beschrieben, der Rest war leer geblieben, und deshalb hatte Meaulnes es mitgenommen.

Während ich, auf dem Fußboden kniend, an all diese Gewohnheiten und kindischen Vorschriften zurückdachte, die einen so breiten Raum in unserer Jugend eingenommen hatten, blätterte ich mit dem Daumen langsam die Seiten des unvollendeten Heftes um. Und so entdeckte ich, dass noch andere Blätter beschrieben waren. Nach vier weiß gelassenen Seiten war weiter geschrieben worden.

Es war wieder Meaulnes' Schrift, aber diesmal flüchtig, ohne Sorgfalt und kaum leserlich; kleine Absätze von ungleicher Breite, durch leer gelassene Linien getrennt. Manchmal stand nur ein unvollendeter Satz da, ab und zu ein Datum. Gleich bei der ersten Zeile vermutete ich, hier Auskunft über Meaulnes' Leben in Paris, Angaben über die Spur, die ich suchte, zu finden, und nahm das Heft mit ins Speisezimmer hinunter, um dort bei Tageslicht in aller Muße das seltsame Schriftstück zu lesen. Es war ein klarer, bewegter Wintertag. Bald zeichnete heller Sonnenschein die Fensterkreuze auf die weißen Vorhänge, bald trieb ein heftiger Windstoß eisigen Regen gegen die Scheiben. Und vor dem Fenster, nahe beim Kamin, las ich die Seiten, die mir so vieles erklärten und deren genaue Abschrift hier folgt …

Vierzehntes Kapitel

Das Geheimnis

Ich bin noch einmal unter ihrem Fenster vorübergegangen. Die Scheiben sind immer noch staubig, und die geschlossenen Vorhänge scheinen weiß hindurch. Wenn Yvonne de Galais das Fenster öffnen würde, hätte ich ihr nichts zu sagen, da sie jetzt ja verheiratet ist ... Was soll ich tun? Wie soll ich weiterleben? ...

Sonnabend, 13. Februar. – Ich habe am Quai das Mädchen wieder getroffen, das mir im Juni Auskunft gab und das wie ich vor dem verschlossenen Haus wartete ... Ich habe mit ihr gesprochen. Während sie neben mir herging, sah ich von der Seite die leichten Fehler ihres Gesichtes: eine kleine Falte in den Mundwinkeln, etwas eingefallene Wangen und stark gepuderte Nasenflügel. Plötzlich wandte sie sich mir zu, sah mir gerade ins Gesicht, vielleicht, weil sie von vorn schöner ist als von der Seite, und sagte knapp:
«Sie machen mir viel Spaß. Sie erinnern mich an einen jungen Mann, der mir früher einmal in Bourges den Hof machte. Ich war sogar mit ihm verlobt ...»

Jedoch als die Nacht hereingebrochen war, hat sie sich auf der einsamen, nassen Straße, die den Schein einer Gaslaterne widerspiegelte, plötzlich näher an mich gedrängt und mich gebeten, heute Abend mit ihr und ihrer Schwester ins Theater

zu gehen. Zum erstenmal fällt mir auf, dass sie in Trauerkleidung ist; sie trägt einen Damenhut, der für ihr junges Gesicht viel zu alt ist, und einen feinen Regenschirm, so dünn wie ein Spazierstock. Und da ich ganz nahe bei ihr stehe, streifen meine Nägel, als ich eine Handbewegung mache, den Krepp ihres Mieders ... Ich sperre mich gegen ihr Ansinnen. Sie wird böse und will gleich fortgehen. Und jetzt halte ich sie zurück und bitte. Ein Arbeiter, der in der Dunkelheit vorübergeht, scherzt mit halblauter Stimme:
«Geh nicht mit, Kleine! Er tut dir was!»
Und wir bleiben beide ganz verwirrt stehen.

Im Theater. – Die beiden Mädchen, meine Freundin, die Valentine Blondeau heißt, und ihre Schwester, sind mit ärmlichen Schals gekommen.
Valentine sitzt vor mir. Alle Augenblicke dreht sie sich unruhig um, als frage sie sich, was ich von ihr wolle. Und ich fühle mich in ihrer Nähe fast glücklich; jedes Mal antworte ich ihr mit einem Lächeln.
Um uns herum saßen Frauen mit zu tiefen Dekolletés. Wir scherzten darüber. Zuerst lächelte sie, dann meinte sie: «Ich darf nicht lachen. Ich habe selbst ein zu tief ausgeschnittenes.» Und sie hüllte sich in ihren Schal. Tatsächlich sah man unter dem viereckigen, mit schwarzer Spitze bedeckten Ausschnitt, dass sie in der Eile des Umziehens den oberen Saum ihres einfachen, hochgeschlossenen Hemdes zurückgeschoben hatte.

Sie hat etwas Ärmliches und Kindliches an sich, und ihr Blick drückt etwas zugleich Leidendes und Verwegenes aus, das mich anzieht. Wenn ich bei ihr bin, dem einzigen Wesen auf der Welt, das mir über die Leute vom Gut Auskunft geben konnte, so denke ich unaufhörlich an mein seltsames Abenteuer von damals … Ich wollte sie noch weiter über das kleine Privatwohnhaus am Boulevard ausfragen, aber sie stellte mir daraufhin Fragen, die mich so in Verlegenheit brachten, dass ich nichts darauf antworten konnte. Ich fühle, dass wir von jetzt an über diesen Gegenstand beide nicht mehr sprechen werden. Und doch weiß ich, dass ich sie wiedersehen werde. Aber wozu? Und warum? … Bin ich jetzt dazu verdammt, der Spur jedes Menschen zu folgen, der auch nur den leisesten, entferntesten Zusammenhang mit meinem missglückten Abenteuer hat? …

Als ich um Mitternacht allein auf der einsamen Straße bin, frage ich mich, was mir diese neue sonderbare Geschichte bedeuten soll. Ich gehe an Häusern entlang, die aneinandergereihten Pappschachteln gleichen und in denen ein ganzes Volk schläft. Und plötzlich erinnere ich mich eines Entschlusses, den ich etwa vor ein bis zwei Monaten gefasst hatte: Ich hatte beschlossen, mitten in der Nacht, gegen ein Uhr morgens, dorthin zu gehen, um das Haus herumzuschleichen, die Gartentür zu öffnen, wie ein Dieb einzudringen und irgendeine Angabe zu suchen, die mir ermöglichte, den Weg zum verlorenen Gut zu finden, um sie wiederzusehen, ein einziges Mal wiederzusehen … Aber ich bin müde. Ich habe Hunger. Auch ich habe mich vor dem Theater ganz schnell umziehen müssen und daher nicht zu Abend gegessen. Gepeinigt von unerklärlichen Gewissensbissen bleibe ich noch lange aufgeregt und unruhig auf meinem Bettrand sitzen, ehe ich mich niederlege. Warum?

Ich füge noch hinzu: Sie lehnten es ab, von mir nach Hause gebracht zu werden oder mir zu sagen, wo sie wohnten. Aber ich bin ihnen so lange wie möglich gefolgt. Ich weiß, dass sie in einer kleinen Straße in der Gegend von Notre-Dame wohnen. Aber welche Nummer? ... Ich vermute, dass sie Schneiderinnen oder Modistinnen sind.
Valentine hat sich mit mir, ohne dass es ihre Schwester merkte, für Donnerstag um vier Uhr vor dem gleichen Theater verabredet.
«Wenn ich Donnerstag nicht da sein sollte», sagte sie, «so kommen Sie am Freitag um dieselbe Zeit, dann Sonnabend und so fort, alle Tage.»

Donnerstag, 18. Februar. – Als ich wegging, um sie zu treffen, wehte ein starker Wind, der die Regenwolken vor sich hertrieb; man meinte, jeden Augenblick müsse es anfangen zu regnen ...
Ich gehe im Halbdunkel der Straßen mit einem Bleigewicht auf dem Herzen. Ein Regentropfen fällt. Ich fürchte, es wird regnen: Ein Regenschauer kann sie abhalten, zu kommen. Aber der Wind setzt von Neuem ein, und der Regen fällt diesmal noch nicht. Oben am grauen Nachmittagshimmel – bald grau, bald hell – hat eine große Wolke dem Wind weichen müssen. Und ich hier unten verschanze mich ängstlich wartend.
Vor dem Theater. – Nach einer Viertelstunde bin ich sicher, dass sie nicht kommen wird. Von dem Quai aus, auf dem ich stehe, überwache ich von Weitem auf der Brücke, über die sie kommen müsste, die Passanten. Alle jungen Frauen in Trauer begleite ich mit meinem Blick und fühle fast etwas wie Dankbarkeit für die, die am längsten, am weitesten bis zu mir heran ihr ähnlich sahen und mich hoffen ließen ...

Eine Stunde des Wartens. – Ich bin dessen überdrüssig. Als es dunkel wird, schleppt ein Schutzmann einen Kerl zur nächsten Wache, der ihm mit erstickter Stimme alle Beleidigungen, allen Unflat, über den er verfügt, ins Gesicht schleudert. Der Schutzmann ist wütend, bleich, stumm … Sobald sie die Tür der Wache erreicht haben, beginnt er ihn zu stoßen, dann schließt er die Tür, um den Elenden nun nach Belieben zu schlagen … Mir kommt der schreckliche Gedanke, dass ich auf das Paradies verzichtet habe und im Begriff bin, vor den Pforten der Hölle auf der Stelle zu treten.
Kriegsmüde räume ich das Feld und gehe in die enge Gasse zwischen Seine und Notre-Dame, in der ich ungefähr den Platz ihres Hauses kenne. Ganz allein gehe ich auf und ab. Von Zeit zu Zeit kommt ein Dienstmädchen oder eine Hausfrau unter dem feinen Regen heraus, um vor Einbruch der Nacht ihre Einkäufe zu machen … Hier ist nichts für mich zu erwarten, und ich gehe fort. Ich komme in dem hellen Regen, der das Dunkelwerden noch etwas hinausschiebt, wieder auf den Platz, wo wir uns treffen sollten. Es sind jetzt viel mehr Leute dort als vorher – eine schwarze Menge …
Allerhand Vermutungen – Verzweiflung – Ermattung. Ich klammere mich an den Gedanken: Morgen! Morgen werde ich zur selben Stunde wieder am selben Ort sein, um sie zu erwarten. Und es kann gar nicht schnell genug morgen werden. Ich male mir aus, wie lang mir der heutige Abend, dann morgen der Vormittag werden wird, den ich untätig zubringen werde … Aber habe ich den heutigen Tag nicht schon fast hinter mir? … Nach Hause zurückgekehrt, am Feuer, höre ich, wie die Abendzeitungen ausgerufen werden. Sicherlich hört auch sie es in ihrem Haus, das verloren irgendwo in der Stadt nahe Notre-Dame liegt.

Sie ... ich will sagen: Valentine.
Der Abend, den ich am liebsten fortgezaubert hätte, lastet mit seltsamer Schwere auf mir. Während der Uhrzeiger vorrückt und der Tag, dessen Ende ich herbeisehne, bald überstanden ist, gibt es Menschen, die ihm all ihr Hoffen, all ihre Liebe und ihre letzten Kräfte anvertraut haben. Es gibt Sterbende; andere, denen ein Zahlungstermin bevorsteht und die wünschen, dass es niemals morgen würde; andere, denen der morgige Tag wie ein Gewissensbiss auf der Seele brennen wird. Wieder andere sind müde, und diese Nacht wird niemals lang genug sein, um ihnen die Ruhe zu geben, derer sie bedürfen. Und ich, ich, der ich meinen Tag verloren habe, mit welchem Recht wage ich den nächsten Tag herbeizuwünschen?

Freitagabend. – Ich hatte geglaubt, anschließend zu schreiben: «Ich habe sie nicht wiedergesehen.» Und alles wäre zu Ende gewesen.
Aber als ich heute um vier Uhr an der Ecke des Theaters ankam, war sie da. Zierlich und ernst, schwarz gekleidet, aber das Gesicht gepudert und mit einem weißen Kragen, der ihr das Aussehen eines schuldigen Pierrots verleiht. Ihr Gesichtsausdruck ist zugleich schmerzlich und schelmisch.
Sie ist gekommen, um mir zu sagen, dass sie mich sofort verlassen müsse und nicht wiederkommen werde.

....

Und doch gehen wir beide bei Anbruch der Nacht noch lange auf dem Kies des Tuileriengartens dicht nebeneinander her. Sie erzählt mir ihre Geschichte, aber so verhüllt, dass ich sie nur unvollkommen verstehe. Sie sagt «mein Geliebter», wenn sie von ihrem Verlobten spricht, den sie nicht geheiratet hat. Ich

glaube, sie tut es absichtlich, um mich abzuschrecken und damit ich mich nicht an sie binde. Sätze von ihr, die ich ungern niederschreibe:
«Haben Sie kein Vertrauen zu mir, ich habe immer nur Tollheiten begangen.»
«Ich bin ganz allein auf den Straßen herumgelaufen.»
«Ich habe meinen Bräutigam zur Verzweiflung gebracht. Ich habe ihn verlassen, weil er mich zu sehr bewunderte; er sah mich nur in seiner Einbildung und nicht, wie ich wirklich war. Nun bin ich aber voller Fehler. Wir wären sehr unglücklich geworden.»
Alle Augenblicke ertappe ich sie dabei, wie sie sich schlechter macht, als sie ist. Ich glaube, sie will sich selbst beweisen, dass sie damals recht daran getan hat, die Dummheit zu begehen, von der sie spricht, dass sie nichts zu bereuen hat und des Glückes, das sich ihr bot, nicht würdig war.

Ein anderes Mal:
«Was mir an Ihnen gefällt», sagte sie mir mit einem langen Blick auf mich, «was mir an Ihnen gefällt, ich weiß nicht warum, das sind meine Erinnerungen ...»

Ein anderes Mal:
«Ich liebe ihn noch, mehr als Sie glauben.»
Und dann sagte sie plötzlich, jäh, brutal, traurig:
«Aber was wollen Sie? Lieben Sie mich auch? Wollen auch Sie um meine Hand bitten?»
Ich stammelte etwas. Ich weiß nicht, was ich geantwortet habe. Vielleicht habe ich «Ja» gesagt.

Hier brach diese Art von Tagebuch ab. Es folgten Briefentwürfe, die unleserlich, formlos und oft durchgestrichen waren. Welch zweifelhafte Verlobung! ... Das Mädchen hatte auf Meaulnes' Bitte ihren Beruf aufgegeben. Er hatte sich mit den Vorbereitungen zur Heirat beschäftigt. Aber immer wieder von dem Wunsch getrieben weiterzusuchen, wieder die Spur seiner verlorenen Liebe zu verfolgen, war er wohl mehrere Male verschwunden; und in diesen Briefen suchte er sich mit tragischer Verlegenheit vor Valentine zu rechtfertigen.

Fünfzehntes Kapitel

Das Geheimnis

(Fortsetzung)

Dann begann das Tagebuch wieder.

Er hatte Erinnerungen aufgeschrieben an ein paar Tage, die sie beide zusammen irgendwo auf dem Lande verbracht hatten. Aber seltsamerweise war von diesem Moment an, vielleicht aus einem Gefühl geheimer Scham heraus, das Tagebuch in so abgehackter, formloser Art gehalten und so hastig hingekritzelt, dass ich selbst diesen ganzen Teil seiner Geschichte rekonstruieren musste.

14. Juni. – Als er früh am Morgen im Gasthofzimmer erwachte, waren die roten Muster des schwarzen Vorhangs von der Sonne angeleuchtet. Unten in der Gaststube unterhielten sich Landarbeiter mit lauter Stimme beim Morgenkaffee: Sie entrüsteten sich in rauen, friedlichen Reden über einen ihrer Arbeitgeber. Sicher hatte Meaulnes in seinem Schlaf schon lange diesen gedämpften Lärm gehört; denn er achtete zunächst gar nicht darauf. Der Vorhang, mit seinen von der Sonne erleuchteten roten Trauben, die morgendlichen Stimmen, die in sein stilles Zimmer drangen, all das verschmolz zu dem einzigen Eindruck eines Erwachens auf dem Lande am Beginn köstlicher großer Ferien.

Er erhob sich, klopfte leise an die benachbarte Tür, ohne eine Antwort zu erhalten, und öffnete sie geräuschlos. Da bemerkte er Valentine und begriff, woher sein so friedliches Glück stammte. Sie schlief ganz unbeweglich und still, ohne dass man sie atmen hörte, wie wohl ein Vogel schläft. Lange betrachtete er dieses Kindergesicht mit den geschlossenen Augen, ein so ruhiges Gesicht, das man am liebsten nie geweckt und beunruhigt hätte.

Um zu zeigen, dass sie nicht mehr schlief, öffnete sie nur die Augen und blickte umher.

Sobald sie angezogen war, kam Meaulnes wieder zu dem Mädchen.

«Wir sind spät dran», sagte sie, und gleich begann sie wie eine Hausfrau in ihrer Wohnung zu arbeiten.

Sie brachte die Zimmer in Ordnung, bürstete die Kleider, die Meaulnes am Vortag getragen hatte, und war unglücklich, als sie bei der Hose ankam; ihr ganzer unterer Teil war dick schlammverkrustet. Sie zögerte, dann begann sie sorgfältig vor dem Bürsten die erste Schmutzschicht mit einem Messer abzuschaben.

«So machten es die Jungen in Sainte-Agathe», sagte Meaulnes, «wenn sie sich im Schlamm herumgewälzt hatten.»

«Mir hat es meine Mutter so gezeigt», sagte Valentine.

... Und so war sie wohl eine Gefährtin, wie sie sich der große Meaulnes, Jäger und Bauer, der er war, vor seinem geheimnisvollen Abenteuer hätte wünschen können.

15. Juni. – Bei dem Essen auf dem Bauerngut, zu dem sie auf Veranlassung ihrer Freunde, die sie als Mann und Frau

vorgestellt hatten, zu ihrem großen Verdruss eingeladen waren, zeigte sie sich schüchtern wie eine Neuvermählte.

Man hatte wie bei einer friedlichen Landhochzeit an jedem Ende des weiß gedeckten Tisches Kerzen in zwei Armleuchtern angezündet. Bei der nur geringen Helle tauchten die Gesichter, sobald sie sich etwas vorbeugten, in den Schatten.

Rechts von Patrice (dem Sohn des Bauern) saß Valentine, daneben Meaulnes, der bis zuletzt schweigsam blieb, obwohl man sich im Gespräch fast immer an ihn wandte. Seit er beschlossen hatte, in diesem abgelegenen Dorf Valentine als seine Frau auszugeben, um Redereien zu vermeiden, fühlte er sich von demselben Kummer, denselben Gewissensbissen schmerzlich bedrückt. Und während Patrice wie ein Landedelmann dem Mahl vorsaß, dachte Meaulnes:

«Eigentlich sollte ich in einem niedrigen Saal wie diesem, einem schönen Saal, den ich wohl kenne, meinem Hochzeitsmahl vorsitzen.»

Neben ihm lehnte Valentine schüchtern alles ab, was man ihr anbot. Man hätte sie für eine junge Bäuerin halten können. Bei jedem neuen Versuch sah sie ihren Freund an und schien sich zu ihm flüchten zu wollen. Schon eine ganze Weile drang Patrice vergeblich darauf, dass sie ihr Glas leere, bis endlich Meaulnes sich zu ihr beugte und ihr leise sagte:

«Sie müssen austrinken, meine kleine Valentine.»

Da trank sie folgsam. Und Patrice beglückwünschte lächelnd den jungen Mann zu einer so gehorsamen Frau.

Aber Valentine und Meaulnes blieben beide still und nachdenklich. Zunächst waren sie ermüdet; ihre vom Schlamm auf dem Spaziergang durchnässten Füße waren auf den sauberen Fliesen der Küche zu Eis erstarrt. Und dann war ab und zu der junge Mann gezwungen zu sagen:

«Meine Frau Valentine – meine Frau ...»
Und jedes Mal, wenn er dieses Wort unberechtigt in diesem dunklen Saal, vor diesen unbekannten Bauern aussprach, hatte er das Gefühl, einen Fehler zu begehen.

17. Juni. – Der Nachmittag dieses letzten Tages fing übel an. Patrice und seine Frau begleiteten sie auf einem Spaziergang. Allmählich verloren sich die beiden Paare in dem hügeligen, heidekrautbewachsenen Gelände aus den Augen. Meaulnes und Valentine setzten sich in einem kleinen Gehölz zwischen Wacholderbüsche.
Der Wind führte Regentropfen mit sich, und es war trübe. Der Abend schien einen bitteren Geschmack zu haben, den Geschmack eines Kummers, den selbst die Liebe nicht vertreiben konnte.
Sie blieben lange in ihrem von Zweigen geschützten Versteck und sprachen wenig. Dann klärte sich das Wetter auf; es wurde schön, und sie glaubten, nun würde alles gut.
Und sie begannen von der Liebe zu sprechen. Valentine redete, redete ...
«Hören Sie nur, was mein Bräutigam, kindlich wie er war, mir versprochen hatte: Gleich sollten wir ein Haus haben, eine Art einsam gelegener Strohhütte auf dem Land. Es wäre schon bereit für uns, sagte er. Wir sollten dort am Abend unseres Hochzeitstages wie bei der Rückkehr von einer großen Reise ankommen, ungefähr zu dieser Stunde, kurz vor der Nacht; und auf den Wegen, im Hof, in den Büschen verborgen sollten unbekannte Kinder uns einen festlichen Empfang bereiten mit dem Ruf: Es lebe die Braut! ... Wie verrückt, nicht wahr?»
Meaulnes hörte ihr bestürzt und besorgt zu. All dies klang ihm wie der Widerhall einer schon gehörten Stimme. Und in

der Erzählung des Mädchens schwang ein leiser Ton von Reue mit.
Sie aber fürchtete, ihn verletzt zu haben, und wandte sich mit ungestümer Zärtlichkeit zu ihm.
«Ihnen will ich alles geben, was ich habe: etwas, was für mich teurer als alles andere war ... und Sie werden es verbrennen!»
Ihr ängstlicher Blick ließ ihn nicht los, als sie aus ihrer Tasche ein kleines Bündel Briefe zog, das sie ihm reichte – die Briefe ihres Verlobten.
Ach! Er erkannte sofort die zierliche Handschrift. Wie hatte er nur nicht schon früher daran denken können?! Das war die Handschrift von Frantz, dem Bohémien, die er einst auf dem verzweifelten Zettel gesehen hatte, der im Zimmer auf dem Gut lag ...
Sie gingen jetzt auf einem kleinen, schmalen Weg zwischen Gänseblümchen und Gräsern, auf die schräg die Nachmittagssonne schien. Meaulnes war so betäubt, dass er noch gar nicht begriff, in welchem Maß das alles den Zusammenbruch für ihn bedeutete.
Er las, weil sie ihn aufgefordert hatte zu lesen. Kindliche, sentimentale, überschwängliche Sätze ... Dieser stand im letzten Brief:
... Ach! Sie haben das kleine Herz verloren, das ist unverzeihlich, kleine Valentine. Was wird nun aus uns werden? Ich bin ja nicht abergläubisch ...

Meaulnes las, halb blind vor Kummer und Zorn, mit unbeweglichem, aber ganz blassem Gesicht und einem Zucken unter den Augen. Als Valentine ihn so sah, schaute sie beunruhigt nach, welche Stelle er gerade las und was ihn so ärgerte.
«Das war», erklärte sie ganz schnell, «ein Schmuckstück, das er mir gegeben hatte; er ließ mich schwören, es für immer zu behalten. Er hatte solche verrückten Einfälle.»

Aber hierdurch reizte sie Meaulnes noch mehr.
«Verrückt?», sagte er, die Briefe in seine Tasche steckend. «Warum wieder dieses Wort? Warum haben Sie niemals an ihn glauben wollen? Ich habe ihn gekannt, er war der prachtvollste Kerl der Welt!»
«Sie haben Frantz de Galais gekannt?»
«Er war mein bester Freund, mein Bruder bei allen Abenteuern – und nun habe ich ihm seine Braut genommen!»
«Ach!», fuhr er wütend fort, «was haben Sie uns angetan? Weil Sie an nichts glauben wollten! Sie sind an allem schuld! Sie haben alles verdorben, ja verdorben!»
Sie wollte sprechen, ihn bei der Hand fassen, aber er stieß sie brutal zurück:
«Gehen Sie fort! Lassen Sie mich!»
«Nun, wenn es so ist», sagte sie mit glühendem Gesicht, stammelnd und halb weinend, «dann gehe ich wirklich fort. Ich werde mit meiner Schwester in unsere Heimat nach Bourges zurückkehren. Und wenn Sie mich nicht holen kommen, so wissen Sie, nicht wahr, dass mein Vater zu arm ist, um mich bei sich zu behalten; schön, dann werde ich wieder nach Paris gehen und wieder auf den Straßen herumziehen, wie ich es schon einmal getan habe. Sicher werde ich ein gefallenes Mädchen werden, ich habe ja keinen Beruf mehr ...»
Und sie ging ihre Sachen holen, um dann mit dem Zug fortzufahren, während Meaulnes, ohne ihr überhaupt nachzuschauen, blindlings immer weiter lief.

Hier hörte das Tagebuch wieder auf.
Es folgten weitere Briefentwürfe, Briefe eines unentschlossenen, verwirrten Menschen. Meaulnes war nach La Ferté-d'Angillon zurückgekehrt und hatte an Valentine geschrieben,

scheinbar um ihr seinen Entschluss, sie niemals wiederzusehen, zu bestätigen und ausführlich zu begründen; in Wirklichkeit vielleicht aber nur, um eine Antwort von ihr zu erhalten. In einem der Briefe fragte er sie, was zu fragen ihm in seiner Verwirrung nicht in den Sinn gekommen war, nämlich, wo das so sehr gesuchte Gut liege. In einem anderen beschwor er sie, sich mit Frantz de Galais wieder zu versöhnen, er selbst übernehme es, ihn wiederzufinden … Alle Briefe, deren Entwürfe ich las, waren wohl nie abgeschickt worden, aber zwei oder drei Mal hatte er wohl wirklich geschrieben, ohne jemals eine Antwort zu erhalten. Für ihn war es eine Zeit schrecklicher und elender Kämpfe in vollkommener Verlassenheit gewesen. Da die Hoffnung, Yvonne de Galais jemals wiederzusehen, vollständig geschwunden war, hatte er wohl gefühlt, wie sein großer Entschluss immer mehr ins Wanken kam. Und aufgrund der folgenden Seiten – der letzten seines Tagebuches – vermute ich, dass er sich eines schönen Morgens am Anfang der Ferien ein Rad lieh, um nach Bourges zu fahren und die Kathedrale zu besichtigen.

Er war ganz früh auf der schönen, geraden, durch Wälder führenden Landstraße und ersann unterwegs unzählige Vorwände, wie er, ohne sich etwas zu vergeben und ohne eine Versöhnung zu fordern, derjenigen unter die Augen treten könne, die er verstoßen hatte.

Die letzten vier Seiten, die ich mühsam entziffert habe, erzählen von dieser Reise und diesem letzten Fehler …

Sechzehntes Kapitel

Das Geheimnis

(Schluss)

25. August. – Am anderen Ende von Bourges, am äußersten Rand der neuen Vorstadt, entdeckte er nach langem Suchen das Haus Valentine Blondeaus. Eine Frau – Valentines Mutter – stand auf der Türschwelle, als ob sie ihn erwartete. Sie sah aus wie eine gute Hausfrau, etwas schwer mit faltigem, aber noch schönem Gesicht. Neugierig blickte sie ihm entgegen und erklärte auf seine Frage, «ob die beiden Fräulein Blondeau zu Hause wären», sanft und freundlich, sie seien seit dem 15. August wieder in Paris.

«Sie haben mir verboten zu sagen, wohin sie gegangen sind», setzte sie hinzu, «aber wenn Sie an ihre alte Adresse schreiben, so wird ihnen der Brief nachgeschickt.»

Als er, sein Rad mit der Hand führend, wieder durch das Gärtchen zurückging, dachte er:

«Sie ist fortgegangen ... Alles ist zu Ende; ich habe es ja so gewollt ... Ich habe sie dazu gezwungen. ‹Sicher werde ich ein gefallenes Mädchen›, sagte sie damals. Und ich habe sie dahin gebracht! Ich habe Frantz' Braut zugrunde gerichtet!»

Und ganz im Innern wiederholte er wie wahnsinnig: «Umso besser! Umso besser!» mit der Gewissheit, dass es eigentlich ganz im Gegenteil ‹umso schlimmer!› heißen müsste und dass er vor den Augen dieser Frau, ehe er noch ans Gartengitter kam, mit beiden Füßen stolpern und auf die Knie fallen müsste.

Er dachte nicht ans Mittagessen, sondern setzte sich in ein Café, wo er einen langen Brief an Valentine schrieb, nur um alles herauszuschreien, um den Verzweiflungsschrei, der ihn erstickte, loszuwerden. Sein Brief wiederholte immer und immer wieder: «Wie konnten Sie nur! ... Wie konnten Sie nur! ... Wie konnten Sie sich nur darein fügen! ... Wie konnten Sie sich so verlieren!»
Neben ihm zechten Offiziere. Einer von ihnen erzählte lärmend eine Frauengeschichte, von der man nur Bruchstücke hörte:
«... Ich habe ihr gesagt. Sie sollten mich doch wohl kennen ... Ich spiele doch jeden Abend mit Ihrem Mann!» Die anderen lachten und spuckten mit einer Kopfwendung hinter ihre Bänke. Abgezehrt und staubig sah Meaulnes ihnen wie ein Bettler zu. Er stellte sich vor, wie sie Valentine auf ihren Knien hielten.

Lange irrte er auf dem Rad um die Kathedrale herum und redete sich ein: «Eigentlich bin ich ja wegen der Kathedrale gekommen.» Am Ende jeder Straße, auf dem leeren Platz, sah man sie groß und gleichgültig aufragen. Die Straßen waren eng und schmutzig wie die Gassen um eine Dorfkirche. Da und dort sah man das Zeichen eines zweifelhaften Hauses – eine rote Laterne ... Meaulnes fühlte seinen Schmerz rettungslos verloren in diesem unsauberen, lasterhaften Stadtviertel, das wie in alten Zeiten unter den Strebebögen der Kathedrale Schutz suchte. Ihn überkam eine bäuerische Furcht, eine Abneigung gegen diese Stadtkirche, an der in dunklen Winkeln

alle Laster in Stein gehauen zu sehen sind, die zwischen schlechten Plätzen gebaut ist und kein Heilmittel für die allerreinsten Liebesschmerzen hat.
Zwei Mädchen gingen vorüber, die sich gegenseitig um die Hüften gefasst hatten und ihn frech ansahen. Aus Abscheu oder aus Spaß, um sich für seine Liebe zu rächen oder um sie zu vernichten, folgte ihnen Meaulnes langsam auf dem Rad, und eine von ihnen, ein armseliges Mädchen, deren spärliche blonde Haare durch einen falschen Knoten nach hinten gezogen waren, verabredete sich mit ihm auf sechs Uhr im erzbischöflichen Garten, dem Garten, wohin Frantz in einem seiner Briefe die arme Valentine zum Stelldichein gebeten hatte.
Er lehnte nicht ab, da er wusste, dass er zu dieser Stunde die Stadt längst weit hinter sich gelassen haben würde. Und sie blieb noch lange an ihrem niedrigen Fenster an der abschüssigen Straße stehen, um ihm unklare Zeichen zu geben.

Er beeilte sich, seinen Weg wieder aufzunehmen.
Vor der Abfahrt konnte er dem düsteren Verlangen, noch ein letztes Mal an Valentines Haus vorüberzugehen, nicht widerstehen. Mit weit geöffneten Augen starrte er es an und nahm einen Vorrat an Traurigkeit mit sich. Es war eines der letzten Vorstadthäuser; von hier an wurde die Straße zur Landstraße … Gegenüber bildete unbebautes Gelände eine Art kleinen Platzes. Niemand war an den Fenstern, im Hof oder sonst irgendwo zu sehen. Nur ein schmutziges gepudertes Mädchen, das zwei zerlumpte Bengel an der Hand führte, ging an der Mauer entlang.
Hier also hatte sich Valentines Kindheit abgespielt. Hier hatte sie mit ihren vertrauensvollen und klugen Augen die Welt zu betrachten begonnen. Hinter diesen Fenstern hatte sie

gearbeitet, genäht, und Frantz war durch diese Vorstadtstraße gegangen, um sie zu sehen und ihr zuzulächeln. Aber jetzt war nichts mehr da, nichts … Der traurige Abend dauerte an, und Meaulnes wusste nur, dass irgendwo während des gleichen Nachmittags Valentine, einsam, in ihrem Gedächtnis diesen trüben Platz vorüberziehen ließ, an den sie nie wieder zurückkehren würde.

Die lange Heimfahrt, die ihm noch bevorstand, war wohl die letzte Zuflucht vor seinem Schmerz gewesen, die letzte erzwungene Ablenkung, bevor er sich seinem Kummer ganz hingab.
Er fuhr ab. Unweit der Straße, im Tal, zeigten reizende, am Wasser zwischen Bäumen gelegene Landhäuser ihre spitzen, mit grünen Gittern geschmückten Giebel. Sicherlich sprachen dort auf den Rasenplätzen aufmerksame junge Mädchen von Liebe. Man stellte sich dort unten seelenvolle Menschen vor, schöne Seelen …
Aber für Meaulnes gab es in diesem Augenblick nur eine einzige Liebe, der kaum Genüge getan worden war, die eben einen so grausamen Schlag erhalten hatte, und das einzige Mädchen, das er unter allen anderen hätte schützen und bewahren sollen, war gerade von ihm ins Verderben geschickt worden.
Einigen hastig hingeworfenen Zeilen des Tagebuches entnahm ich noch, dass er den Plan gefasst hatte, Valentine unter allen Umständen wiederzufinden, bevor es zu spät war. Ein Datum in einer Ecke der Seite ließ mich vermuten, dass es sich um die lange Reise handelte, zu der Madame Meaulnes gerade die Vorbereitungen getroffen hatte, als ich nach La Ferté-d'Angillon kam, um alles über den Haufen zu werfen. In der verlassenen Gemeindeverwaltung schrieb Meaulnes an einem schönen Morgen des späten August seine Erinne-

rungen und Pläne nieder – als ich die Tür öffnete und ihm die große Nachricht brachte, die er nicht mehr erwartet hatte. Sein altes Abenteuer hatte ihn wieder erfasst und festgehalten, ohne dass er es wagte, etwas dagegen zu tun oder mir etwas zu gestehen. Dann hatten Gewissensbisse, Reue und Kummer begonnen, bald unterdrückt, bald die Oberhand gewinnend, bis zum Hochzeitstage, an dem der Schrei des Komödianten im Tannenwäldchen ihn theatralisch an seinen ersten als Jüngling geleisteten Schwur erinnerte.

In das gleiche Aufsatzheft hatte er noch in aller Hast einige Zeilen geschrieben, an dem Morgen, bevor er mit ihrer Erlaubnis – aber für immer – Yvonne de Galais verließ, die seit dem Vortag seine Ehefrau war.
«Ich gehe fort. Ich muss die Spur der beiden, die gestern ins Tannenwäldchen kamen und mit dem Rad in Richtung Osten gefahren sind, wiederfinden. Ich werde erst dann zu Yvonne zurückkehren, wenn ich Frantz und Valentine als Gatten mitbringen und in Frantz' Haus führen kann.»

«Diese Aufzeichnungen, die ich als geheimes Tagebuch begonnen habe und die zu meiner Beichte geworden sind, sollen, wenn ich nicht wiederkomme, meinem Freund François Seurel gehören.»

Dann hatte er wohl das Heft schnell unter die anderen geschoben, seinen alten, kleinen Schülerkoffer verschlossen und war verschwunden.

Epilog

Die Zeit ging dahin. Ich verlor die Hoffnung, meinen Gefährten jemals wiederzusehen, und trübe Tage verflossen in der Landschule, traurige Tage im einsamen Haus. Frantz kam nicht zu der Zeit, die ich mit ihm vereinbart hatte, und meine Tante Moinel wusste übrigens auch seit langer Zeit nicht mehr, wo Valentine wohnte.

Die einzige Freude in Les Sablonnières wurde bald das kleine Mädchen, das man hatte retten können. Ende September konnte man sogar schon feststellen, dass sie ein kräftiges hübsches Mädchen werden würde. Sie war nun bald ein Jahr alt. Krampfhaft hielt sie sich an den Querstreben der Stühle fest, schob sie ganz allein vor sich her und versuchte so das Laufen, ohne vor dem Fallen Angst zu haben; sie verursachte ein Getöse, das in dem verlassenen Haus langen, dumpfen Widerhall weckte. Wenn ich sie auf meinen Armen hielt, ließ sie sich niemals von mir küssen. Sie hatte eine zugleich wilde und allerliebste Art, zu zappeln und unter lautem Lachen mein Gesicht mit ihren geöffneten Händchen zurückzustoßen. Ihre Fröhlichkeit und kindliche Heftigkeit schien den seit der Geburt auf dem Haus ruhenden Kummer zu verscheuchen. Manchmal sagte ich mir: «Trotz dieser Scheu vor mir wird sie sicherlich ein wenig mein Kind werden ...» Aber wieder einmal sollte die Vorsehung anders entscheiden.

An einem Sonntagmorgen gegen Ende September war ich sehr zeitig aufgestanden, sogar noch vor der Bäuerin, die das kleine Mädchen versorgte. Ich hatte mich mit zwei Männern aus Saint-Benoist und mit Jasmin Delouche verabredet, im Cher Fische fangen zu gehen. Es kam häufig vor, dass Bauern aus der Umgebung mit mir zu größeren Wilddiebereien auszogen: Wir fingen in der Nacht Fische mit der Hand oder mit dem verbotenen Wurfnetz ... Während des ganzen Sommers brachen wir an freien Tagen schon vor Sonnenaufgang auf und kehrten erst gegen Mittag heim. Die meisten dieser Leute verdienten hiermit ihr Brot. Für mich war es der einzige Zeitvertreib, das einzige Abenteuer, das mich an die Streiche von einst erinnerte, und ich hatte schließlich an dem Herumtreiben und Fischen am Fluss oder im Schilf des Teiches Geschmack gefunden.

An jenem Morgen stand ich also schon um halb sechs Uhr vor dem Haus unter einem kleinen Schuppen, der an der Trennungsmauer zwischen dem englischen Garten von Les Sablonnières und dem Gemüsegarten des Pachthofes lag. Ich entwirrte meine Netze, die ich am vorhergehenden Donnerstag einfach auf einen Haufen geworfen hatte.

Es war noch nicht ganz hell; ein schöner Septembermorgen dämmerte herauf, und der Schuppen, in dem ich in Eile mein Fischgerät in Ordnung brachte, lag noch halb im Dunkel.

Ich arbeitete still vor mich hin, als ich plötzlich hörte, wie das Gartentor sich öffnete und auf dem Kies ein Schritt knirschte.

«Nun», dachte ich, «da sind ja meine Leute schon früher, als ich gedacht hätte, und ich bin noch nicht fertig!»

Aber der Mann, der jetzt den Hof betrat, war mir unbekannt. Soweit ich es in der Dämmerung erkennen konnte, war es ein großer, bärtiger, wie ein Jäger oder Wilddieb gekleideter Bursche. Statt gleich zu mir zu kommen wie die anderen, die wussten, wo ich zu dieser Zeit immer zu finden war, ging er geradewegs auf die Haustür zu.

«Gut!», dachte ich, «das wird einer ihrer Freunde sein, den sie noch eingeladen haben, ohne es mir mitzuteilen, und den sie als Kundschafter vorausgeschickt haben.»

Der Mann drückte leicht und geräuschlos auf die Türklinke. Aber ich hatte die Tür gleich beim Heraustreten verschlossen. Nachdem er das Gleiche beim Kücheneingang versucht hatte, wandte er, nach einem Augenblick des Zögerns, mir sein vom Zwielicht erhelltes, beunruhigtes Gesicht zu. Und jetzt erkannte ich den großen Meaulnes.

Eine ganze Weile stand ich erschrocken und verzweifelt da, so überwältigte mich plötzlich der ganze Schmerz, den seine Rückkehr in mir wieder wachrief. Er war hinter dem Haus verschwunden, ganz herumgegangen und kam jetzt zögernden Schrittes wieder.

Da ging ich auf ihn zu und umarmte ihn schluchzend, ohne ein Wort hervorbringen zu können. Er begriff sofort.

«Ach», sagte er kurz, «sie ist tot, nicht wahr?»

Und er blieb stehen, stumm, regungslos und entsetzlich. Ich nahm ihn beim Arm und führte ihn sanft zum Haus. Es war jetzt hell geworden. Damit das Schwerste gleich hinter uns gebracht sei, ließ ich ihn die Treppe hinaufsteigen, die zum Zimmer der Toten führte. Kaum war er eingetreten, fiel er vor dem Bett auf die Knie und blieb lange so, den Kopf zwischen beide Arme geschoben.

Endlich erhob er sich mit verstörten Augen, er schwankte und wusste nicht, wo er war. Und ihn wieder beim Arm führend, öffnete ich die Tür, die von diesem in das Zimmer des kleinen Mädchens führte. Es war von allein erwacht, während seine Amme unten war, und hatte sich selbstständig in seiner Wiege

aufrecht hingesetzt, sodass man gerade ihr erstauntes, uns zugewandtes Gesicht sehen konnte.
«Das ist deine Tochter», sagte ich.
Er fuhr zusammen und sah mich an.
Dann ergriff er sie und hob sie in seine Arme. Zuerst konnte er sie nicht gut sehen, weil er weinte. Dann wandte er sich mit gesenktem Kopf zu mir, um der großen Rührung und des Tränenstromes etwas Herr zu werden, und sagte, das Kind weiterhin fest an sich gedrückt:
«Die beiden anderen habe ich zurückgebracht ... Du kannst sie in ihrem Haus besuchen.»
Und wirklich, als ich am frühen Vormittag ganz nachdenklich und fast glücklich zu Frantz' Haus ging, das mir Yvonne de Galais einst verlassen gezeigt hatte, sah ich von Weitem eine Art junger Hausfrau mit weißem Kragen ihre Türschwelle kehren, ein Gegenstand der Neugier und Bewunderung für einige kleine Kuhhirten, die sonntäglich gekleidet zur Messe gingen ...

Der Kleinen wurde es inzwischen unbequem, so fest gedrückt zu werden, und als Augustin, den Kopf zur Seite gedreht, um seine Tränen zu verbergen und aufzuhalten, sie auch weiterhin nicht ansah, gab sie ihm mit ihrer kleinen Hand einen kräftigen Klaps auf seinen bärtigen, feuchten Mund.
Diesmal hob der Vater seine Tochter ganz hoch, warf sie auf seinen Armen in die Höhe und betrachtete sie halbwegs lachend. Befriedigt klatschte sie in die Hände ...
Ich war etwas zurückgetreten, um beide besser zu sehen. Ein wenig enttäuscht und doch freudig verwundert begriff ich, dass die Kleine hier endlich den Gefährten gefunden hatte, den sie unbewusst erwartete ... Ich fühlte, dass der große

Meaulnes gekommen war, um mir die einzige Freude, die er mir gelassen hatte, zu nehmen. Und schon stellte ich mir vor, wie er in der Nacht, seine Tochter in einen Mantel gehüllt, auf neue Abenteuer auszog.

Nachwort

Le Grand Meaulnes (sprich: Mohn, selten hört man auch das vom Verfasser wenig geschätzte Mohln) wurde 1913 erstmals veröffentlicht. Sein Autor ist Henri Alban Fournier, der sich das Halb-Pseudonym Alain-Fournier zulegte, um nicht mit dem damals bekannten Autorennfahrer Henri Fournier verwechselt zu werden. Es sollte, neben einigen Gedichten und Literaturkritiken, das einzige vollendete Werk des Romanciers sein, der bereits in den ersten Wochen des Ersten Weltkriegs fiel.

Die Erzählung beginnt Ende des 19. Jahrhunderts. Wir erleben «die Welt von Vorgestern» (in Abwandlung eines Titels von Stefan Zweig), ohne Auto und Elektrizität. Ein Ich-Erzähler namens François Seurel stellt sich gleich als Lehrerkind vor. Auf dem Dorf in der Sologne, dem Herzen Frankreichs nicht weit von Bourges, geht jeder seiner Arbeit nach, was für Kinder die Mühen und Langeweile der Schule zu ertragen bedeutet. Umso mehr freuen sie sich über die freien Donnerstage sowie alle Ferien als willkommenen Raum für Spiele und Streiche. Im Oberkursus kann man sich bei Monsieur Seurel auf den Beruf des Grundschullehrers vorbereiten. Deshalb kommt der titelgebende Held als Pensionsgast in die Familie des jungen Ich-Erzählers und wird dessen viel bewunderter Freund. – Den größten Umfang des Buches nimmt der erste Winter ein, als Meaulnes auf verschlungenen Wegen in ein wundersames Fest gerät. Er verliebt sich in ein junges Mädchen, dessen Spur sich jedoch bald verliert

Wer war Alain-Fournier? Und wie ist der Erfolg seines Romans zu erklären, der den Prix Goncourt 1913 um nur eine Stimme verfehlte – woraufhin sich in den Feuilletons ein Proteststurm erhob – und der bis heute eines der meistgelesenen Bücher in Frankreich darstellt?
Viele geschilderte Erlebnisse stammen aus autobiografischer Quelle, Züge von Personen sind dem Leben abgelauscht. Henri Fournier wurde am 3. Oktober 1886 in La Chapelle-d'Angillon (Département Cher, nördlich von Bourges) geboren. Er wuchs mit seiner drei Jahre jüngeren Schwester Isabelle auf, die leicht körperbehindert war und zu der er zeitlebens ein besonderes Vertrauensverhältnis genoss. Ihr widmete er das Werk. Sie überliefert uns eine kleine Begebenheit aus beider Kindheit: Bei einem Frühlingsspaziergang im Garten versinkt der kleine Henri in die Betrachtung von Schlüsselblumen; sein Gesicht wird erhellt durch das Licht einer Marienerscheinung. Intensive Naturerlebnisse im nahen Wald schärften der Geschwister Sinne; die Musikalität und Herzenswärme der Mutter stärkten die Kinderseelen. Ihre Fantasie beflügelten Bücher, die als Preise für besonders gute Schulleistungen vom Vater an seine besten Schüler verteilt wurden und die sie heimlich vorher lasen. Sie lasen, was ihnen nur in die Finger geriet, trotz der Zensurversuche der aber oft zerstreuten Mutter.
Dank eines reichen Briefwechsels der Geschwister und später auch mit Eltern und Freunden sind wir gut informiert über die Stationen in Fourniers Leben wie auch über die Empfindungen und Fragen, die ihn bewegten. Mit zwölf Jahren verließ er seine Welt, wo Familie und Schule ineinander übergingen, um weiterführende Schulen zu besuchen und nur noch in den Ferien zurückzukehren. 1898 lebte er als Pensionsschüler in Paris und lernte am renommierten Lycée Voltaire.

Er fiel in verschiedenen Fächern als hochbegabter Schüler auf. 1901 zog er nach Brest, um Marine-Offizier zu werden, wobei er einen Jahrgang übersprang. Hier musste er sich an noch disziplinierteres Arbeiten und Kasernenleben gewöhnen. Empfindsamkeit und religiöse Neigung trugen ihm bei den Aufsehern den Spitznamen «Mönch Fournier» ein. Er brach diesen Weg jedoch ein tristes Jahr später ab und wechselte bis zum Philosophie-Abitur nach Bourges. Immer noch in der Meinung, er werde eine Militärlaufbahn verfolgen, verbrachte er die folgenden Jahre ab Herbst 1903 dank eines Stipendiums am berühmten Lycée Lakanal in Sceaux, um sich auf die Aufnahmeprüfung an einer der Elitehochschulen vorzubereiten. Wie sehr war er der Brutalität im Umgang untereinander, der Stumpfheit in den großen Schlafsälen überdrüssig! Trost fand er in Büchern und in der Freundschaft mit dem Studienkollegen Jacques Rivière, der später seine Schwester heiraten und als Herausgeber der Literaturzeitschrift *Nouvelle Revue française* diesen Roman publizieren wird.

Als Student konnte Fournier sich Opern- und Ausstellungsbesuche leisten. Längst fühlte er, dass nicht das Militär, sondern die Schriftstellerei seine Welt sei. Da kam es am Himmelfahrtstag 1905 – Fournier war 18 2/3 Jahre alt, stand also astronomisch gesprochen an seinem ersten Mondknoten – zu einer folgenschweren Begegnung.

Er hatte eine Ausstellung im Grand Palais in Paris besucht und verließ diese gerade über die große Steintreppe unter strahlender Nachmittagssonne. Sein Blick fiel auf ein groß gewachsenes, schlankes, elegantes Mädchen in braunem Mantel und Rosenhut, das beim Hinabgehen eine ältere Dame in Schwarz stützte. Als das Mädchen den Kopf hob, nahm Fournier ihr edles Antlitz wahr; die Blicke begegneten sich, er las aus ihren blauen Augen Reinheit und Tiefe. Er folgte den beiden Frauen. Als die jüngere sich im Gespräch der älteren zuwandte, blickte sie ihn erneut an. Diese Erscheinung schilderte er einige Jahre später einem Freund als «sichtbar gewordene Seele».

Fournier konnte nicht anders, als den beiden Frauen unauffällig zu folgen. Sie überquerten die Seine auf einem Schiff und setzten ihren Weg auf dem Boulevard St. Germain fort. Als das Mädchen sich umwandte, um einen Schriftzug zu lesen, fiel ihr Blick ein drittes Mal auf den jungen Verfolger; schließlich entschwanden die Frauen in eine Toreinfahrt.

In den folgenden Tagen entwischte Fournier immer wieder aus dem Lycée, um unter den Fenstern des betreffenden Gebäudes Ausschau zu halten, aber vergebens. Am Pfingstsonntag hoffte er, die junge Frau auf ihrem Weg zu einer Frühmesse zu erblicken. Um sie über sein Studentendasein nicht im Unklaren zu lassen, hatte er seine Kolleg-Uniform angelegt. Plötzlich erschien sie auf dem Bürgersteig, verschwand zwischen den Passanten, wechselte auf Fourniers Straßenseite; als sie an ihm vorbeiging, sagte er, gegen alle Konventionen und ohne nachzudenken: «Sie sind schön!»

Sie nahm die Straßenbahn; Fournier holte sie ein, um sie wegen der Verfolgung und Anrede um Verzeihung zu bitten. Sie antwortete abweisend, man verlor sich wieder an der Kirche. Nach der Messe folgte Fournier ihr erneut und zog sie ins Gespräch; sie verzieh ihm, und er erfuhr, dass sie Yvonne de Quiévrecourt hieß und nur für die Pfingstferien nach Paris gekommen war. Bei der jetzt entspannteren Unterhaltung hatte er den Eindruck tiefer gegenseitiger Wesenserkenntnis. Sie gingen an der Seine entlang, Fournier malte die Zukunft ihrer Liebe aus – doch Yvonne fragte nur: – Wozu? Wozu? –

Schließlich bat sie ihn, ihr nicht länger zu folgen; er blieb allein mit einem nie gekannten Gefühl reiner Liebe.
In den anschließenden Sommerferien arbeitete Fournier in London etliche Wochen im Büro einer Tapetenfirma, übersetzte Handelsbriefe und las nebenher Dickens und Stevenson im Original. Schon bald stieg wieder das Bild Yvonnes in seinem Herzen auf; erste Formulierungsversuche des Erlebnisses finden sich in der nun einsetzenden Korrespondenz mit Jacques Rivière.
Wieder zurück in Sceaux streifte er allwöchentlich am Boulevard St. Germain entlang, aber keine Spur des Mädchens war zu finden. Er hoffte auf den ersten Jahrestag ihrer Begegnung, doch vergebens. Es blieb nur die Erinnerung an Yvonne, die er als über ihm schwebend und ihm die Hand reichend empfand.
Ab Oktober 1906 stillte er seinen Bildungshunger am renommierten Lycée Louis-le-Grand. Paris erschien ihm jetzt hässlich, abstoßend. Die Begegnung mit Yvonne verlegte er in seiner literarischen Schilderung deshalb in eine Allee, später auf das unbekannte Gut. Für die Aufnahmeprüfung an einer der Elitehochschulen arbeitete er hart und bestand den schriftlichen Teil; doch am 24. Juli 1907 erfuhr er, dass er wider Erwarten im Mündlichen durchgefallen war. Nach diesem Misserfolg wollte er endlich wissen, wie es um Yvonne stand: Einen Tag später befragte er den Concierge des Hauses, in dem sie einst wohnte, und musste zur Kenntnis nehmen, dass sie seit diesem Winter verheiratet war. «Und ich bleibe allein, zu Boden geschmettert, aber härter geworden», schrieb er an Rivière.
Äußerlich begann mit dem Militärdienst ab Oktober 1907 ein neues, wenngleich auch nicht beglückendes Leben; innerlich litt er weiterhin. Im darauffolgenden Winter nahm die Über-

legung Gestalt an, das Erlebte in einen Roman umzusetzen. Sein Rangaufstieg bei der Armee zum Unterleutnant der Infanterie an verschiedenen Orten in Frankreich, die Zuneigung seiner Männer dort und sein Abscheu für die militärischen Übungen konnten die Erinnerungen nicht vertreiben. Der dritte und vierte Jahrestag erneuerten sein Leid; auch zwei Reisen nach Lourdes erleichterten nichts.

1909 heirateten seine Schwester und Rivière. Fournier erfuhr, dass Yvonne ein Kind hat. Er fühlte sich einsamer denn je, verließ das Militär und versuchte eine Prüfung in Englisch – ohne Erfolg. Einen bescheidenen Lichtblick und finanzielle Stütze bot 1910 die Übernahme der Literaturkolumne in der Tageszeitung *Paris-Journal*. Außerdem entstanden aus den Entwürfen einzelne Kapitel des *Grand Meaulnes,* wenngleich vorerst noch im Rahmen einer Hochzeitserzählung. – Seine verschiedenen Frauenbekanntschaften brachten Fournier nicht das erhoffte Glück, aber Lebenserfahrung; der Figur der Valentine im Roman liegt seine mehrjährige, schwierige Freundschaft mit Jeanne Bruneau zugrunde.

In den folgenden Jahren arbeitete er als Sekretär und unterhielt ein Verhältnis zur Gattin des Arbeitgebers, Pauline Benda, die unter dem Namen Madame Simone eine bekannte Schauspielerin war. Gleichzeitig wuchs der Roman, der mit einem langen Abschiedsbrief Meaulnes' – enden sollte. Die Vorlage dafür, die Fournier stets in seiner Westentasche mit sich trug, wollte er der «echten» Yvonne übergeben.

Durch Vermittlung von Rivières Bruder konnte das seit acht Jahren heiß ersehnte Ereignis eintreten: Am 16. Mai 1913 begegnete er im Admiralsgarten in Rochefort Yvonne de Quiévrecourt wieder. Ihre Ausstrahlung schien unverändert. Fournier erfuhr, dass die alte Dame ihre Großtante war, dass sie sich schon damals als nicht mehr frei betrachtete und deshalb den Kontakt zu dem fremden, sehr jungen Mann nicht aufrechterhalten wollte. Sie habe noch lange an die Begegnung gedacht und später alles ihrem Gatten erzählt. Fournier berichtete von seinem im Erscheinen begriffenen Roman. Bei einem der nächsten Treffen überreichte er ihr den Brief; mit Betroffenheit las sie, dass sie sein Lebensinhalt geworden war. Doch sie wusste ebenso wie er, dass eine Liebesbeziehung sie jetzt kompromittieren würde. So reiste er nach Paris zu seiner derzeitigen Mätresse ab, während sie mit ihren jetzt zwei Kindern zu ihrem Mann zurückkehrte. Auf seine Briefe antwortete sie nicht oder sehr knapp.

Nach dem Erscheinen des *Grand Meaulnes* 1913 skizzierte Fournier einen zweiten Roman und ein Theaterstück. Doch die Mobilisierung am 1. August 1914 rief den Leutnant der Reserve in die Kaserne. Seine Division wurde bei Verdun eingesetzt; in einem Brief vom 11. September 1914 schrieb er, er habe großes Vertrauen in den Ausgang dieses Krieges. Bei einem Erkundungsvorstoß zu einer Anhöhe nahe der Meuse, einem der am stärksten umkämpften Orte im Ersten Weltkrieg, wurde Henri Fournier, noch keine 28 Jahre alt, seinen Männern vorauslaufend am 22. September 1914 tödlich verwundet; die Umstände sind nicht ganz geklärt. «Ich weiß genau, dass ich getroffen werden kann, wenn Er es will ...», hatte er geschrieben.

Die 21 Leichname seines Trupps galten als vermisst. Erst im Mai 1991 wurden die Überreste durch systematische archäologische Untersuchungen gefunden. Dabei entdeckte man, dass die Deutschen den Anführer Fournier offensichtlich seiner Waffen und persönlichen Habe beraubt hatten; seine Knochen konnten nur aufgrund der Reste seiner Rangabzeichen und der in den schriftlichen Quellen verzeichneten Zusammensetzung des Trupps seinem 288. Regiment der Infanterie zugeordnet werden. – Die Familie Fournier wünschte eine Neubestattung auf dem Soldatenfriedhof in Saint- Rémy-la-Calonne (Zeremonie am 10. November 1992).

«Die wahren Paradiese sind jene, die man verloren hat», notiert Marcel Proust gegen Ende seiner *Suche nach der verlorenen Zeit,* die, etwa zur selben Zeit entstanden, viele Parallelen zum *Grand Meaulnes* aufweist.

In der Tat ging mit dem Ersten Weltkrieg eine Welt unter, die auch intime Familienbeziehungen geprägt hatte. Nach Ansicht vieler Zeitgenossen war diese Welt der Belle Époque überlebt. Im vorliegenden Roman begegnet sie uns etwa in den langen Röcken der Damen, den zahlreichen Kopfbedeckungen, dem Wert der Handarbeit, der manchmal etwas altertümlichen Sprache, dem Siezen des Ehepartners selbst nach der Hochzeitsnacht. Aber Fournier spürte bereits eine neue Seelenhaltung, die er z.B. im Thema der Unsicherheit, des Scheiterns in sein Werk einarbeitete. Durch diese Modernität konnte *Le Grand Meaulnes* sowohl nach dem Ersten als auch nach dem Zweiten Weltkrieg ein Kultbuch werden, das die Jugend begeisterte – auf beiden Seiten des Rheins übrigens.

Dunkelheit – die Dorfstraßen sind meist unbeleuchtet – und Kälte geben in vielen Szenen den Grundton. Auch seelisch tappen die Charaktere oft im Dunkeln. Der Druck der französischen Schule, die in republikanischer Absicht bis in alle Winkel des Landes die Fackel der Bildung tragen soll, wird als quälend empfunden; gegen die Langeweile auf dem Lande helfen bandenmäßige Spiele und kleine Fluchten kaum. Und doch durchziehen zwei Leitmotive den Roman: «*Mon crédo en art et en littérature: l'enfance.*» (Brief vom 22. August 1906): Fournier möchte für Literatur und Kunst aus der Kindheit schöpfen. Ein besonderer Reiz seiner dichten Beschreibungen, an die Impressionisten erinnernden Natur-Stimmungen und des poetischen Charmes liegt im atmosphärischen Verweben von Traum und Realität. Im Laufe des Erwachsenwerdens, einem weiteren Hauptthema des Romans, stellt das Leben für den Ich-Erzähler und seine Freunde die Aufgabe, sich eine Orientierung zu geben, einen Platz in der Welt zu finden, einen Beruf zu ergreifen, mit Misserfolg, Scheitern und Schuld umgehen zu lernen. Das bezieht sich in besonderem Maße auf die Freundschaft, das andere Leitmotiv, in all ihren Facetten einschließlich Ehe.

Hier finden wir die paradoxe Logik der Jugend: am einen Tag noch spielen und durch das Dorf toben, am anderen schon Verantwortung übernehmen bis hin zu Heirat und Elternschaft. *Le Grand Meaulnes* ist daher auch ein Bildungsroman genannt worden (T. Samoyault), der Jugend und ihren Idealismus nicht verkitscht, sondern ernst und völlig ironiefrei thematisiert. Die Gefahr, wie Peter Pan nicht erwachsen werden zu wollen, wofür die Figur des Frantz steht (psychologisch betrachtet eine Abspaltung von François?), muss gebannt werden. – Der Übergang von Kindheit zu Erwachsensein kann durch das Bestehen von Abenteuern vollzogen werden, etwa vergleichbar dem Parzival, der u.a. lernen muss, die richtigen Fragen zu stellen. Zur Lesart des *Grand Meaulnes* als Abenteuerroman laden die letzten Worte ein: der Ich-Erzähler erwartet «nouvelles aventures»; eine Briefstelle Fourniers (4. April 1910) bestätigt diese Zuordnung.

In seiner Behandlung der Liebe übersteigt der Roman das Zeitkolorit. Historische Basis ist die reale Begegnung mit Yvonne de Quiévrecourt in einem biografischen Moment, wo Fournier nach bedeutsamer Erfüllung suchte. Der Wortlaut ihrer kurzen Gespräche auf der Straße in Paris war ihm so wichtig, dass er sich sofort Notizen machte, auf die er im Verfassen des Werkes zurückgriff. So wurde Yvonne seine Muse, allerdings weniger durch das, was sie konkret tat, als durch das Bild, das Fournier sich von ihr machte.

Die Nichterreichbarkeit der Vergötterten stürzte Fournier in eine tiefe Krise, wirkte wie ein Schock. Als noch weitere Misserfolge dazukamen, durchlitt er dunkle Stunden, durch die ihn Isabelle und Rivière treu begleiteten. Das Leeregefühl nach dem Scheitern konnte Fournier überwinden, indem er auf seinen Kindertraum vom Schreiben zurückgriff (Brief vom 13. August 1905; als Kind dachte er zunächst an Gedichte). Besonders im Frühjahr / Sommer 1910 nach der Aufgabe aller Pläne einer prächtigen Karriere, wie auch im Herbst / Winter 1912 nach dem endlich akzeptierten Verzicht auf Yvonne de Quiévrecourt und der heißen Liebe zu der Schauspielerin Madame Simone konnte er den Roman fortführen.

Acht Jahre brauchte Fournier, um sich das Werk aus überwundenem Leid abzuringen. Literatur zu schreiben ermöglichte ihm, eigene Dunkelheiten (wie etwa eine Neigung zur Grausamkeit sowie zur Überspanntheit, vgl. Brief vom 4. April 1910) zu erhellen und sich, trotz aller Selbstzweifel, als Mensch zu finden. Dabei legte er einige seiner Erlebnisse und charakteristischen beobachteten Eigenschaften dem Ich-Erzähler François bei, andere der Hauptperson. Die aus seiner Lebenssituation entsprungene Handlung setzte er ohne historisches Vorbild autonom fort, indem er François ein schwesterliches Verhältnis zu Yvonne de Galais gestalten lässt bis dahin, dass er nach ihrem Tode deren Kind versorgt, bis Meaulnes wieder auftaucht.

In der Romanlogik bleibt François Seurel am Ende nur noch das Aufschreiben. Auch er ist gereift an den Aufgaben, zuletzt als erwachsener Freund, stellvertretender Erbe und vorübergehender Ersatzvater; er wird Lehrer und Schriftsteller.

So erwächst aus dem Fallen (man achte darauf, wie oft im *Grand Meaulnes* jemand stolpert, strauchelt oder so absichtlich-gekonnt fällt wie der Pierrot, S. 143f.), aus der Unvollkommenheit kein glattes Stück Literatur mit Happy End, sondern ein Beispiel dafür, wie man aus dem dunklen Paradies der Kindheit oder der Heimat in die Selbstverantwortung schreiten kann, erfüllt von jugendlichem Idealismus, mit offenem Ausgang. In einem Brief an den Künstlerfreund André Lhote vom Dezember 1909 schreibt Fournier, dass man vom Tod lernen müsse, was zu wissen ist.

Reichtum und Tiefe des *Grand Meaulnes* zeigen sich überdies in der Vielzahl an möglichen Lesarten. Man kann ihn soziologisch als Spiegel der Welt um 1900 interpretieren mit Verweis auf Symbolismus oder Neigung zu Depressionen (I. Papieau). M. Maitron-Jodogne hat Leben und Werk bis ins Detail miteinander in Verbindung gesetzt und das genuin Literarische herausgearbeitet. Man kann auch die Beziehungsgeflechte der Personen und ihre Seelenkonfiguration psychoanalytisch untersuchen und dabei die Produktivität adoleszenten Liebeskummers hervorheben (A. Agard). Es bietet sich an, Alain-Fourniers Werk in die Weltliteratur von Homer bis Robinson Crusoe einzuordnen als Initiationsroman, unter Hinweis auf das Reise-Motiv und symbolische Orte wie Wald, Kreuzung, Ruine, Wasser (R. Baudry). Im Rückgriff auf diese Orte kann man den *Grand Meaulnes* als modernen Mythos verstehen (C. Herzfeld).

Man kann sich durch diesen Roman auch schlicht aus der Realität entführen lassen wie der ehemalige deutsche Verkehrsminister Reinhard Klimmt, der ihn unmittelbar nach seinem erzwungenen Rücktritt 2000, mit Lexikon und Rotwein bewaffnet, im Original studierte, nachdem er die erste Übersetzung bereits mit vierzehn Jahren verschlungen hatte. Der große französische Dramatiker Eugène Ionesco las dieses einzige vollendete Werk Alain-Fourniers seiner Tochter bei Kerzenlicht vor; er sagte, er halte es nicht für ein literarisches Buch, sondern für ein Meisterwerk der Literatur.

Potsdam, Juli 2013 *Maria-Sibylla Hesse*